戦争青春記

秋葉 洋

一葉社

読んで下さる方々へ

この拙文は昭和の初めから第二次世界大戦を経て昭和二十四年（一九四九年）までの私の人生記録です。

この四半世紀は、敗戦直後の数年間を除き、日本列島が軍国主義一色に塗り潰《つぶ》されて、凡《ほと》んどの国民が戦争を抜きにしては暮しの事を考えられなかった暗黒の時代です。当然私もその体制の下で育ち、子供心に数々の疑問や不安を抱きながら、結局は職業軍人への道を歩む事になる訳です。その辺の心の葛藤は本文を読んでお汲み取り下さい。

全体の構成を概説しますと、第一章は幼児期から中学までの思い出、第二章、第三章は陸軍関係の学校に於ける体験を、周囲にいた人々の人間関係を軸にして書きました。第四章の部隊勤務から敗戦前後までの記述が全体の中心、つまり私の青春時代を象徴する主題になっています。日本がポツダム宣言を受諾して連合国に無条件降伏した直後の軍隊の実態を記録した資料は無数にありますが、私が身を以て体験した「帝国陸軍部隊の自滅崩壊」を告白した記録は珍しく、読者に興味を持って頂けるのではないかと思います。第五章は、私の戦後遍歴を述べたものです。敗戦によって職を奪われた軍人が、あれこれと思い悩みつつ平和を取り戻した社会へ溶け込んでいく過程をご理解頂ければ幸いです。

この本は小説ではありませんので、総《すべ》て実際にあった事、その時に感じた事などを出来るだけ修飾抜きの言葉で書いた心算《つもり》です。ただし、関係各位にご迷惑をかけては申し訳ありませんので、既に死亡が確認されている方は本名を使いましたが、そうでない方と団体名、地名の一部は仮の名称を使いました。

人の一生は色々様々です。血湧き肉躍《おど》る波乱万丈の人生もあれば、どうという事もない平々凡々の生涯もあるでしょう。しかし中身がどうであろうと本人にとっては、たったひとつしかない貴重な人生です。他人からはつまらない一生に見えても、本人にしてみれば長い時間をかけて積み重ねた数々の憶《おも》いの集大成なのです。戦争と共に歩んだ私の青春時代の記録が、歴史と人間との関わり合いを知る上で格別参考になるとは思いませんが、平和の下で生まれ育った若い方々に、つい半世紀程前の日本が天皇を神として崇《あが》め、自国を神の国と称して他民族支配の口実を創り、国民を侵略戦争の桎梏《しっこく》の下に縛りつけていたという事実を再認識して頂けるだけで充分満足です。そして若《も》し出来るならば、軍国主義支配を許し、アジアの国々に塗炭の苦しみを強いた過去の経験から、象徴になった筈の天皇を国主に復活させ、再び主権在君の亡霊を生き返らせようとする最近の危険な傾向を阻止し、平和、民主、繁栄の日本を発展させるためには今どうすれば良いかを考えて戴ければ、もっと満足出来るでしょう。

最後に旧《ふる》い軍隊の事を全く知らない方も居られると思いますので、旧帝国陸軍の階級・組織について、若干の参考資料を付け加えておきます。

一、陸軍の階級順位

1、大元帥《だいげんすい》　陸・海・空、三軍を統帥する天皇だけが持つ名称で、天皇以外の如何《いか》なる人物も大元帥にはなれない。
2、元　帥　大将を永年勤め、特別な功績のある数少ない人に与えられる階級。
3、将　官　大将、中将、少将の三階級がある。
4、佐　官　大佐、中佐、少佐の三階級がある。
5、尉　官　大尉、中尉、少尉、准尉の四階級があり、准尉は見習士官（少尉任官前の数か月間付与される階級で、会社で言えば本採用を予定した見習社員のようなもの）と同格である。
6、下士官　曹長、軍曹、伍長の三階級がある。
7、兵　兵長、上等兵、一等兵、二等兵の四階級がある。徴兵されると最下位の二等兵から始めなければならない。

二、軍隊の組織

1、分　隊　軍隊の最小単位で、兵種によって人数の多少があるが、数名から数十名の兵と下士官の分隊長で構成する。

2、小　隊　幾つかの分隊を束ねて小隊とし、小隊長は少尉または中尉である。

3、中　隊　幾つかの小隊を束ねて中隊とし、中隊長は大尉または少佐である。

4、大　隊　幾つかの中隊を束ねて大隊とし、大隊長は少佐または中佐である。ただし兵種によっては大隊編成をしない場合もある。

5、連　隊　幾つかの大隊または中隊を束ねて連隊とし、連隊長は中佐または大佐である。

6、軍　歩兵、砲兵、工兵、騎兵、戦車兵、輜重兵《しちょうへい》など異なった兵種の連隊を束ねて軍とし、軍司令官は将官である。更に実戦配備に当っては、広い地域に展開している幾つかの軍を束ねて方面軍を組織する場合がある（例えば南方方面軍、中支方面軍など）。

秋葉　洋

戦争青春記　目次

装画題字／秋葉　洋
装　　丁／松谷　剛

第一章　昭和が始まった頃

1　東京郊外の自然と暮し

大正十三年（一九二四年）三月生れの私の出生地は、古い戸籍によると豊島区西巣鴨になっているが、その地の記憶は全く残っていない。記憶の始まりは、中央線阿佐ヶ谷駅から北へ歩いて十分程、当時の地名で阿佐ヶ谷四丁目にあった可成りだだ広い家で暮していた頃からである。恐らく関東大震災（一九二三年九月）の大災害に懲りた両親が、被害の軽かった杉並の郊外を選んで引越して来たのだろう。現在は戦後の開発の結果環境がすっかり変わってしまったが、あの頃の道筋で言うと、北口商店街を抜けて左側の世尊院と右側の天祖神社の間のうっ蒼とした森の間を歩いて行くと、道巾が広くなり両側に立派なお屋敷が建ち並ぶ住宅街に出る。暫《しばら》く行くとだらだらと降《くだ》り坂になり、坂を降り切った左側に私の家があった。北斜面の坂の下だから高級住宅とは縁のない、湿気の多い不整形の敷地に建てられた煤《すす》ぼけたスレート屋根の平屋で、南側の二米《メートル》程高い崖の上の家から見降されない様に大きな木を何本も植えていた。台所が土間になっていて手押しポンプの井戸が屋外にあったから、もとは農家が使っていたのだろう。敷地の北側は湾曲《わんきょく》した小川で仕切られ、この川のために敷地が不整形にされている。川と言っても護岸設備の全くない巾三米程の溝川で、普段は深さ五十糎《センチ》位の汚い水が澱み、上流の誰かが捨てるのだろう何時もゴミがゆらゆらと揺れていた。実はこの川が見掛け以上に難物で、大雨が降ると忽ち《たちま》水嵩《みずかさ》を増し母が丹精《たんせい》して耕した野菜畑を呑み込み、屢々《しばしば》母屋の床下まで浸水する。私の記憶では、床上まで水が溜って畳を運び出す程の大騒ぎになったのは一回だけだが、台風の季節になると川の水位に随分と気を揉《も》んだものだ。その床上浸水の時には、勝手口から出て直ぐ左側にかかっていた木の橋が流され、近所の幼い子供が溺死《できし》する痛ましい事故さえあった。

川の北側一帯は、通称「電信隊の原っぱ」と呼ばれる広い草原で、時々色褪《あ》せたカーキ色の服を汗まみれにした兵隊が、電柱や電線を担《かつ》いで喘《あえ》ぎながら駆けずり廻っているのを、何をしているのか判らないままに遠くから見物していた。現在の中野サンプラザビルの建っている辺りから高円寺、阿佐ヶ谷、荻窪まで続いていたこの演習場は、中野に本隊を置く陸軍通信学校のもので、民間人（軍隊では一般市民をこう呼ぶ）は立入禁止だったが、鉄条網も柵もないので子供達にとっては恰好《かっこう》の遊び場になっていた。当時は軍隊でものんびりしたもので、兵隊達が使っていない時は自由に原っぱに入り誰からも追い出される事なく、虫を採り蛙を摑《つか》まえ弓で鳥を狙って射つなどあらゆる悪さをして遊んだ。原っぱの真中辺りを東西に線路を敷いたトロッコが、子供達にとってまたとない遊び道具で、車の付いた箱に乗ってゴロゴロと動き廻りながら喚声《かんせい》を挙げていたのを今でも思い出す。ジャングルに二十年以上も独りで生活し、当時の上官の命令でやっと日本に帰って来て話題になった元陸軍少尉が、この陸軍通信学校から変わったスパイ養成の中野学校出身だったのを知ったのはずっと後になってからだが、幼年時代の楽しい遊び場の思い出とスパイ養成とはどうしても結びつかない。独り遊びが好きだった私にとって、あの電信隊の原っぱは誰からも干渉される事のない自由の天地であった。

杉並区はその名の通り杉の林や並木が多い。天祖神社（ご神体は天照大御神《あまてらすおおみかみ》との事）は地域の鎮守さまで、空に向って真直ぐ伸びる杉の大木は子供の目からも神々《こうごう》しく威厳があった。この森は今も健在で、境内の広さと木の数が前より減っているのを除けば、昔ながらの雰囲気を残している。祭の日になると木立ちの間に屋台が出て紙芝居屋の周りに子供が集まり、神殿では笛や太鼓のリズムに乗っておかめひょっとこが首や手足をくねらせてお神楽《かぐら》を踊り観衆を笑わせる。屋台には団子、飴、わた菓子など現在と余り変わらない食べ物が並び、他の屋台では山吹鉄砲、竹とんぼ、独楽《こま》など手作り玩具を売っている。娯楽の少ない時代なので、祭の日には十銭玉を握りしめた子供達が何処からともなく大勢集って来て、紙芝居屋の前で飴を舐めたり山吹鉄砲で戦争ごっこをしたり金魚すくいを眺めたりしていた。食べ物や玩具の種類は違ったが今でも日本国中到る処で見られるあのお祭り風景である。この神社については忘れられないひとつの事件がある。小学校三、四年の頃だったと思うが、下校の途中四、五人の学友と神社に寄って遊んでいた時、友達のひとりが「神社の鳥居におしっこをかけると罰が当っておチンチンが腫れて腐ってしまうそうだ」と言い出した。子供達が半信半疑ながら黙っているのを見て私が「そんな馬鹿な事は絶対ない、今からおしっこをかけるからよく見ていろ」と宣言し、鳥居の根本に立ち小便をかけた。他の子供達は異変が起こるかどうか興味あり気《げ》に観察していたが、勿論《もちろん》私の持物に何の変化も起こらない。一日経っても二日過ぎても何も起こらないのを知った子供達は「大人の言う事は余り当てにならない、何でも確かめて見ないと信用出来ないものだ」と大発見でもした気分で話し合った。この種の思い出がもうひとつある。わが家の西北三百米程の処に墓地があって近所で葬式のあった夜は「ひとだま」が出ると子供達が怖がっていた。当時は未だ近代的な葬祭場が少なくこの地域では土葬が主流だったから、気象状況によっては「ひとだま」が出ても不思議ではないのだが、大人達はこの事を利用して子供達に心霊現象があるかの様な教育をする。葬式のあったある夏の夜、私は尻ごみする近所の子供と一緒に墓地に行き「ひとだま」を傍《そば》で見る事になった。二時間も待っていると青白い光が墓石の間から出て来て子供達が「出た！」と逃げ出そうとしたので、私が父から予め教えて貰っていた通り「あれは人体の中の燐成分が土の中で燃えているのだから怖くも何ともない自然現象なのだ」と教えてやると、子供達も「うん、うん」と首肯《うなず》き納得して呉れた。色々思い出して見ると、私は幼い頃から眼で見たり手で触れたりして確かめたもの以外は信じない性格だった様だ。

自然の豊かさは鎮守の森だけではなく、神社の西隣りには「相沢さんの森」と呼ばれる大地主の山林が自然のままの姿で繁っていたし、何処の家にも武蔵野の雑木林の面影を残す大木が二、三本残っていた。どんな豪邸も石で囲むような野暮《やぼ》な事はせず、それぞれ好みの木を使って生垣を作っている。わが家の道路沿いの垣根は檜葉《ひば》の木を竹で揃えた無雑作《むぞうさ》なものだったが、時々父が大きな植木鋏で刈り込んでいた姿は今でも眼蓋《まぶた》に残っている。余り気持の良い事ではないが、夕食の時大きなやもりが壁にはりついていたり、裏木戸に直径三十糎もある蛾《が》がじっと動かず止まっていた事もあった。夜中には鼠が天井裏を駆けずり廻り、庭の隅の湿気《しけ》った場所を掘ればみみずがにょろにょろと顔を出す。その淡紅色の長虫と手造りの釣具を持って近所の沼で魚を採る。沼には泥鰌《どじょう》や鰻《うなぎ》が住んでいて竹で編んだ細長い籠に餌を入れたまま一晩水の中に沈めて置くと、翌《あく》る朝には必ず何匹かの獲物《えもの》が採れた。夏の夕暮時には鳥の鳴き声とともに蝙蝠《こうもり》が群をなして翔《と》び交《か》い、子供達は下駄を放り上げて降りて来る小さな黒い動物を摑まえようとはしゃぎ廻る。昭和初期の東京杉並の郊外は、自然と人間と動物が程良く調和している田舎の田園そのものだったのだ。あれから約七十年、嘗《かつ》てわが家があった筈だと思われる辺りを徘徊しても、子供の頃の思い出を伝える道も木も池も川も何も残っていない。電信隊の原っぱには住宅が処狭しと建て込み、台風が来る度に神経を悩ませた川は暗渠《あんきょ》になり、川筋を隠した広いコンクリートの道を、途切れる事のない車の列が風を切って走っている。夏の夕べに蝙蝠が翔ぶ事もないし、土を掘ってもみみずは姿を見せず、恐らく蝶や蜂や蜘蛛《くも》も安心して生きて行けない人間様だけの世界になってしまっているだろう。坪当り数百万円もする地域には、草も木も鳥も虫も魚も、そして貧乏な人間も恐れ多くて棲《す》んではいけないのかも知れないが、半世紀余りの間に誰かが意図的に進めたこの極端な環境変化に対して、ナチュラリストでない私でも深い嘆きと不安を感じないではいられない。私の幼い頃の思い出の地である阿佐ヶ谷付近を歩く度に、経済成長だけを社会進歩の尺度にしてきた戦後日本の歪《ひずみ》と矛盾を強く感じる。

私は四人兄妹の三番目、七歳年上の姉、五歳年上の兄、それに二歳年下の妹がいた。妹は昭和十六年の秋、私が市ヶ谷の予科士官学校在学中に心臓を患い十五歳であっけなく死んでしまったので、その後は実質末っ子の扱いを受ける事になった。私は、母親の胎内にいた時期、前年の大震災のため母が重症の脚気《かっけ》に罹《かか》っていたので、人工早産の処置で九ヵ月足らずの未熟児としてこの世に生れた。今と違って当時の医療技術では人工早産も可成り危険を伴うオペだった様で、生れて来る子供は二の次にして母体を救う事に重点を置き、産声もあげず無理矢理生れた赤ん坊は炬燵《こたつ》の中に放置されていたそうだ。母の容態《ようだい》が落着いてから駄目でもともとと布団から出して見たら未だ息があったので、医者も産婆も儲《もう》けものだと喜び今で言う人工哺育《ほいく》の処置をして育てたと、母から何べんも聞かされた。そんな生れ方だから病気ばかりする所謂《いわゆる》蒲柳《ほりゅう》の質で、年がら年中風邪を引いたり腹を壊したりのもやしっ子であった。勿論病人の母から母乳を飲まされた事は全くなく、牛乳と重湯だけで育った当時としては数少ない子供のひとりである。

その頃父は、苦学して卒業した日大文学部国文科の助手として大学研究室に勤務し、母は杉並区大宮の小学校教員をしていた。今では当り前になっているが、昭和初期では余り見られない共稼ぎ家庭である。そのため日中は家事手伝いで住込んでいた母の末の妹が留守番をやり、学校に行っていない妹と私は両親から凡《ほと》んど放ったらかしの状態で暮していた。保育園も託児所もない時代だから、学齢前の子供は天気が良ければ屋外で、雨降りの日は家の中で勝手気儘《きまま》に遊ぶしかない。特権金持階級の子弟を対象とする幼稚園が東京中心部の処々にあったが、勿論大学助手と小学校教員の貧乏家庭には無縁である。小学校に入る前の私がどんな日常を送っていたのか記憶はさだかでないが、普通の子供に比べて体力が著しく劣っていた故か、近所の子供と一緒に隠れんぼや鬼ごっこをして遊んだ記憶が全くなく、独りで原っぱに行って虫や蛙を採って遊んだり、父の書斎に入り込んで判る筈のない厚ぼったい本の頁をめくったりの独り遊びの記憶が強く残っている。四、五歳の男の子なら群を作って野外を走り廻り跳んだりはねたりの遊びを好むものだが、私の場合は家の中に独りでいる方が多かった。その家の間取りは、敷地の東南角の門——と言っても丸太を二本立てただけで門扉はない——を入って五米程歩くと右へ折れる敷石があり、その突当りが真南に向いた玄関になっている。玄関の板の間左側の扉を開けると広縁になっていて八畳の客間と六畳の部屋を襖で仕切った続きの間があり、広縁の西の突当りに客用のトイレがあった。玄関の右側は改造した十畳程の書斎兼応接間で、壁一面の造り付け本棚に書物がぎっしり並んでいる。家族の生活エリアはその奥にある六畳二間と四畳半、三畳そして土間になっている台所で、浴室と便所は屋外の別棟にあった。ここまで説明すれば誰でも判る様に、阿佐ヶ谷のわが家は父が立てた家でなく農家を一寸改造しただけの古屋である。最初のうちは手押しポンプの井戸が戸外にあって炊事洗濯の家事労働が大変だったが、私が小学校に上った頃、台所の土間に床を張り、井戸にモーターを付けて水槽を屋根に設置し、屋内に蛇口と流しを設けて、漸《ようや》く家の中で水仕事が出来る様になった。同じ頃父が何人かの学生を引き連れて風呂場と便所(当時は汲取式の単純なもの)を作り、外に出ないで用便と入浴が出来る様になる。井戸がまだ戸外にあった頃、房総九十九里生れで魚の好きな父が大きな魚をさばいたり、時には鶏や鴨の毛をむしったりしているのを、時々手押しポンプで水を出しながら眺めていたのを思い出す。溝浚《どぶさら》いをさせられた後素裸になって井戸水を頭からかぶった時の爽快さも忘れられないし、凍てついたポンプに熱湯をかけてやっと水が使える様になった真冬の苦労も良く憶《おぼ》えている。

そんな古くて不便な家の中で父の書斎だけは初めから洋風に作られ、特に造り付け書棚は家の中のどの家具よりも立派で貫禄《かんろく》満点だった。恐らく巣鴨から引越す時に父の仕事場だけは優先的に費用をかけて改築したのだろう。大人達がいなくなると私は独りで書斎に入り本棚から本を取り出してはパラパラと頁をめくり読むともなく字を眺めていた。父の専門は古文法なので、万葉記紀をはじめ日本の古典に関する本が多かったが、江戸時代の近松、西鶴、明治大正の文学全集も様々な背文字を見せて揃っている。辞典の種類も多く何処にでもある漢和、和漢辞典は勿論、古語辞典、俚諺《ことわざ》辞典などの珍しいものもあった。その中でまだ漢字が良く読めない私が一番興味をそそられたのは「ことわざ辞典」で、大人達の会話に出て来る色々のことわざ言い伝えの言葉を頭の中に入れて置き、この辞典を引くと「成る程そう言う事か」と納得した。この頃の文章や会話の中には「ひとの振り見て我が振り直せ」とか「遠い親戚より近くの他人」の様な日本古来の諺《ことわざ》に交って「貧者の一燈」「羊頭狗肉《ようとうくにく》」など中国の故事から出た諺が頻繁に使われ、子供の私が聞いても何の事かさっぱり理解出来ない事が多かったが、この辞典のお蔭で随分と物識りになれた。その沢山の本の奥付けに三糎四方もある大きな正方形の朱印が捺《お》してあるのを見て、父が本を読み終えた印《しるし》と思い「こんな沢山の本を読むなんて大したものだ」と感心し、父に「書斎にある本は全部読んだのか？」と質問したところ、父はニヤニヤ笑うだけで返事をして呉れなかった。子供の知恵では「秋葉蔵書」の秋葉は読めても蔵書の意味が判らなかったのだ。辞典以外に私がどんな本を読んでいたか余り憶えていないが、学校に行く様になって先生や上級生に奨《すす》められて、源氏物語や平家物語などの古典から夏目漱石、森鷗外、島崎藤村など明治大正の文学書まで、色々な本を読んだ時に、以前読んだ事がある様な気がする場合が屢々あったから、ただ字面を追っただけで内容を理解する程ではなかったにせよ可成り多くの本に接していたのは確かである。ずっと後になってから母から聞いた事だが、その頃の家計は全額母の稼ぎで賄《まかな》われ、父の日大からの給料（研究室助手の給料など知れた額だったであろう）は全部本代と父の小遣いになっていたそうだ。つまり書斎の本は母の爪で火を灯す様な苦労の結晶と言うべきで、小学校教員の安月給で一家六人の生活を支える苦労は、私が小学校を卒業する頃、父が助教授の肩書を持つまで続いた。

父は千葉県九十九里の漁師の一人息子、小さな網元だった祖父は持船ぐるみ日露戦争に駆り出され、船もろ共日本海の藻屑《もくず》と消え、残っているのは金鵄勲章《きんしくんしょう》功七級の燻《くす》んだ金属片だけである。祖父が戦死した後、家業を継ぐのが嫌だった父は、青雲の志を抱いて上京し苦学しながら日本大学文学部国文学科を卒業した。その頃の苦学生（よく聞く例としては素封家の学者、文人、政治家の家庭に下男として住み込み、家事手伝いをしながら勉強する）の暮し振りがどんなものだったかは想像するしかないが、父は偶々《たまたま》鳥取の婚家を跳び出して上京し小学校の教員をしていた二歳年長の母と識り合い世帯を持った。母は鳥取生れで女子師範学校を卒業した後直ぐ結婚し女の子を産んだが、その子を置いたまま生まれたばかりの次女を抱いて上京している（つまり私の姉は異父姉）。母がどんな理由で自分の腹を痛めた子供を捨ててまでして家を出たのかは聞いた事がないが、母の明るく楽天的な性格からすれば、山陰の旧家に伝わる不合理で陰湿な因習《いんしゅう》に耐えられなかったのだろう。実はその旧《ふる》い事実も、昭和四十八年に母が死んだ時、置き去りにされた長女が弁護士の夫を代理人に立てて遺産相続権を主張するため、鳥取から上京して来た時に初めて知った。話し合いの結果数百万円の金銭を支払う事で交渉はまとまり、いじましいトラブルにならずに済んだが、僅《わず》か二年後にその長女が病死し遂に本人に面接する機会はなかった。私と兄と姉の三人は、戸籍謄本だけを手掛かりに会った事もない長姉に母の遺産を分け与える事に幾らか割り切れない気持が残ったが、これも亡くなった母に対する供養《くよう》と思えば良いと話し合ったものだ。

阿佐ヶ谷の家の敷地の西側三分の一は、川に沿った細長い地形で、トマト、胡瓜、隠元豆、青菜、苺など季節の野菜を育てる畑になっていた。昔の人は器用だったのか農家出身でもない父と母が閑を見つけては土を耕し人糞を撒《ま》いて家族を養う野菜類の凡んどを自給していた。収穫は野菜だけでなく、葡萄棚《ぶどうだな》には食べ切れない程紫色の実が下っていたし、柿の木も毎年拳《こぶし》程の甘い実をつけた。こうした生木《なりき》の中で私が良く憶えているのは、玄関の側に植ってい た柘榴《ざくろ》の凸凹《でこぼこ》した殻《から》を持った奇妙な実の事で、ぱっくり割れた殻の中の紅い実を齧ると怪し気な甘酸っぱい味がする。大人達から柘榴の味は人肉の味とそっくりだそうだと言われ、少々気味悪く感じながらも、他の果物では味わえない不思議な歯ざわりに忘れ難い魅力を感じていた。この頃父は、誰に奨められたのか菊づくりに熱中し、近頃では秋の菊祭りの展覧会でしかお目にかかれない様な大輪の花を咲かせて得意がっていた。菊の肥料には馬糞が最適だと言って、苗植の時季になるとバケツを下げて道端に落ちている馬糞を拾いにやらされる。道に落ちている金目の物を探す乞食《こじき》の様に下ばかり向いて歩き、馬糞を見付けるとブリキ製の炭挟みでひょいとつまんでバケツに放り込む作業は、子供でも聊《いささ》か恰好悪く、辺りを気にしながら長時間かけてノルマ達成に努めた。昭和初期の運送手段は、荷車、リヤカーなど人力に頼るものが主流で、ガソリンを使ったトラックの類いは郊外の道路を走る事が少なく、大量の荷は馬車で運んでいた。馬車が来るとどこまでもついて行って馬がぽとりぽとりと糞を出すのを真剣な顔付で待っている幼い子供の姿を想像すれば、この頃の暮しの中にある微笑《ほほえ》ましいゆとりを感じ取れるだろう。畑の一番奥の隣家との境目に大きなくぬぎの木があった。地表に太い根っこを曝《さら》け出し傍若無人《ぼうじゃくぶじん》に聳《そび》え立っているこの大木は、私の木登りの練習台であると共に、落ちて来る団栗《どんぐり》の実は独楽や首飾りなどの材料として貴重な遊び道具である。楊子《ようじ》を押し込んで小さな独楽を作ったり、数珠《じゅず》の様な輪にしてアクセサリーに使ったりする遊び方は、今の都会の子供達に体験させてやり度《た》い豊かな自然とのふれ合いのひとつである。

家ではいつも動物を飼っていた。犬は常時家族の一員並に扱われていたし小鳥、栗鼠《りす》、猿もいた事がある。猫だけは私が生れる以前、姉のペットとして飼っていたが、何とかと言う病気を子供に感染させた廉《かど》で飼育される資格を奪われ、私が物心ついてからは一度も家にいた事がない。父の犬好きは相当なもので、柴犬、土佐犬、秋田犬、シェパードなど何処から連れて来ては芸を教え込んで喜んでいた。中でも英国産のグレートデーンを連れて来た時は、子供の背丈より大きい面長の犬を見て家中が大騒ぎになった。何しろ仔牛程もある大きな躯を受け入れる小屋はないし、肉しか食べない食慾を満たすのも大変だ。早速近所の材木屋に行って材料を買い集め物置の様な立派な小屋を造り、肉屋に行って骨付の肉を籠一杯貰って来る。若い猟犬の歯が恐るべき威力を発揮して豚や牛の骨をカリカリと噛み砕き忽ち胃袋に入れてしまうのを見て、こんな歯で噛みつかれたら人間だっていちころだと家族全員恐怖にかられる。しかし性格は予想以上に従順で、買物帰りに母が肉屋から貰って来た骨付肉を食べながら一週間程ですっかり懐《なつ》いたのでほっとしたある日、散歩の途中に鰻屋の出前小僧に吠えかかり、吃驚《びっくり》した小僧が道端に放り出した鰻重五、六人前をペロリと平らげて舌舐《な》めずりをしていたが、結局その鰻が性《しょう》に合わなかったのかコロッと死んでしまった。この笑い話にもならない事故には、家族一同がっかりして二、三日余り口もきかずに過ごした。主を失った犬小屋はその後暫く物置として使っていたが、物置を見る度に鰻を食べ過ぎて死んだ大きいけれど可愛かった犬の事を思い出すのが辛くなり、取り壊してしまった。父の血を引いたのか私は子供の頃から生きものに興味を持ち、昆虫類を籠に入れて飼っていた。学校に行く様になってからは、夏休みの宿題で虫や野草の標本を作るといつも先生に褒められていたが、それもこれも身体がひと一倍虚弱で集団に馴《な》染《じ》まず、独りでコツコツ楽しむ事が好きな内向型性格の故だろうと思っている。

後で書く事になるが、私は十三歳の時に陸軍幼年学校に入り、結核で一年間自宅療養していた時期を除き、二十一歳で敗戦となるまで休暇の時以外は凡んど両親と一緒に暮した事がないので、父母に関する思い出は十三歳の時までしか残っていない。子供の目から両親の性格を大雑把に表現すると、父は神経が繊細で優しく、房総の男に多いと言われる怠け者、母は負けん気が強く一途に事を貫く男まさりの女丈夫とでも言うべきか、怠け者の父の尻を叩き、学長の地位にまで押し上げたのは、父の上司同僚後輩学生に至るまで満遍《まんべん》なく気を遣《つか》い、どんな場面に出会っても堂々悠然と事を処理する母の功績に負う処が多いと思っている。幼い頃屢々父に連れられて新宿の映画館に行ったり父の大好物だったコーヒーを飲みに喫茶店(今の様に沢山はなかった)に行ってアイスクリームを食べたりすると、家計の遣り繰りに苦労の絶えなかった母が「子供をダシにして遊んでばかり」と愚痴《ぐち》をこぼしていた。生れながら身体が弱く無口で何処に行っても黙って傍にいるだけの私が、ダシとして最適だったのだろうが、母にして見れば暢気《のんき》に遊んでいる父が腹立たしかったであろう事も良く判る様な気がする。それでも私は、新宿から家までタクシーに乗せて呉れたり、阿佐ヶ谷の駅から人力車に揺られて帰宅するなどの体験をさせて呉れる父が大好きだった。その父親っ子の私も夜は毎晩母の寝床にもぐり込み、母親の乳房に触れながら眠っていた。妹は親と一緒に寝るのを嫌がったので、小学校三年生頃まで母の添い寝は私が独占し、学校へ行く様になったのだから独りで寝なさいと言う父も、母が病気だった故で母乳を一滴も飲まされなかったから今になって乳を欲しがるのだろうと余り強く叱る事はなかった。父と母は屢々喧嘩し時には父が押入れから日本刀を持ち出して逃げる母を追いかけ廻す大立ち廻りを演ずる事もあった。そんな時姉や兄は眼をつり上げて怒っている父を怖がって遠巻きにしていたが、私は父の両脚にしがみ付き仲裁役を務め、普段は凡んど口をきかない私が真顔になって「やめろ！　やめろ！」と叫ぶと、どう言う訳か何時も喧嘩が収った。兄は何回か父に殴られているが、私は父から鉄拳を喰った記憶は全くない。

その頃研究室の学生がよく遊びに来た。大学の先輩でもある父は、金もないのに学生達をもてなし時には酒盛りが始まる。酒に弱い父は呑み始めると直ぐ顔を真紅にし三十一文字を詠《うた》い出す。学生達はまた何時もの癖が出たと腹の中で苦笑しながらも神妙に父の和歌に聴き惚れるふりをする。傍で見ている私には歌の中身がさっぱり判らないが五・七・五・七・七と韻律をふんだリズムが心地良く耳に響き、学生達と同じ様に真面目な顔をして聞いていた。その学生達が父の博士論文（古語文法）の基礎資料である数万枚のカード作成整理を無償で手伝っていたという事は、ずっと後になって知ったが、怠け者の父が文学博士になれたのは、大勢の後輩達の協力とその学生達を嫌な顔もせずにもてなした母の努力の賜《たまもの》である（父が学位を取ったのは、それから十五年以上経った敗戦後、既に六十歳に手が届く年齢になっていた）。大学関係の訪問客の中に芸術学部音楽科の先生がいて応接間のボロピアノを弾きながらソプラノで歌を聞かせて呉れた。美しい混血の中年女性がコロラチュラの高い声を自由自在に出すのを、天国にいる様な気分で聞いていたのを憶《おも》い出す。父は結構多趣味でバイオリンを弾いたり尺八を吹いたりレコードを集めたりしていたが、どれもこれも中途半端で結局そこそこの水準に達したものは何ひとつなかった。無欲で競争心の薄い父は、楽しむだけで充分幸せだったのだろう。

母は文字通りの行動派、思い立ったら直ぐ実行に移さないと気が済まない性格だ。父の上司に対しては小まめに表敬訪問をして、どちらかというと人付合に熱心でない父の弱点をカバーし、父の同僚や後輩達にも愛想良く振舞って人間関係が円滑になる様気配りに努めた。大学という組織は人格学識ともに優れた人の集りだから、何事も筋道の通った合理的な運営がされると思い勝ちだが、実態はそんな生易しいものではなくて、権謀術策《けんぼうじゅっさく》が渦巻《うずま》いているドロドロした閉鎖社会だと、常々父から愚痴とも批判ともつかぬ話を聞かされていたが、その複雑な社会の中で父の立場をどうにか守り得たのは、母の人並以上の気働きの功績だろう。母の特技のうち子供の目から最も驚嘆《きょうたん》したのは毛筆書の能力で、プロ並みに巻紙を手に持ってさらさらと流麗《りゅうれい》な文字をしたため文章も仲々のものだった。よく学者は字が下手だと言うが、父もその例に漏《も》れず金釘《かなくぎ》流だったので、年賀状や暑中見舞は総《すべ》て母が代筆していた。母が勤務していた小学校の先生がわが家を訪れる事は凡んどなかったが、夏休みの旅行（今で言う研修旅行だったのだろう）には、四人の子供のうち私だけがよく連れて行って貰った。身体が弱く人見識《ひとみし》りの激しい私の心身を少しでも正常に近づけようとする配慮だが、霞ヶ浦のポンポン蒸気船に乗った事とか、信州の山の中のハンモックで昼寝をした事など忘れられぬ思い出がいくつか残っている。女子師範時代の母の友達が家に来ると、玄関で鳥取弁のやりとりが始まるので、奥にいる子供達にも直ぐ判ってしまう。関西弁と一寸ばかり違うが、テンポが速く抑揚の強い鳥取弁を丸出しにする時の母の声は、もともと並以上の大声にアクセントが付いて、まるで江戸っ子の喧嘩の様な雰囲気をかもし出す。相手の訪問客も負けじとばかり方言をぽんぽんと吐き出すから、意味は少々判り難いが万才《まんざい》を聞いている様で随分と面白かった。父と喧嘩する時でも、口喧嘩の段階では質量共に母が父を圧倒し、堪り兼ねた父が拳骨《げんこつ》を振り上げたり日本刀を持ち出したりしてクライマックスになるのが常々のパターンだったが、口では到底敵わない父が最後の手段として暴力的威嚇を試みていると、子供の目からも直ぐ理解出来た。そんな夫婦喧嘩の後は、父が犬を連れて散歩に出るのが習慣になっていたが、バツが悪そうに家を出る父の後を追い、何か買って貰ったり食べさせて貰ったりの利得を獲得するのは何時でも私だった。見方によっては父の弱みにつけ込む卑劣な手段と映るかも知れないが、私はそうする事が険悪になった両親の関係を和らげる最も有効な手段だと信じてやっていたのである。

阿佐ヶ谷のわが家の周辺に商店は全くなく隣りの大工さんが内職で営んでいる煙草屋があるだけである。夕方になると主婦達は駅前商店街まで買物に出かけるのが習わしだ。私の家から徒歩で十分程のその商店街は間口二、三間程の小さな木造二階建店舗兼住宅が軒を連ねている程度の決して繁華街などと言える街並ではなかった。現在の阿佐ヶ谷北口アーケードの買物風景と重ね合わせると、七十年の間に随分と賑やかになったものだと今昔の感を禁じ得ない。私の幼児期は昭和初期の所謂世界大恐慌の真只中だったので、経済活動は沈滞し世の中全体が活気を失い、庶民は肩をすぼめひっそりと暮していた。その不景気の故か日常生活必需品のご用聞きが毎日注文取りにやって来る。電話を引いている家は数える程しかないから、このご用聞きは主婦にとって省力化の有難い味方であり、多少価格は高くつくが結構よく利用していた。私が今でもはっきり憶えているのは菓子屋の外商、見本を詰めた大きな箱を背負った小父さんがやって来ると、子供達が縁側に集って五糎四方の枠の中に並んだ色々な菓子を試食し「あれがいい、これにしよう」と母親にせがむ。母親が家計を気にしながらも注文を出して呉れれば「やった」とばかり大歓声を挙げ、たとえ試食だけで終っても子供にとって楽しいひと時になった。

あの頃の食生活の実態を記憶の限り思い出して見ると、主食は勿論米で麵類パン類は値段の面から贅沢品であった。米も普通の家庭では精白米より胚芽米《はいがまい》を使う場合の方が多かった様だ。それは食品の種類が豊富で特別な配慮をしなくても適当な栄養素が摂取出来るし、必要ならば各種ビタミン剤も簡単に手に入る現代の食生活環境と違って、当時は食べ物の種類が少なかったため、胚芽によってビタミンを補給し様としたのだと思う。わが家でも所謂銀《ぎん》舎利《しゃり》と呼ばれる白米を使わず、頭に黒っぽい斑点のある胚芽米を常用していた。敗戦後に知った事だが、昭和初期私が胚芽米を食べていた頃、農村では不況と小作料値上げで自ら収穫した米を口にする事が出来ず、粟《あわ》や稗《ひえ》などの雑穀《ざっこく》で飢えを凌《しの》いでいた事を思えば、都会の庶民はまだまだ幸せだったと言うべきだろう。朝食は味噌汁と漬物、偶《たま》に目刺しが二本位は付けられる。学校に行く子供には、アルミの弁当箱にご飯を詰め梅干しを埋め込んで海苔をかぶせる「日の丸弁当」に竹輪《ちくわ》の煮付けか塩っぱい佃煮《つくだに》が申し訳程度隅っ子に添えられ、一寸贅沢をする時は甘い炒り卵のおまけが付く。家にいる子供の昼食は、朝の残り物以外何もないから、冷ご飯を丸めて握り飯にしたり、漬物でお茶漬位で済ます。だから食事と言える程の食べ物にありつけるのは夕食だけ、その夕食も野菜の煮物に少ししか食べられない白い塩のふいた鮭か光りものの魚の塩焼き、それに汁物がついてそれで全部である。そんな暮しの中でも父が九十九里出身だったお蔭で新鮮な魚が頻繁に入手出来た分だけ幸せだった。信じられない事だろうが、私は子供の時に肉類を食べた記憶が全くない。現代の様にハンバーグやフライドチキンなどが何処にでもある時代ではないので、家庭の食卓で肉を食べるのは鋤焼《すきや》き鍋位のものだったが、その鋤焼きを出されても豆腐と葱としらたきばかりに手を伸ばし、肉は食べる気がしなかった。その私が獣肉を食べる様になったのは、全寮制の陸軍幼年学校に入った十三歳の頃からで、それも最初のうちは昼も夜も豚肉料理ばかりで閉口しながら、他に食べる物がないので已むを得ず口に入れ漸く馴れて食べられる様になったという努力の結果である。前にも書いた通り野菜類は真冬を除き概ね畑のもので間に合わせ、茄子や胡瓜は糠漬けに白菜青菜は塩漬けにして一年中食卓に並んだ。総じてあの頃の庶民の食べ物はつつましく質素で、塩分過剰の問題はあるがカロリーオーバーもコレステロールも気にする必要のない控え目なものだった。食べ物に対する私の価値観は不況のどん底だったあの頃のままで今も全く変わっていないから、美味《おい》しい物を食べたいとか珍しい物に食欲をそそられる事は凡んどない。食卓に出て来る食べ物は何でもそれなりに美味しいし、目を見張る様なご馳走が並んでいても取り立てて感激する事もない。私のために一生懸命ご馳走を作って呉れる人――そんな人は滅多にいないだろうが――がいればまことに申し訳ない「味音痴」になったのは、貧しい家庭でロクなものも食べさせて貰えなかった故だと理解して貰い度い。

食べ物に関して忘れ得ぬひとつの事件がある。四歳位の頃だと思うが二週間以上ご飯のおかずに玉子ばかり食べた事があった。母が食卓に何を出しても玉子以外は頑として口に入れようとしない私が、ある日の夕方「目が見えない」と騒ぎ出し、吃驚した母が眼科医に連れて行き診察して貰った結果「鳥目」という事になった。母はそれ見たことかと言わんばかりに「鶏の玉子ばかり食べたから鳥目になったのだ」と私を責め、それ以後は何でも万遍《まんべん》なく食べる様になった。もっともこの話は母から聞かされた事で、鳥目になった本人の記憶は曖《あい》味模糊《まいもこ》としている。玉子ばかり食べると鳥の様に夜間盲目になるというのが医学的に証明されるものなのかどうか未だに半信半疑だが、母と医者の連係プレイで子供心に何でも食べなければと納得したのだから結果オーライには違いない。食べ物とは言えないがもうひとつ思い出すのが「まむしの粉」を強制的に常用させられた「苦い思い出」である。骨と皮の青《あお》瓢箪《びょうたん》で見るからに弱々しい私を何とか一人前の子供に育てようと両親が考え出した方法がカルシュームの炊き込みご飯と蛇の黒焼きだった。カルシュームの方は味がないので気付かずに食べていたが、蛇の粉のあの何とも表現し様もない強烈な臭気には毎回辟易《へきえき》し、オブラートに包んだ異物を口の中に押し込められると自然に涙が出た。それでも我慢して飲んでいたのは、親の強制というより、熱を出したり腹痛を起こしたりした時の辛さに比べて一瞬の苦痛の方がまだましだと思った故だろう。しかもそのまむしの粉末のお蔭で何とか育ち、激しい軍隊生活にも耐えてどうやら七十数年間も生き延びているのだから、両親にも蛇にも感謝しなければならないのは当然である。子供の時からの粗食習慣のお蔭で、敗戦前後の食糧難を耐える事が出来、年をとってもビール腹にもならず標準体重を維持し、飽食の時代と言われる現在でも野菜中心の食事で全く不満を感じないばかりか、成人病のバロメーターである血圧も正常値を保っている。貧乏暮しの中で四人の子供を育てるために、家庭菜園に精を出し贅沢をさせなかった両親の方針は、他に方法がなかったのかも知れないが、子供達の心と身体の健康に良い結果をもたらしたと評価すべきであろう。

食べ物の話はこれ位にして当時の衣生活を思い出して見よう。その頃のファッションの主流は和服である。大正末期から始まったモボモガの流行は、まだ東京郊外の杉並にまでは波及していない。家の中では大人も子供も着物姿で洋服は父が大学に出勤する時だけ身に着ける。隣近所もほぼ同様で、昼間家の中で洋服を着ている主婦を見かけるのは、余程西洋かぶれの進歩的（？）家庭である。母は背が低い上に丸々と太っていて洋服を受け付ける体型でなかった故か、出勤する時も一寸ばかり上等の着物に着換えるだけだった。私の着衣ときたらとても鑑賞に耐える代物とは言えない。何しろ五歳年上の兄のお下りを繕《つくろ》った洗い晒《ざら》しの木綿絣《もめんがすり》に兵児帯《へこおび》という、昔の映画に時々映し出される田舎の小僧っ子スタイルだったのだから目も当てられない。もっとも小学校高学年頃になると背が急に伸びて兄を追い越してしまったので、その頃からは新調の衣服を与えられる身分になった。現代の子供ならそんな見っともない服装では絶対納得せずに親に対して徹底抗戦する処だろうが、昭和初期の男の子にはファッションに対する欲望も関心も凡んどないから平気で街中を歩いていた。衣服に対する私の価値観は今もその頃と余り変わっていない。こんな事を言うとハイセンスの若者に野蛮人と馬鹿にされ、アパレル産業の社長さんに睨《にら》まれるかも知れないが、着衣は見るものでも見せるものでもなく身体を覆って暑さ寒さを凌げれば充分だと思っている。そうは言っても主婦や娘のお洒落に対する欲求は当時も今も同じ、金がなくて大仰に着飾る事は出来なくとも、簪《かんざし》や帯留などの小道具でアクセントをつけ、半襟や鼻緒の色合いで気分を出す。絹の余所行きは専門の仕立屋に出して繕ったり、新しい柄に染替えたりするが、木綿《もめん》の着物は自前で解き洗い張りして縫い直す。桐箪笥の中には一張羅の晴着一式と黒い喪服がナフタリンと一緒に保存されており、いざという時に恥をかかない用意を万端整えてあるのだ。男のフォーマルウェアーも矢張り和服で、仲人を引き受けた時は勿論、各種の公式行事やパーティーにお呼ばれした時は、羽織袴に草履《ぞうり》を穿《は》いて出掛けるのが常である。私はあの袴というものを身に着けた経験がないが、あんな手の込んだ奇妙なものを事もなげに穿いている父を見て不思議な気分になったのを憶えているし、姉が女学校の卒業式の日に臙脂《えんじ》の袴に同じ色のリボンで髪を束ねて颯爽《さっそう》と出掛けて行った事も忘れない。

貧しい暮しの中でも身躾《みだしな》みに気を配り、さりげないお洒落を楽しんでいた平和な時期も昭和六年（一九三一年）の満洲（中国東北部）事変を境に様相を激変させる。十五年に亘る侵略戦争の始まりである。三年前の世界大恐慌によって蓄積された国民の不満や社会の矛盾を解決するため、日本の支配階級が選択した道は「対外進出」つまり侵略戦争への道であった。政府財界マスコミは挙《こぞ》って大陸（この場合は満洲を指す）へのロマンを宣伝し、一望千里の曠野《こうや》に民族の未来があると行き場の失った国民の焦燥《しょうそう》を侵略へとかき立てる。官製開拓団が募集組織され、所謂「満洲ゴロ」と名付ける怪し気な人物が暗躍し始める。陸軍最強と言われる関東軍が恰《あたか》も満洲を支配する帝王の如く勝手気儘に動き出す。そして日本人の姿が男は国民服、女はモンペと統一されて行く。軍服と同じ色をした詰襟の国民服を纏った男と、ズボンの途中を膨らまし足首を締めつけたモンペを穿いた女だけが、日本中を動き廻る情況を想像するだけで、背筋に冷気が走る様な恐怖を感じない人がいるだろうか。それは最早人間の社会ではなくて、権力に支配された奴隷の集団に過ぎない。その頃からファッションに対する庶民のささやかな夢が跡形もなく圧《お》し潰《つぶ》されたばかりか、大都会が廃墟となった敗戦への道をひた走る事になったのである。その歴史的事実を冷静に考えれば、近頃の様に老若男女を問わず自らの経済力と趣味に見合った範囲で自由に衣生活を楽しめるのは、まさしく平和と民主主義の象徴と言わなければならない。私自身がファッションに対する関心が薄いからといって、戦後民主主義の中で育って来た着衣に対する自由は、断乎として守り発展させなければ国民服とモンペで苦しんでいた諸先輩に申し訳が立たないと思っている。ハイセンスの若者に馬鹿にされないためにも、アパレル会社の社長さんに叱られないためにも、これだけは強く主張して置き度い。

　幼い頃の暮しぶりを思い出すままにあれこれと羅列して来たが、最後におこがましくも図々しい実話を書き遺して置こう。

　家から北へ向って坂を登り切ると道の両側に広大な敷地を持った数軒の大邸宅がこんもり繁った森の中に建っている。その邸にどんな職業のどんな地位の人達が住んでいたかは、子供の私に判る筈もないが、夏休みや正月になると近所の子供を呼んで花火大会や映写会などを催していた。いわば子供を対象とした地域ボスのボランティア活動という訳だが、その日は子供なら誰でも行って茶菓果物など盛り沢山の食べ物が並んでいる豪華な応接間で、素敵な洋服を着た坊っちゃん嬢ちゃんのサービスを受ける事が出来る。人見識りが強く内気だった私は、そうした屋内のパーティーには行った事がなく野外の催し物に時々顔を出す程度だったが、五歳の年の正月、兄に誘われて築山《つきやま》と池のある立派な庭を持った大邸宅の座敷で催されたカルタ会に参加した。カルタは勿論百人一首である。学校に行ってない小さな私は、大人と年上の子供達の間に挟まり何となく落着かない気分で座っていたが、そのうち屋敷の主人らしい人が正面に正座し、それが得意で好きらしく読み手になって朗々と三十一文字を読み始めた。参加者の中に特別熟練した人はいない様で、下の句が読まれるまで手を出す者はひとりもいない。私は最初の一節で直ぐ下の句が頭に浮かぶから、読み手が下の句を読み始める前に該当カルタを見つけて取れるが、初対面の人も大勢いるので遠慮していた。その様子を見てそばにいた兄が「取ってもいいんだよ」と私に言ったのを契機に、折角《せっかく》来たのだからやってやろうという気になり猛然と手を出す様になった。終って見れば、字もまだ満足に読めそうもない五歳の私が、並居る年長者を抑えて断然トップである。屋敷の主人も参加者達もあきれた様に私の顔をしげしげと見つめ、子供心に懸念した通りカルタ会は白けムードで終了した。兄からその日の模様を聞いていた父は、ただ頷《うなず》くだけで何も言わず、折にふれて万葉古今の和歌を唸っている国文学者の息子が、百人一首で優勝する位当然だと言いたげな顔をしていた。だが明くる日から近所の大人達の私を見る眼が変わり、ひ弱で無口な子が「神童」に格上げされたのである。私にして見れば、閑に任せて百人一首を見ていれば誰でも覚えられると思っているから、どうしてそんなに評判になるのか不思議で仕方がないから、大人達の視線など全く気にせず相変わらず本の頁をめくったり虫を採ったりの独り遊びに余念がなかった。子供の感性や記憶力は、大人と比較出来ない豊かさと鋭さを持っている。古今東西天才と言われる人間は総て子供の時からの教育と訓練で潜在的に持っている能力を百パーセント育てられた人達で、五歳で百人一首を憶えた私の能力など取るに足らぬ茶番に過ぎない。昔から「十で神童十五で才子、二十《はたち》過ぎればただの人」という諺があるが、五歳で神童扱いされた私は、十五歳で才子にもなれず二十歳を過ぎる頃にはただの人になるためにあくせくと苦しみ、七十歳を超えた今でも愚にもつかぬ煩悩《ぼんのう》に振り廻され、近いうちに老人性痴呆で周りの人に迷惑をかける様になるのではないかとひそかに心配している有様である。所詮《しょせん》人生とは、辛く苦しく淋しく空《むな》しく、そしてほんの一寸ばかり温かいドラマなのかも知れない。

2　小・中学校の思い出

私が六年間通った小学校は阿佐ヶ谷駅北口ホームから見える杉並第一小学校である。現在は鉄筋コンクリート造りの校舎になっているが、当時は木造二階建の可成り草臥《くたび》れた学校だった。それでも杉並区で最初に出来た小学校の誇りと伝統があったのか、区内では良い小学校の筆頭にランク付けされていた。取り立てて特徴らしいものは見当らないが、府立（当時東京は府制を敷いていた）中学校に合格する生徒が多いとか、合唱コンクールに優勝した事があるとか、教育水準と共に文化面の実績を自慢していた。尋常小学校と名付けられた当時の教育課程は現代と余り変わりはないが、明治以来の「富国強兵」の国家方針を初等教育に具体化した「修身」という道徳課目が設けられていたのが象徴的と言えるだろう。修身とは、明治半ばに発布された「教育勅語」の精神に則り、子供達の人生観や価値観の根っ子に「忠君愛国」の思想を植え付けるのが目的で、日本は神の国、天皇は現人神《あらひとがみ》、国民は天皇の赤子《せきし》と位置付ける所謂「皇国史観」を理窟抜きに押し付ける偏向教育であった。戦後の教育を受けた日本人にとって、教育勅語の中身はおろか名称さえも死語になっているかも知れないが、修身の教科書には勅語に書かれている徳目、例えば親には孝行、兄弟姉妹友人とは仲睦まじく、勉学に励み社会に貢献せよなどと、誰も反対出来ない当り前の原則が羅列されているが、窮極の目標は神の国と天皇に対する「滅私奉公《めっしほうこう》」の人作りであった。子供達は髭を生やした学校で最も怖そうな教頭先生が、面白《おか》くも可笑しくもない教えを垂れる修身の授業が何よりも苦手で苦痛だったが、この科目で先生に睨まれたら他の国語や算数でそこそこの成績を挙げても、間違いなくどんどん尻に落されるのを知っているから、じっと我慢の子になり神妙な顔付きで先生の話を聞いていた。修身の授業を体験した私が気になるのは、最近の教育現場で問題になっている教育の画一化、管理強化教育など一連の現象である。神格化された天皇の名による強制はなくなったが、髪の毛の長さやスカートの丈を規制したり遅刻や忘れ物をした子供に必要以上の罰を課したり、日の丸の掲揚や君が代の唱和を行政で押し付けたりするのは、形は変わっても戦前の教育勅語を下敷きにした教育と同じパターンの様な気がしてならない。幼い子供達に学んで欲しい事は、そんな規律や徳目ではなく、読み書き算数の基礎学力と共に、人間の素晴らしさ無限の可能性と、その人間の集まりである社会の未来に対するわくわくする様な希望である筈だ。教育現場で働いている先生方にいま一度奮起をお願いし度い。

さて私が小学校に通っていた頃の日本社会を復習して見ると、大正六年（一九一七年）にロシア革命が起こり、日本列島にも民主主義運動が燎原《りょうげん》の火の様に燃え拡がって所謂大正デモクラシー時代を創り出す。この運動は学問文化を通して知識層を刺戟しただけでなく、労働者や農民を階級的に目覚めさせ、民政党、自由党の保守二党しかなかった日本に革新政党を生み出すなど政治の分野にも大きな影響を与えた。日本共産党が非合法組織として結成されたのも大正末期の事である。昭和三年（一九二八年）あの忌わしい三・一五左翼大弾圧――小林多喜二の小説『一九二八年三月十五日』はこの事件を題材にした――が強行され、その翌年ウォール街の株価大暴落をきっかけとして世界大恐慌の嵐が吹き荒れた。私が小学校に入学したのは、まさに恐慌の真只中である。昭和六年（一九三一年）軍部の挑発によって満洲事変が勃発《ぼっぱつ》、五年後の昭和十一年（一九三六年）には二・二六事件が起こって文民内閣は倒壊、以後日本が連合国に無条件降伏するまでの九年間、陸海軍部による軍国主義支配が続く。この期間、不況失業物資欠乏で食い詰めた労働者農民は、国策に沿った形で大陸（主として満洲）開拓団に応募組織され、邦人保護を口実に増強された関東軍（満洲駐留の帝国陸軍）が日中戦争の引鉄《ひきがね》を引いて、ヨーロッパに於けるナチスドイツの侵略と結んで第二次世界大戦へ突入して行った。現在でも戦争の傷跡として問題になっている「中国残留孤児」の凡んどは、政府の奨励に従って大陸に入植した人々の子弟である。昭和五年に入学し昭和十一年に卒業した私の小学校時代は、侵略を最大唯一の国是とした軍国主義が、加速度的に日本列島をすっぽり覆って行った、身の周りに硝煙《しょうえん》の臭いと軍靴の音が絶える事のない時期であった。

生れながらの虚弱体質で何時まで生きられるか不安であった私が、何とか満六歳まで生き延び晴れて小学校に入学出来たのは両親の並々ならぬ努力の賜である。見知らぬ人とは滅多に口を開かない真白気の顔をしたもやしっ子もランドセルを肩に学校へ通い始める。当時は「男女七歳にして席を同じくせず」の儒教の訓《おし》えに従い男女別クラス割りだった。現代人では理解出来ないだろうが、この男女別編成に疑問をさし挟んだり異議を唱える人はひとりもいない。だが私のクラス担当は若く美しい女教師の杉山先生で、保育園か幼稚園の保母さんの様に優しかったので、気難しい私もどうやら無事に通学していた。担当教師は二年毎に替り、三、四年は海老原先生、五、六年は石川先生である。この石川先生がどういう訳か私を毛嫌いし進学について随分と苛《いじ》められたが、その話はもう少し後で書く事とする。科目は国語（読み方と書き方に分類される）、算術、体操、音楽、図画それに修身が加わり、高学年になるにつれて綴方（作文）、習字（毛筆）、国史、理科（物理と化学に分類される）、地理が追加される。現在の社会に該当する科目は修身という事になるだろう。成績評価は甲乙丙丁戊の五段階で大多数の生徒は甲か乙の付いた通信簿（成績表）を貰うが、なかには丙以下の点数を付けられる生徒もいる。一クラス約五十名なので通信簿には総合評価として五十人中何番という形で順位が明記される。一、二年生の時の私の成績はクラスの真中辺り、三月生れで四月生れの子と一年近いハンデがあった故もあるが病気で欠席する事が多いのが一番大きな原因だったと思う。この頃最も点数の悪かったのは音楽、図画、体操、体操は体力が人並でなかったので仕方がないとしても、音楽と図画が悪いのは両親も納得出来ない様子だった。実は、音楽は内気で声を出すのを嫌がり、図画は先生が気に入らなくて何を言われても返事さえしなかったのが点数の悪い真相である。母がその事を察知して図画と習字の塾通いをさせて呉れたのは二年生になって間もない頃だったろうか。塾と言っても、母が勤務している小学校の先生が内職程度にやっている個人塾で、週一回二年間通った。生れつき無器用な私だから結局見るべき成果を挙げずに挫折してしまったが、画《え》は心に浮かんだイメージをありのまま表現すれば良い、字は形にとらわれず勢いで書けと教えられた事は、今でも私の頭の中にはっきりと残っている。その頃コンクールに出して入選した字がひとつだけ残って手許にあるが、「淡如水」（あわきことみずのごとし）と大書した三文字は、決して上手とは言えないが勢いのある力強い字だと自分でも納得出来る。絵の勉強も静物風景人物を対象にデッサンから水彩までひと通り教わったが、もともと才能がないので直ぐ嫌になり当時の作品は一枚も残っていない。しかし結核に罹って療養していた頃スケッチブックを持って色々な景色を画《えが》いて楽しめる程度の効果があったのだから満足すべきだろう。二年余りの塾通いは目覚ましい才能の開花にはつながらなかったが、私の人生にそれなりの色合いを添えた点で決して無意味でなかったと、それをさせて呉れた母に感謝している。子供の時の体験は大人が考える以上に影響が大きいものだから、余裕があれば子供に色々な場を提供してやるのが、次代を背負う子供を育てる大人達の義務ではないだろうか。

クラスの子供達の家庭環境は、地元の大地主（政治がらみの地域ボスが多かった）、兼業農家、商店、大震災後移住して来たサラリーマンなど多種多様である。同じサラリーマンと言っても、私の家の様に貧乏大学助手と女教員の共働き家庭もあれば、大会社の重役さん、高級官僚や軍人の家庭もあって、生活水準はピンからキリまで様々である。下男や女中を雇える金持もいれば母親ひとりできりきり舞いの貧乏人もいて、国民の八割が中流と言われる現代とは見た目も中身も大違いの階級社会である。その違いは子供が学校に持って来る弁当に如実に表れる。給食制度などない時代だから弁当作りは主婦の大きな悩みのひとつ、金と労力にゆとりのある家庭の子供は、ご飯用弁当箱とやや小さいおかず用弁当箱の二個を持参しおかずのメニューも日替りだが、余裕のない家庭は日の丸弁当か握り飯の日々が続く。忙しい商店などは子供に十銭玉を与えパンでも買って食べろと言う場合も多く、悪賢い子供は昼抜きで十銭玉を貯め込み、映画館を覗いたり盛り場をぶらついたりの遊興に利用する。服装も十人十色区々《まちまち》で一年中絣《かすり》のツンツルテンの着物にチビた下駄《げた》穿《ば》きの子もいれば、洒落た洋服を身に着けた坊っちゃんもいる。この誰の目にもそれと判る生活水準の大きな格差に対して、子供達が凡んど優越感や劣等感を持たず、校内でその事を原因とする様なトラブルが起きなかったのは、世の中には金持と貧乏人がいるのが当り前という「社会的合意」が定着していた故《せい》なのだろう。

私のいた組でトップを争っていたのは、大会社の重役さんの息子と陸軍大佐の息子だった。二人とも見るからに賢そうな顔をし、お行儀も友達付き合いも文句のつけ様もない良く出来た子で、当然担任教師の覚えも目出度く常にクラスの模範となっていた。一方商家の子供達は凡んど勉強に興味を示さず成績など全く気にしないから、何時でもクラスの底辺を支える役割りを担い、そうした生徒の親も義務教育だから六年間はやむを得ず学校に行かせるが、本音は一日も早く家業の手伝いをさせたいと思っているので、学業の結果には無関心だった。私はそのどちらにも属さない中間層で、宿題は叱られない程度にやるが予習復習は絶対にしない怠け者だった。放課後は勉強好きの優等生グループは敬遠し、勉強はそっち退けで遊びに熱心な底辺組と付き合っていた。母親がロシア人だった帽子屋の息子、駅前理髪店の末っ子、果物屋のひとりっ子などの悪餓鬼《わるがき》どもと遊んでいると、サラリーマン家庭では味わえない珍しい体験に出会い面白くて堪らなかった。ベー独楽やメンコの賭け事とか映画のラブシーンとか不良仲間の話題となる「悪事」を知ったのもこうした学友達の指導のお蔭である。

三年生になった頃から急に背丈が伸び始め長い脚を使って短距離競争なら上位に入賞するまで体力も付いて、青瓢箪とか木偶《でく》の坊などと苛められる事もなくなった。勉強の方もロイド眼鏡をかけた学者タイプの海老原先生の言う事を素直に聞いて自発的積極的にする様になり、何時落ちこぼれるかとハラハラしていた両親を安心させる。その頃、同学年の女子組に何処から来たのか上品で可愛らしい女の子が編入されて三年男子の間でアイドルになっていた。その子の家が私の家から北へ一粁《キロメートル》程の森の奥にあって、石造りの洋館の壁一面に蔦《つた》を生《は》わせた神秘的な雰囲気に包まれていたので、そこに住んでいる女の子が西洋のお伽話に出て来るお姫様に思えて益々憧れの気持をそそられた。勿論、内気で口の重い私はただの一度も彼女と言葉を交す事なく、ひたすら胸の奥で小さな灯を燃やす片思いの見本の様なものだったが、その子の家の傍を何度も歩いて楽しい思いに耽っていたあの頃を思い出すと今でも心暖まる気分になる。宇都宮というその女の子は、卒業間際になって東京の有名なお嬢様学校に進学するため市内の中心部へ引越し、私の淡い初恋は甘酸っぱい憶いを残しただけで霧の様に消えてしまった。

三年生の秋満洲事変が起こり対外侵略の流れはもう誰も止められない奔流《ほんりゅう》となって国民生活の隅々《すみずみ》にまで押し寄せて来る。軍国主義の圧力は小学校の中に、子供の目からもそれと判る風潮として見えて来る。先生の言動が時流に沿って軍隊調になり子供達に対する締付規律が厳しくなる。敗戦直前の様な竹槍を使った銃剣術訓練やバケツリレーの防空演習は未だ始まっていないが、時折制服制帽の軍人が鋭い目付きで校内を徘徊し、御真影《ごしんえい》（天皇の写真）を格納する倉庫（奉安殿《ほうあんでん》と呼ぶ）が立派なコンクリート造りに新築される。紀元節（二月十一日）

や天長節（天皇の誕生日四月二十九日）など国定祝祭日の式典には御真影奉戴式と称し、奉安殿の窓が開かれ天皇の写真に全員がうやうやしく頭を下げる。この式典には生徒の出席が強制され、欠席するとあれこれ理由を追及される様になって行く。「隣組」と名付ける地域の小組織がお上の指令で作られ、何となく個人のプライバシーが犯されて行く。在郷軍人（退役した陸海軍人）が再組織されて近隣住民の指導監督や戦意昂揚《こうよう》にひと役もふた役も買わされ、同時に戦争に反対し平和を求める国民の意思を圧殺するスパイの役割りまで果す様になる。街には軍歌調のはやり唄が流れ、本屋の店頭には戦記読物が溢れる様になり、満蒙《まんもう》（中国東北部とモンゴル）開拓団募集の宣伝が政府機関の手で繰り返し行なわれ、不景気で食うや食わずの国民を大陸の見果てぬ夢へと駆り立てる。子供向けの玩具や読物も社会の趨勢《すうせい》を反映し、玩具は鉄砲、戦車、飛行機、軍艦などの兵器が主流を占め、読物では一兵卒から大尉まで出世するのらくろ漫画が人気を独占する。ハイティーン向けの物語りとなると、満洲の曠野を馬に乗って駆け巡る不死身の日本人や、殺人光線を自在に操り、百倍を超す中国ソ連軍を蹴散らす勇猛果敢な軍人の話など、血湧き肉躍《おど》る小説が手を替え品を替えて出版される。ナチスドイツ関連の書物が目立って増えたのもこの頃の特徴で、ユダヤを悪魔の集団として告発するいかがわしい資料を背景に、ヒトラーを二十世紀最高の英雄に祭り上げ、枢軸（日本、ドイツ、イタリヤの三国）を梃《てこ》にした侵略戦争を正当化する思想動員が、綿密な計画に基き国民生活の総ての分野に浸透して行く。そうした風潮の中で私は小学校五年生になった。

その頃の小学生は、六年間の義務教育を修了すると、そのまま家業を手伝ったり商店や町工場に就職するコース、算盤《そろばん》簿記や家政の基本を身につけるため二年間の高等小学校に進級するコース、中学校（男女別に三年制から五年制まで色々ある）に進学するコースの三種に分かれる。比率はおおよそ四・二・四位、つまり五十名のクラスなら二十名程が中学受験を目ざして勉強する事になる。受験競争は丁度現在の大学受験と似たり寄ったりで、各小学校が有名中学合格者の数を競い、合格者は社会のエリートコースへの切符を手に入れた様な優越感にひたる事になる。地方の農漁村の子弟で県立中学に合格進学すれば村を挙げて大騒ぎになる程だったが流石《さすが》に東京郊外の杉並区ではその様な社会現象はないものの、それでも各小学校では自校から府立中学合格者をひとりでも多く出して学校の名声と共に教育者の誇りと自信を高めようと、五・六年担当教師は中学進学希望生徒に対する厳しい特訓をやっていた。私の担任教師はどこやらの寺の住職の息子で、いが栗頭の怖い顔をした石川先生で、体格も並外れて大きく怒って怒鳴り散らす時は仁王様の様に怖い先生である。私はこの仏の使途とは到底信じられない程野卑で高圧的な先生がどうしても好きになれず、あからさまな抵抗はしなかったが、腹の中では「嫌な奴だ」と軽蔑していた。生れつき好き嫌いの区別が明快で、嫌いな人間は無視するという性癖があるから、露骨な反抗を示さなくても、先生から見れば可愛くない生徒だと感じたのだろう、事々に私を疎外差別していた。同じ職業の両親もこの先生の大人気ない指導方針には鋭い批判を持ち、生徒を差別する教師は教師の資格がないと私の気持を良く理解して呉れていた。この頃は体力もまあまあ人並になり学科の成績も低学年の頃より可成り向上し、クラスの十番から十五番目位の位置にいたが、五人のクラス委員の選挙になると必ず私が最高票で当選する。その原因は私が勉強より遊びが好きで進学の目標もない悪童達と交際し友情を深めていたからで、別に選挙運動をした訳ではないのだが、先生にして見れば随分と気に入らなかったらしく、選挙の度に顔をしかめて不機嫌な表情をして見せた。先生と私のそんな歪《ゆが》んだ関係を象徴する事件が六年生になって直ぐ表面化した。

進学希望者の中には親の社会的地位の力で有名私立中学校へ入る事を約束されている幸運な子供もいるから特別に受験のための勉強を希望する生徒は私を含めて十二、三名もいただろうか？　六年担任の教師はその希望者に対し補習授業をやり若干の金銭を受取るのが習わしで、学校も生徒の親も教師の内職を認めるだけでなく、自分の子供だけは何とか希望校に入学させたい一心から授業料のほかにあれこれと付け届けまでしていた。今で言う学習塾に対する親心の発露なのだが、どう言う訳か私に対してだけは補習授業のお呼びがかからない。進学希望の中でただひとり排除された私は当然ながら腹を立てたが、その反面で授業が終った後まであの先生と顔を合わせるのはご免だと思っていたので、取り立てて抗議の意思表示はせず平気な振りを装《よそお》っていた。この有様を別の子供から聞き知った両親は「そんな先生の授業なんか当てにせず自力で勉強して怪しからん先生の鼻をあかしてやれと父の書斎を専用の勉強部屋として開放して呉れた。その親の期待に応えるため毎日夜中まで受験勉強に身を入れる様になったが、未だ目標校は決めていなかった。

夏休みに入り勉強疲れを癒《いや》し体力を回復するため、父の生まれ故郷の九十九里浜に一週間の海水浴に行った。母の女学校時代の友人と家族も一緒に父の遠い親類に当る海浜の農家に宿泊し、夏の日射しと塩の香を浴びて暢《の》んびりレジャーを楽しんだ。虚弱体質のため医師から直射日光は出来るだけ避ける様指示されていた私にとって、海浜の生活は初めての体験だったが、それだけでなく、この時出会った四歳年上の先輩が私の人生の進路を決定づける契機となったのだから、人の運命とは奇妙なものだ。一週間ひとつ屋根の下で一緒に暮した母の友人は海軍大佐の奥さんで、連れて来た男の子が府立四中（現在の都立戸山高校）の四年生、来春海軍兵学校を受験するという軍人一家である。この男の子が何をやらせてもきびきびと手際良く、態度も言葉遣いも謹厳実直で年下の私の世話を一から十まで嫌な顔も見せずにやる眩《まぶ》しい程良く出来た人物だったのですっかり心服してしまった。その中学生に手を引かれ朝まだ暗い海辺に行って地曳網を手伝った事を良く憶えている。今では観光客向けにやる程度の地曳網漁業も、当時は漁師の生業《なりわい》として凡んど毎朝行なわれ、海水浴シーズンには網引きを手伝った客にバケツ一杯分の魚をただで呉れていた。夜明け前の海では沖合に網の設置を終えた数隻の舟がぼんやり浮かび、東の空が少しずつ明るくなる頃に近隣の漁師の家族が掛声に合わせて網を引き始め海水浴客も一緒になって太い綱を引っぱる。太陽が赤い光芒をのぞかせる頃には、大小様々の魚が魚体をぶつけ合い銀鱗を輝やかせながら跳びはねている網が遠浅の砂浜に上って来る。大漁である。漁師達は大きな樽に獲物を抛《ほう》り込んで真黒に日焼けした顔を綻《ほころ》ばせたいして役に立ったとは思えない海水浴客にもバケツ一杯の魚が網引き労賃としてお裾分けにあずかる。それを楽しみに早起きして来た海水浴客は、魚の入ったバケツを重たそうにさげて宿に帰って行く。私達も同じ様にバケツを持って漸く目を覚したばかりの大人達の許に帰った。魚を料理するのは大人の仕事、大型の魚は夕食に廻し、小さい魚を井戸水で洗い頭と鱗を落して大釜に投げ入れ味噌汁の具にすると、それだけで朝食の大ご馳走という訳だ。勿論夕食には生造りの刺身が食卓を飾る事になる。

プールに入った事もない私は正真正銘の金槌だが海兵志望の先輩中学生はスイスイと飛び魚の様に泳ぎ、見ている私には神業か奇蹟としか思えない。母から「お兄さんに泳ぎを教えて貰いなさい」と言われ、恐る恐るパンツ姿になり海岸の浅瀬で水泳の手ほどきを受ける。波が襲って来て塩っぱい水が鼻から入っただけで咽《む》せて涙が出る。砂浜で手足の動かし方を練習し波の静かな時を見すまして手と足をバタバタさせると、相手が海水で浮力が出るのか二、三分は水の上に浮いて息が出来る程度にはなる。成る程、人間は水の上でも訓練さえすれば何とか生きていられるものだとそれなりに納得するが、かといって水泳の名人になれる自信は毛頭湧いて来ない。一週間の練習の成果は海に入って手足を少々動かした体験だけというみじめな結果に終ったが、小学生最後の夏休みに出会った素敵な兄貴に対する信頼と尊敬の憶いが人生行路に大きな影響を与える事になった。

六年生の二学期は、中学進学を目指す少年にとって天王山のふん張り時である。怠け者の私も父の書斎に閉じ籠って受験勉強に全力を挙げていた。学習塾の予備試験も偏差値テストもない時代だから、自分の学力が同世代のどの辺に位置しているかを確かめる方法は全くなく、ただ闇雲《やみくも》に勉強するだけの日々である。志望校は夏休みにめんどうを見て呉れた先輩に倣《なら》って府立四中と定めたが、大嫌いな坊主先生が母を呼びつけ「四中はとても無理だから目標を変えろ」と一ランク易しい他の二、三の中学校の名前を挙げて志望校の変更を迫った。だが私は絶対に合格して見せると胸を張り先生の方針に真向から逆らい、両親も好きにしろと志望校の変更を強制する事もなかった。当時東京府立中学は一中から六中までの六校、東京市立中学が二校あった。その他に大学付属中学を含めて私立中学が十数校あるが、何と言っても授業料が廉《やす》く教育水準の高い府立に希望者が集まるため競争倍率も三倍から五倍とずば抜けて高くなる。なかでも一中と四中が国公立の高等学校への合格者が多いので府立の中でもAクラスと言われていた。府立中学の試験日は全校同じ日で今の様な学区制度もないから首都東京の超一流校受験には全国から優秀な生徒が集中する仕組みである。東京郊外の何という事もない小学校の、しかもクラス十位程度の子供の目標としては確かに高過ぎる。四中にはもうひとつ陸士（陸軍士官学校）、海兵（海軍兵学校）など陸海軍将校養成学校への進学率が高いという特徴があり、言うなれば時流に沿ったエリート校という訳だ。勿論体力に自信のない私にとって、陸士海兵は到底手の届かない高嶺の花だったし、まして小学生の智恵で一高東大の出世コースは全く視野の外にある。心の中は憎たらしい先生が駄目だと言った府立四中に合格して鼻を明してやりたい一心、ただそれだけだった。

クラスの府立中学進学希望者は一中一名、二中三名、四中五名、六中二名で、私以外の生徒は放課後も先生の家に行って深夜まで特別授業を受け、親達も息子の人生に決定的な影響を及ぼすかも知れない受験勉強にあらゆる援助を惜しまない。半世紀以上経った現在の受験風景と、本質的には凡んど変わらない緊張の期間である。だが先生に見捨てられた私には特訓の機会が与えられず、共稼ぎ家庭だから親の援助もさして期待出来ないから文字通り独学一本槍で苦手の数学物理を重点に十一歳の子供の体力の限界まで頑張った。緊張の賜かこの期間だけは風邪も引かず腹痛も起こさず、眼ばかり血走らせた夜叉《やしゃ》の形相で二月中旬の受験日を迎える。当日は母が付添って市ヶ谷の府立四中校舎内の試験場に行く。試験科目は国語、算数物理、地理歴史、作文そして面接である。終って見ればこんなものかという程の試験だったが、人見識りの強い私が最も気にしていた面接も精一杯平常心を保ち愛想良く受け答えしたので、特別悪い印象はなかった筈だと自信を持ち、自己採点では満点に近く合格間違いなしと確信した。一週間後に合格通知が来た。落ちた時の私立を何処にしようかと知人を頼って歯止校を物色していた母は跳び上らんばかりに喜んだが、父は顔色も変えず「よく頑張った」と褒めて呉れただけだった。クラスで五名の四中受験者のうち合格したのは私だけで私より成績上位の四名は不合格だった。他の府立中学合格者は一中一名、二中二名、六中一名、私を含めて五名である。合格通知のあった翌日の教室は勝者敗者の間を流れるぎこちない雰囲気のため普段より静かな幕明けとなったが、先生が教壇に上るや様相が一変する。クラスの過半数を占める非進学生徒が、申し合わせた様にガヤガヤベチャベチャと騒ぎ始めたのだ。話の内容は聞き取れないが明らかに先生に対する不信と抗議の意思表示である。勉強が出来る進学希望者を優先させ、落ちこぼれ寸前の生徒を置き去りにして来た坊主先生が、一番自信を持って指導して来た上位の生徒が府立受験に失敗し、先生から憎まれ疎外されていた私だけが四中合格を果した事が先生の権威を失墜させ、非進学の生徒に小気味良い解放感をかもし出す結果となったのだ。差別の象徴である私の合格が、同じ様な差別扱いに屈辱感を持っていた多くの仲間――家業の手伝いや奉公口の決っている生徒で凡んどが私の味方である

――に一種の「勝利感」を与える効果を生んだのである。勿論、私の胸の中にも先生を見返してやったという誇りと自信がむくむくと鎌首《かまくび》を擡《もた》げたが、不合格になった友達――決して仲が悪かった訳ではない――の気持を察し努めて平静を装っていた。だがその日の先生の態度は、今思い出しても虫ずが走る程大人気なく不自然であった。私の顔をまともに見る事も出来ず、偶々目が合えば憎々し気に口をへの字に曲げ、普段の様な大声も出さずに早々と授業を切り上げ姿を消してしまった。私には先生の態度が無言の敗北宣言と映った。

入試の難関を突破しやれやれと肩の荷を降ろした直後の二月二十六日、その後約十年間の日本の針路を決定づけるあの忌わしい二・二六事件が起こる。小学生の私にこの事件の社会的政治的意味が理解出来る筈もないが、身近にいる大人達の表情や会話から事の重大さを感じ取ってはいた。後になって気がついた事だが、この頃から父の書斎に並んでいた書籍の入れ替えが行なわれていた様で、同じ古典国文学でも時流に阿《おもね》る解釈で皇国史観の思想動員に一役買う傾向の本が目立つ様になり、美濃部達吉著の天皇機関説の本などが書棚から消えて行った。国家の急激な侵略的軍国主義化に対して父がどの様な立場でどんな意見を持っていたのか、正面切って問い質《ただ》した事はないが、警察官僚上りの極端に右翼的な総長を戴いている大学で生活するには、相当の妥協が必要であったであろう事は沁みじみ理解出来る。しかし書棚の本の入れ替えは、時流に乗ろうとする積極的意思表示というよりは、自らの身を守る防衛的処置だったと確信している。丁度その頃から言い囃《はや》されていた〝紀元二千六百年〟(西暦に六百六十年を恣意的に加え、昭和十五年に日本の紀元は二千六百年になるという史実の歪曲《わいきょく》)の思想動員にしても、日本に伝わるあらゆる古典、資料、文学をどの様に解釈しても成立しない詐術《さじゅつ》である事を、専門家のひとりである父が承認する筈はないし、万葉の恋歌《れんが》を口ずさんでいる父が侵略や殺戮《さつりく》を支持する事も絶対にあり得ないと信じている。

諸外国の歴史は未だ二千年に満たないが、我が国は有史以来既に二千六百年になろうとする世界に冠たる神の国だから、万世一系の天皇を戴いて八紘一宇《はっこういちう》の大事業を為し遂げよう、こんな思い上った歴史観——皇国史観——を純真な子供達に教え込んで侵略戦争を正当化していたのだから、教育とは恐ろしいものだ。そういう私も小学校、中学校、幼年学校、士官学校と戦時中の学校で同じ様な虚構と偏向に歪んだ教育を受けていたのだから、余り大きな事は言えないが、問題は現在の教育現場でも形を変えた皇国史観教育が生きているという無視し得ない現実がある事だ。まさか紀元の数字までは誤魔化せないとしても、天皇の代替り毎に元号を革《あらた》め、教科書の侵略戦争の記述から「侵略」の文字を削ったり、日の丸の掲揚や君が代の唱和を行政で強制する等、侵略の被害者であったアジアの諸国からひんしゅくを買う様な指導を今も懲《こ》りずに続けている。日本人のひとりとして恥ずかしくて外国人に顔向け出来ない気分である。

二・二六事件から一か月余り経った昭和十一年（一九三六年）四月、私は晴れて中学一年生になった。府立四中は、市ヶ谷駅から徒歩約十分、外濠通りから地獄坂と呼ばれる急な坂道を登り切った処にあった。隣りは陸軍士官学校（現在は防衛省）、北側は戸山演習場で陸軍幼年学校、陸軍病院等陸軍関係施設になっている。四月一日、新調の制服制帽の凛々《りり》しい恰好で桜並木の坂道を登り入校式に向う私は、新入生の誰もがそうである様に、これ以上の幸せはない程胸膨らませていた。身体が弱く無口で社会的順応性の乏しい十二歳になったばかりの少年が、五十人を超える仲間からたったひとり選ばれてこの地獄坂を登れる様になったのだから感激もひとしおという訳だ。新入生の数は約二百名、四組に編成されて翌日から授業が始まる。英語と教練だけが小学校になかった課目で、それ以外は教科書が厚くなった位で珍しい学科はないが、数学と理化学が難しくなり漢字ばかり並んだ漢文など興味を持たせる授業もあって、一、二か月は何も考えずにひたすら勉強した。時の校長は漢字の大家として知られた深井鑑一郎氏で、頬から顎にかけて蓄えられた真白な髭《ひげ》は恰も仙人の様な威厳と貫録を示し、その校長の方針だったのか、校内の雰囲気は厳格な規律を重視する軍隊調だった。数か月学校に通ってその校風を知った時、私は心の底から落胆し学問に対する積極的な意志を阻喪《そそう》した。それは陸軍から派遣された教練の教師（配属将校と言う）の威張りくさった大きな態度も鼻もちならないし、忘れ物をしたとか返事の声が小さいとか愚にもつかぬ事を針小棒大にとりあげて懲罰を加える教師達のやり方も気に入らなかったからで、この学校には教師と生徒との人間的ふれ合いが全くなく時流に諂《へつら》った大仰で中身のない規律があるだけだったのだ。学生達は当局の支配に圧倒されて表情も暗く、十代の青年の特権とも言えるあの天《てん》衣無縫《いむほう》の明るさが微塵《みじん》も見られず、生来口の重い私は益々沈黙を守り友達付き合いもせず味気ない学生生活を送る事となる。

苦労して漸く入った学校に幻滅を感じた私は悶々《もんもん》のうちに日を送り、幼児に還った様に一切の友達を拒否して孤立して行った。不思議な事だが、四中時代（翌年陸軍幼年学校に行ったのでたった一年ではあるが）の友人の顔も名前も全く記憶に残っていない。それは一年間を通して孤立の生活を通した結果であるが、友達を作ろうとする意欲が湧いて来ない程学校の雰囲気が体質に合わなかった証しでもある。やや文学的表現を許して貰えるなら「人生の中でぽっかり穴の開いた様な空白の一年」である。こんな学校に四年も五年もいたら心身共に破滅してしまう、何とか逃れる方法はないものかと毎日悩み続けた末、夏休みにひとつの結論に到達した、それが陸軍幼年学校受験である。前にも書いた通り府立四中からは毎年数十名の生徒が士官学校（中学四、五年で受験資格を与えられる）、幼年学校（一、二年修了で受験資格を与えられる）を受験し、三〇パーセントの高い合格率を誇っていたので、私が幼年学校を目ざしたとしても誰も不思議だと思わないが、通常の受験者が積極的に職業軍人になってお国のために役立とうとする純粋な気持を持っているのに対し、私の場合はくだらない四中から逃げたいという不純な動機から出発し、愛国心はおろか職業意識も全くない極めていい加減なものである。つまり本気で軍人になる気など更々なく、ただ当面の目標として幼年学校を選んだだけだったのだ。

その頃の陸海軍中核の幹部（徴兵制度の下で已むを得ず軍隊に入りそのまま順次昇級する幹部ではなく、当初から自発的に軍隊を職場として選ぶ職業軍人を指す）養成機関には陸軍に士官学校、幼年学校、経理学校、海軍に兵学校、機関学校、主計学校等があった。幼年学校以外は中学四年修了以上を受験有資格とする専門学校で、卒業すれば陸海軍将校（最下位の少尉）に任官して国家公務員となる。陸軍幼年学校は士官学校に入る前に陸軍将校としての基礎的教養を付与する、言わば陸軍の中の選良を養成する学校で、海軍にはこの種の中等教育機関はなかった。幼年学校は通常中学校二年修了時に受験するが、一年修了者にも受験資格が与えられ毎年受験者の二割位が中学一年修了者である。ただし一年修了者の合格率はせいぜい一〇パーセント程で、合格する確率は極めて低く、運良く学科試験で相当の成績を挙げた場合でも骨と皮の私が体力検査で合格ラインに達する可能性は更に低くなる。だが私は僅かな可能性に賭けて一年前と同じ受験勉強にとりかかる。二・二六事件以後日本列島は更に一段と戦時色を濃くし、中学校の軍事教練も木製擬似銃《ぎじじゅう》を担いだ整列行進から本物の三八銃を使った匍匐《ほふく》訓練、砂嚢《さのう》を入れた重たい背嚢《はいのう》を背負った駆足訓練等に格上げされ、態度の悪い生徒には鉄拳制裁がとぶ本物の軍隊並に厳しくなって行く。私が子供の時電信隊の原っぱで何気なく見ていた汗みどろの兵隊と同じ様に息をはずませ、時には炎暑《えんしょ》の中で卒倒したりする程鍛えられる。学問の府が軍隊に変わって行く過程は、日本社会全体の軍国主義化と歩調を合わせて進行し、府立四中から真理の探究や科学の進歩をめざす知性が消え、ただ国家総動員法だけが我がもの顔に巾をきかす世界へと変わって行った。

昭和十二年（一九三七年）三月、陸軍幼年学校入学試験場に当てられた麻布の歩兵第三連隊へ向う。父が研究室助手から講師（自分の講座を持ち週何回か教壇に立つ助教授前の資格）に昇格したのと、勤続年数が恩給受給資格に達したのを機会に、三月一杯で永年勤めた小学校教員の職を去る事になっている母が付添っていた。空っ風が吹き荒《すさ》ぶどんより曇った寒い日で、日曜日の兵舎は衛兵以外は外出していて二・二六事件の舞台となった茶褐色の木造建物は森閑と乾いていた。この年の陸軍幼年学校の募集定員は東京、広島に続いて今年から仙台幼年が開校となり、各校百五十名合計四百五十名である。昨年出来た広島幼年学校と今年開校する仙台幼年学校とは、新規開校の形をとっているが実は大正初期の軍縮国際会議の取り決めで廃校されていたのを復活させたもので、実質的には復校と言うべきである。従って卒業生の年次別区分も、廃校中の年数を通算し「復校第何期」と呼び、この年は復校第四十一期生の募集である。受験者が何人だったかは公表されないので正確には判らないが、受付最終日に受験申込をした私の受験番号が九千番を超えていたから一万人前後だったのだろう、定員比二十倍以上の激戦である。試験は昼休みを挟んで終日行なわれ、質量共に一年前の中学受験の倍以上もあり随分と苦しんだが、兎《と》に角《かく》答案だけは総て書いた。勿論自信は全くない。だが最後に体力検査が行なわれ受験生の逞《たくま》しい裸体と自らのひょろ長い身体を見較べて、間違っても合格はあり得ないと確信を強める。背丈は区々だが流石陸軍将校を目ざす少年達の胸板は厚く、脚も腕も筋骨隆々としていて、肋骨が青白い皮膚に浮いて見える私は恥ずかしくて一刻も早く検査場から逃げ出したかった。

三月下旬の入試発表を俟つまでもなく不合格を確信した私は、期末試験や二年生用の教科書と参考書を買い集めるなどあたふたと過ごした。冷静に考えて見れば、私の実力で二十倍の競争に勝てる訳はないし、人並以下の体力で職業軍人になろうなどと身の程わきまえぬ目標を立てた事自体が間違いだったのだ、悪い夢を見たと思い心機一転府立四中で勉強を続けよう、そんな反省をしながら幼年学校の事はすっかり諦めていた。ところが彼岸《ひがん》の前日、陸軍省から合格通知が送られて来て私も両親も吃驚仰天《びっくりぎょうてん》の大騒ぎになった。試験に合格したのだから無条件に喜ぶべきなのだが、既に気持は職業軍人への道から遠く離れてしまっているし、両親も私の体力からとても無理だと判断していたので、入学辞退の申請を提出する事にする。数日後、陸軍省に出向いて入学辞退申請を出しに行った父は肩を落し憮然《ぶぜん》とした顔付で帰って来るなり「入学辞退は認められないそうだ」と呟《つぶや》いた。陸軍省の担当官の応答は「陸軍の学校は民間の中学高校などと異なり、言わば徴兵と同質の権威ある合格だ、個人の都合で辞退するなどもっての外で認められない」と散々叱られたという。国の命令とあらば仕方がない、あきらめて入学しろと言う父の言葉を聞いて腹を括《くく》って入学を決心する。その夜は瓢箪《ひょうたん》から駒が出た様な人生の大転換について夜明けまで考え悩んだが、所詮今は軍人と軍隊が巾をきかせる世の中、十九歳になれば繰上徴兵で兵隊にされてしまう、どうせ軍隊に入るなら兵隊より将校の方が楽かも知れない、戦争にかり出されれば死ぬも生きるも運次第、ここは陸軍将校に賭けて見ようと十三歳の少年の智恵で結論を出し漸く納得した。

三月三十日、四月一日の入学式に出席するため父と共に夜行列車で広島へ向う。私が配属されたのはこの年復校した仙台陸軍幼年学校だが、仙台の新校舎の落成が間に合わず、一時広島幼年学校の旧い校舎を使用する事となり従って入学式は広島で行なうという訳だ。当時東京広島間の乗車時間は、昼間の特急でも十五時間、夜行は十九時間もかかる。三等寝台の決して快適とは言えない汽車旅行で翌日の午後広島着、旅館に一泊し四月一日の入校式に出席する。春たけなわの広島市は東京よりずっと温暖で、太田川の流れもゆったりと穏《おだ》やかにたゆたい、春霞の中に鯉城《りじょう》がぼんやり浮かんでいた。原爆で破壊される前の中国路最大の軍都広島は、生れて初めて両親と別れて暮す十三歳の少年の不安をよそに情緒豊かなたたずまいを見せていた。

第二章　病める星の生徒

この章は陸軍幼年学校で軍隊教育を受けた三年間——結核で一年間自宅療養していたので在籍は四年間——の出来事、感想、悩み、人間模様などを思い出すままに綴ったものである。内容を読めば判るが、入学早々膝の関節疾患に罹り、漸《ようや》く人並に足が使える様になった頃肺結核に侵されたため、全期間を通して病人または半病人の暮しを余儀なくされた、悔恨の積み重ねの様な私の人生の中でも最も恥多き数年間である。しかし、その事が人生観価値観の中心に「弱者に対する思い遣り優しさの大切さ」を据える契機となったのだから、考え方によっては実りある四年間と評価する事も出来るだろう。

標題の「星の生徒」とは、幼年学校の制服の前釦《ぼたん》、袖、襟、肩の飾り釦のデザインが総《すべ》て正三角形を二つ重ねた星の形で統一されていた事から、当時の時流作家——名前は憶《おぼ》えていない——がつけた呼び名で、星の生徒と言えば幼年学校生徒を指す事となっていた。

1 広島仮校舎にて

昭和十二年（一九三七年）春の広島は山陽道特有の柔い日射しを受け、直ぐ隣りに横須賀に匹敵する重要な呉軍港を持ち、更には海軍の中核将校を養成する江田島海軍兵学校を擁する、日本列島有数の軍都である事を忘れさせる様に、あくまでゆったりと麗《うら》らかであった。道行く人々の服装も思い思いの姿を楽しみ東京で目につく国民服とモンペスタイルはまだ稀である。繁華街に足を踏み入れても軍歌調流行歌の喧噪はなく、じゃけんのうの広島弁の会話が耳ざわりなだけで、栄養不良の顔を緊張させてせかせかと忙しそうに動き廻る東京の風景とは似ても似つかぬ穏《おだ》やかさである。仙台陸軍幼年学校の仮校舎に当てられた白島の大正風二階建木造建物は、既に散り始めた数十本の桜の木に囲まれて静かに佇《たたず》まい、その中で星の生徒と言われる帝国陸軍将校中核が養成されているとは、とても想像し難い平和な雰囲気を漂《ただよ》わせている。しかし、東京杉並の親許から引き離された十三歳になったばかりの私は、軍人の卵として全寮制のこの学校で厳しい心身の鍛錬を受けなければならない。

この年入校した百五十名の生徒は、大正十一年四月から大正十三年三月までに生れた少年達で、最年長者と最年少者とは約二年の差がある。成人してからの二歳の差は凡《ほと》んどないに等しいが、十代前半の二歳のギャップは知能体力ともに可成り目立った優劣を示し、年長者は既に大人の智恵と体力を持っているが、最年少の私などは未だ世間知らずのひ弱な子供の域を出ていない。その違いは家庭環境や躾のやり方と重なって、日常生活のあらゆる場面に顔を出す。自立する人間形成を教育の基本理念とするこの学校では、掃除洗濯、整理整頓、靴下の穴かがりから簡単な調理まで何でも生徒にやらせるから、家庭で家事を経験した事のない子供の苦労は並大抵ではない。一例を挙げれば洗濯、洗濯機のない時代だから大きな流し台が並んでいる洗濯場で余り泡の出ない安物の石鹸を使いゴシゴシと洗い、両腕の力を込めて良く絞り、物干場に張られた綱に干すという何でもない作業も、やった事のない者には経験者の二倍も時間がかかる労働になる。まず幾ら擦《こす》っても保革油（軍隊で使う茶褐色の靴墨、奇妙な臭気を放つ）の染みた靴下は綺麗にならないし渾身《こんしん》の力で絞っても水分が抜けない。それもその筈私は洗濯のポイントが「すすぎ」にある事を全く知らないし、絞る時は両手を上下互違いにする原則さえ判っていないのである。整理整頓も同じ様に毎日着ているシャツやズボン下を畳《たた》んだ事のない私は、要領の良い体験者の様にキチンと四角形に仕上らず、戸棚の検査の際「やり直し」をさせられる羽目になってしまう。こんな時は私に家事をさせて呉れなかった親の事をついつい逆恨《さかうら》みするが、今更恨んで見ても始まらない、努力を重ねて生活無能者から自力で抜け出るしかないのだ。

学校の組織は陸軍少将の校長をトップに軍事訓練（術科と言う）の責任者に大佐の訓育部長、

学問教育（学科と言う）の責任者に民間から任命された教頭を配置し、五十名単位三つの訓育班には夫々《それぞれ》大尉または少佐の生徒監を置く。訓育班は更に二十五名宛二つの学班に分け、夫々に曹長または准尉の責任者がつく。つまり学班は第一から第六までの六学班あるという訳だ。私が配属されたのは第一訓練班第一学班で、生徒監は三十歳を少し超えた吉田大尉、学班責任者は四十歳位の花籠曹長だった。各学科には教官と呼ばれる専任教師がいるが通常の中学校と違うのは外国語の教育で、六つの学班を三つに分類しそれぞれフランス語、ドイツ語、ロシヤ語班とする。私が所属している第一学班はフランス語、同じ訓育班の第二学班はドイツ語班である。現在の感覚だと陸軍にフランス語は似つかわしくないと感じるかも知れないが、明治初期、日本の近代的陸軍創設に重要な役割りを果したのがフランス陸軍である事を知れば納得出来るだろう。同じ時期に海軍の近代化に力を貸したのがイギリスだったため、海軍兵学校の主要外国語は英語である。学科の中のもうひとつの特徴は、当時民間の中学校では時局にそわないとする理由で排除されていた音楽や美術の教育が、可成りの時間数をかけて正常に行なわれていた事である。これは陸軍将校の中核として外国駐在武官になる機会がある事を予想し、諸外国の外交官と対等に付合えるため必要な教養と情操をもたせ様とする配慮から出たものと思われる。教科書は幼年学校特製が多かったが、フランス語は曉星中学（英語を外国語教育の中心とする中学が大部分である中で、フランス語を主要課目としていた数少ない中学校）制定教科書を使っていた。

学科の中でこれこそ幼年学校の特徴だと吃驚《びっくり》させられるのは歴史教育の内容である。日本歴史の教科書は神話の時代から現代まで一貫して天皇中心の記述が散りばめられ、天皇を擁護した歴史上の人物は英雄として、天皇に背《そむ》いた人物は悪人として画《えが》かれる。事実の背景となっていた政治経済社会情勢は凡んど捨象され、ただ連綿と受け継がれる天皇世紀の記述が繰り返されるだけである。神武天皇から今上陛下《こんじょうへいか》（昭和天皇）までの歴代天皇が如何《いか》に英明で国民の幸福のために宸襟《しんきん》を悩ませて来たかが唯一至高の歴史的テーマとなる。明治以降の近代史となると、日清、日露、第一次世界大戦の勝利が、軍人勅諭の訓《おし》えを遵守した忠君愛国の皇軍将兵の精神力の賜であり、我が国は現人神《あらひとがみ》である天皇を戴く神の国だから、外国との戦争に敗れる事はあり得ないと「必勝の信念」を叩き込む。小中学校の歴史教育も基本的には同じ様な立場で行なわれていたが、軍学校ではそれを極限まで推し進めたもので、ここまで来ればもはや歴史教育ではなくて皇国史観を鼓吹《こすい》する思想教育と言うべきである。西洋史の語り口でも方針は統一されていて、例えばフランス革命を解説する時は、ヨーロッパの各王家王様は武力をもって近隣諸国を征服支配した豪族に過ぎないから、屡々《しばしば》国民の反発を促し権力の転覆劇《てんぷくげき》が起こるが、我が国の天皇は単なる権力者でなくて現人神だからその様な革命が起こる事はないと、ここでも皇国史観の押し付けに一役も二役も利用する。勿論《もちろん》、その様な偏向教育を受けた百五十名の生徒がひとり残らず皇国史観を持った人間になった訳ではないが、敗戦後半世紀近く経った今日でも、現人神を人間天皇に置き替えて相変わらず国家と民族の優越性を主張する〝化粧直しの皇国史観〟が支配階級の意図の下で生き続けている事実を忘れてはならない。

陸軍関係の学校の敷地内には何処でも必ず「招魂神社」と名付けられた小さなやしろがあり、戦死者の霊を弔いその遺志を継ぐ事を目的とする靖国神社の分身とも言えるこの神社が、それぞれの学校の精神教育に大いに利用される。遺骨や遺品が祭ってある訳でもない単なるミニチュア模型に頭を下げるために、早朝の非常呼集――起床時より早く起き完全武装の姿で整列点呼を受ける訓練――をかけられ招魂神社まで駆け足前へ！を命令されると、夜も明けやらぬ溶暗《ようあん》の中を眠い目を擦りながら社前に集まらなければならない。うやうやしい参拝が終ると週番士官の訓話が十数分に亘って行なわれる。訓話の内容は凡んど例外なく軍人勅諭の朗読と解説である。軍人勅諭というのは、明治天皇が陸海軍将兵に向けて発布した「軍人の思想信条人生観価値観を規律した基本理念」で、この軍人のバイブルとも言える勅諭には随分と泣かされたものである。変体仮名文字（平仮名の原形である漢字を崩して作られた変形平仮名）をふんだんに使った文章を覚えるのにひと苦労だっただけでなく、朕《ちん》（天皇専用の一人称）は陸海軍の大元帥《だいげんすい》なるぞと宣言し、上官の命令は朕の命令と思って服従せよと定めた原則が恣意的に悪用され、軍隊の中で日常化した体罰私刑《リンチ》を合法化する口実にされたのである。上官の命令指示は総て天皇の代弁だから、逆《さから》うのはもとより批判さえも許されないという「絶対服従の原則」によって、士官学校で数え切れない体罰を有難く頂戴させられた。だが軍学校の体罰など実は取るに足りない程生ぬるいもので、兵隊達が生活する現場である軍隊の内務班では、古兵（先輩の兵隊）や下士官による道理も人間性も完全に無視した〝私刑のための私刑〟が横行し、最悪の場面では自殺者や脱走兵——凡んど軍法で処断された——まで出している。天皇の名による不当な扱いを忍受させられた者にとって、その最高責任者であった大元帥陛下に戦争の責任がないなどという理窟は、頻ぺたに残っている痛みと屈辱が絶対に承服しないだろう。陸海軍にたったひとり君臨していた大元帥、軍隊の絶対権力者であった天皇に、軍隊が犯した侵略戦争に対する責任が全くないとはいったいどう言う事なのだろう。若《も》しそれが許されるとしたら天皇の命令によって戦場の露《つゆ》と消えた陸海軍兵の霊魂は永遠に中空を彷徨《さまよ》って浮かばれない。先年議会で「天皇に戦争責任あり」と答弁して右翼の凶弾を浴びた本島長崎市長も、答弁の中で「軍隊における体験からしても……」と言っている様に、既に恐るべき古典となった軍人勅諭を読むだけで、天皇こそ軍隊の最高司令官であり従って最大の戦争責任者である事が明白になる筈である。

さて、大元帥陛下の最も信頼されるべき陸軍将校の、そのまた中核幹部を養成する陸軍幼年学校の一日を描写して見よう。朝六時、起床ラッパのけたたましい響きと共に、一学班二十五人ずつ一室の寝室で眠っていた生徒は、人間ひとりがやっと横になれる巾七十糎《センチ》程のベッドから跳《は》ね起き、上半身裸で舎屋の前に整列し点呼を受ける。点呼が終ると次はたわし摩擦だ。皮膚鍛錬用特製たわしで胸腹腕と体中を擦ると忽《たちま》ち皮膚がピンク色に変わり寒さを感じなくなる。太陽の下で原野を駆け廻りながら育った少年達にとっては何でもない気持の良いこの動作も、都会育ちで日焼もしていない子にはたわしの毛が痛くてたまらないのでつい力をセーブしてしまう。すると学班付下士官が走り寄りたわしを奪ってゴシゴシとそこら中を擦り始める。見る見るうちにたわしの筋目がみみず腫れになって身体のあちこちに残り顔をしかめて我慢する。可成りの苦痛である。だが雨の日は屋内で、真冬の寒空の下でも欠かさずこの鍛錬を続けると、みみず腫れも出来なくなり風邪も引かない丈夫な身体になるから有効な健康法である事は間違いない。たわし摩擦が済むと寝室に還りベッドの仕末と整理整頓掃除をやる。二十分程で皺ひとつないベッドが整然と並び生徒達は洗面所に行く。朝食は七時、食堂に行くと十人一卓のテーブルの上に大鍋——バケツの形に近い——に入った麦飯と味噌汁が置いてあり、アルミ製の大きな皿（メンコ）には漬物が山の様に盛ってある。原則通り一汁一菜の朝食だ。大麦三割米七割の主食はボソボソとして粘りがなく特殊な臭気もあって——米飯だけで育った者には違和感があるが——馴れてしまえば仲々の美味である。

それにしても育ち盛りの少年達の食欲には呆れる程驚かされる。食卓上の食物は総て少年達の胃袋に入りまだ足りなそうな顔付きをしている。少食習慣の私には同じ年頃の人間だとはとても信じられない豪快な食べっ振りだった。

八時半から午前の学科授業が始まる。特別授業以外はひとクラス二十五名だから、教官の目を盗んで居眠りなどするのは、余程の胆力《たんりょく》がない限り不可能だ。陸軍省嘱託の身分で配属されている教官は、四中の教師と比較にならない位優秀な人物が揃っていた。私が一番好きな課目はフランス語、外語大学を卒業して外国航路の船会社に勤め、世界中を廻り歩いたと言う中原教官の授業は、単に外国語を教えるだけでない豊かな知性を感じさせて楽しかった。まだ三十歳に達しない独身の教官の下宿に、日曜日他の生徒と一緒に何回か遊びに行き、外国航路船員をしていた教官がフランスで買い求めたというレコードでシャンソンを聞かせて貰った。ル・タン・デ・スリジエ（桜んぼの実る頃）、ラ・ヴィクトワール・アン・シャンタン（勝利の歌を）、カン・トゥ・ルネ・タ・レスペランス（総てが希望に燃える時）など、パリコミューンの中で歌われたシャンソンを聞いていると、一瞬戦時下の日本、しかも陸軍幼年学校にいる事を忘れてしまう程解放感の満ち溢れるひと時だった。ただし、幼年学校教官の立場を気にしているためか、コミューンの評価については一言も喋《しゃべ》って呉れなかった。この教官は、日本語で話す時もフランス語風の鼻に抜ける発音をするので、誰がつけたか「フランセ」（フランス人という意味）と綽名され第一学班と第四学班の人気ナンバーワンの教官となった。敗戦後は仏語専門出版社の役員として活躍されたが、十年程前（一九八九年）八十歳の天寿を全うされて他界した。同じ訓育班の第二学班はドイツ語班でドイツ語の小川教官は中原教官とは正反対の硬派、小柄だが眉目秀麗の矢張り独身青年だったが、ヒトラーに心酔し遊びに来る生徒には重厚劇的なワグナーの音楽を聞かせていた。シャンソンを聞いていると軟弱情緒的になり、ワグナーを聞くと謹厳理性的になるという訳でもないだろうが、第一学班の生徒は総じてしっとりと情に篤い性格の人が多く、第二学班には積極的で活発な人が目立つ様になった。外国語の選定と人間形成に相関関係があるのかないのか心理学者にでも聞かなければ判らないが、若い時代の教育は意外な処で意外な影響を及ぼすものなのかも知れない。

午前の学科が終ると昼食、午後は軍関係特有の体育訓練つまり術科である。三十種類の短剣を腰に鉄砲担《かつ》いで整列行進の教練は、軍隊の規律と統制を身につける事を、剣術、柔術、体操は体力作りを目標に行なう。健康な少年にとってこれらの課目は教室で講義を聞くより遙かに愉快なメニューだが、幼い時から体力に恵まれない私にとっては苦痛の連続である。それに加えて私は規律とか統制とかが大の苦手で、皆と一緒に足を上げたり下げたりして行進するだけでストレスを感じる性格だから苦痛は更に倍加し、凡んど泣き出したいばかりの気分になる。四時に午後の日課を終えると六時の夕食までは自由時間、エネルギーのあり余っている元気な生徒は校庭を駆け廻ったり鉄棒にぶら下ったりして一汗流した後洗濯入浴身辺整理とこまめによく動く。この自由時間の使い方を見較べればその少年の育ち方が想像出来る。家庭で自立の躾を身につけている生徒は、時間の配分も仕事の手順もてきぱきとそつがないが、過保護に育てられた生徒は何をやっても能率が上らずうまく行かない。勿論私は後者の代表の様な暮し方をして来たので、自由な時間に何をすべきかに迷い、やりつけない洗濯も整理も総て出来映《できば》えが悪い。芋を洗う様な風呂場でも何となく落着かないし従って風呂上りのさっぱりした気分にもなれない。午後の課目で使い果した体力気力を回復する間もなく時間を無駄遣いする自分と、必要な仕事を要領良くこなしている仲間とを較べると、何という無能力者なんだと沁みじみ劣等感に苛《さいな》まれてしまう。

それでも夕食のひと時は、一日が終った解放感の中で大声で喋る仲間の会話に釣り込まれて楽しく過ごした。使う食器、丼、皿類は軍隊と同じ「メンコ」である。このアルミ製食器の事を何故メンコと呼ぶのか寡聞《かぶん》にして由来は知らないが、良く言われる「軍隊では星の数よりメンコの数が物を言う」という格言は、士官学校卒業後の隊付勤務の際体験している。星の数は階級を表わしメンコの数は軍隊経験年数を示す。軍隊では階級の上下より経験年数の長短の方が優先するという意味で、中学を卒業し二、三年で下士官になった者より、下士官試験を受けずに五、六年も上等兵のままでいる兵隊の方が、ずっと権力があり威張っていたのを見ている。上下関係の厳しい軍隊の中で、肩書きより経験を重視する価値観が定着しているのは、何となく人間臭さを感じさせて面白い。幼年学校は軍隊と違うのでメンコの数が物を言う様な現象は全くなかったが、毎食お世話になった食器はメンコである。そのメンコに山盛りの麦飯を詰め込み、もうひとつのメンコにおかずを盛ってガヤガヤベチャベチャ喋りながらの食事は、復校後の第一期生で上級生がいなかったお蔭で一日の中で最も楽しいひと時だった。おかずは凡んど毎日豚肉と野菜を煮込んだシチュー状のもので、味付けに若干の工夫が見られるものの見た目には全く風情《ふぜい》がない。私は豚肉を口に入れた体験がなかったので、初めのうちは野菜ばかりを選んで食べていたがそのうち肉も食べる様になり、極端な偏食癖が治ったのはまさに幼年学校の全寮生活の成果と言っても過言ではない。当時幼年学校生徒の摂取熱量は一日六千キロカロリーだったが、これは日本人の平均の二倍以上に相当していた。そんな大量の食物を食べた事のない私は他の元気な仲間の半分位で満腹になってしまい、しかも未だ食料事情に余裕のあったその頃は、育ち盛りの少年に対する配慮から毎夕食にデザートが出された。軍隊で「加給食」と呼ばれるこの甘味食料が、生徒にとって大きな楽しみだったが、食事だけで満腹の私には既に胃袋のゆとりがないので、勿体ないと思いながら割り当て加給食の大部分を一番身体の大きい仲間に提供していた。もっとも行軍や駆足訓練で私がへばると、加給食提供の感謝のしるしではないだろうが、頑丈で体格の大きい彼が必ず私の荷物を担いで呉れたから、加給食も決して無駄になった訳ではない。

七時から八時半までは自習時間、自習室に並んでいる一人一卓の自習机で勉強しなければならない。居眠りをしたりお喋りをすると週番士官——一週間交代で生徒監のひとりが宿直監督の任に当る——に大目玉を喰い、言う事をきかなければ処罰されるから、教科書を拡げ真剣な顔で勉強している振りをする。目の前に並んでいる本は総て学校から支給された教科書か特別に申告して許可された参考書だけで、小説も週刊誌も漫画本もない。経験した人は少ないと思うが、無味乾燥の文字の羅列と一時間以上対峙するのは、その行為が強制されればされる程大きな精神的苦痛を伴うものである。その苦痛を和らげるために私が考え出した方法は、地図——日本地図でも世界地図でも良い——を拡げノートに地図を模写して主要都市や交通網や山や川を色鉛筆で書き込む勉強だ。これだと文字を読んでいると言うよりは絵を画いている気分が優先し、しかも地理の勉強をしているのだから週番士官に叱られる心配は全くない。この勉強で普通の生徒が知らないヨーロッパやアフリカの国や首都の名称を憶え、国際的知識の向上に大いに役立てる事が出来た。

構内に官給物以外の物（私物と言う）を持ち込むのは原則禁止である。衣食住に必要な物は、石鹸、チリ紙まで総て学校が支給するので、日常生活に私物は不必要な筈だというのが学校側の言い分で、確かに生活必需物資は官給物で間に合っていた。しかし人が人として生活するためには「知的欲求」を満足させなければならない。ましてこの場合の「人」は人生経験の浅い十代前半の少年達で、あらゆる事に興味を持ち何でも体験したくてうずうずしている年齢層の「人」なのだから、教科書と参考書だけで満足させ様とする方が無理である。知的欲求を満たすべく誰が考え出したのか、日曜日の外出の際に文庫本——当時は岩波文庫しかなかったと思う——を買い帽子の中に隠して持ち込み、大便所（汲取式）の中で臭気をものともせず一気に読んで便壺の中に捨てるという果敢な戦術をあみ出した。私もこの戦術を積極的に活用し、方針も目的もなくあらゆる系統の本を読み且つ便所に捨てた。星ひとつ二十銭だった文庫本のお蔭で私を含む幼年学校生徒の心と脳細胞がどれ程癒《いや》されたか、金さえ出せばどんな書物にも接する機会を得る現在の若者達には到底理解も想像も出来ないだろう。この闘いは更に発展し、原書を購入し語学の参考書として正式承認——この場合は本の裏表紙に承認印が貰える——を受け、自習時間に公然と読む戦術が流行した。辞書と首っ引きの読書だから効率は良くないが、それだけに未知の世界に対する憧《あこが》れにも似た胸騒ぎもあって自習時間が待遠しかった。私はこの方法で、ドーデの『レ・レットル・デュ・ムーラン（水車小屋からの便り）』とモーパッサンの『ブール・ド・シュイフ（脂肪のかたまり）』を何か月もかけて読んだ。後になって知った事だが、この原書戦術の対応について学校側に承認不承認の両論があり、討論の末最終的に「子供達の知識欲を必要以上に抑圧するのは訓育上好ましくない」とする三人の生徒監の意見が通り、承認する方針を決めたという経過があったそうだ。遅まきながら当時の生徒監殿の良識と知性に感謝と尊敬の拍手を贈りたい。

消燈は九時、例え眠くなくてもベッドに入って消燈ラッパを聞かなくてはならない。どう言う訳か半世紀以上経った現在、起床ラッパや憎たらしかった非常呼集のラッパのメロディーは憶《おも》い出せないのに、消燈ラッパだけは判然と耳に残っている。ドドドド・ドミドミ・ソー・ソミソミ・ドミドソ・ドー、ト長調４分の４または２分の２拍子、アンダンテのこのメロディーには「新兵さんは可愛いやネーまた寝て泣くのかネー」と歌詞まで付けられて、兵営生活の厳しくも哀しい情感を表現して有名になったが、ドミソの三つの音階で作られている軍隊ラッパの中でも、これ程兵隊の心に沁みるメロディーは他に見つからないだろう。内務班（兵隊の生活エリア、寝室兼居間）で古兵や下士官から理由のないリンチを受け恥をかかされ、一切の人間性を踏みにじられて寝台に倒れ込んだ時に聞く消燈ラッパは、古里の思い出や母の温かさを胸に画く一日の中で兵隊が人間になれるほんの僅《わず》かなひと時である。好きでなった訳ではない、徴兵制という国家権力に強制されてやむなくなった兵隊の、持って行き場のない憶いが夜のしじまに流れるドミソの哀調の中に溶けて行くのである。陸軍幼年学校に内務班の厳しさはないが、親許を離れて暮す少年の心のうちは、内務班の兵隊と変わりない。私が今でも消燈ラッパのメロディーを忘れられないのは、狭いベッドに横になり眼を閉じて聞いたラッパの音色が、プライバシーを取り戻し人間らしい気持になれたひと時だったからなのだろう。だが、眠ってしまえば忽ち規律に縛られた次の一日がやって来る、甘い感傷を味わう余裕は全くないのだ。

時間に追われながら夢中で日課をこなす忙しい生活にも何とか馴れて来た入校一ヵ月後に恒例の体力検定が行なわれた。身長、体重、胸囲、視力、握力、背筋力など基礎データ測定の後、腕立伏せや懸垂の運動機能検査があり、最後に百米《メートル》疾走のタイム測定をした。脚力の強い生徒は十二秒台、大多数が十五秒前後で走ったのに私だけは二十秒を超えてもゴールに到達出来ず、しかも途中で膝が痙攣して屈み込んでしまった。直ちに医務室に行き軍医に診察して貰ったところ両膝の関節炎だから当分の間術科訓練は禁止と宣告された。病状は日を追って悪化の一途を辿《たど》り、一週間後には階段の上り降りも出来なくなったので医務室に隣接する病室で寝泊りする様になる。入校早々、午前の学科は正常に出席するが、午後の術科は元気な学友達の傍《そば》でただ見ているだけの半端者になった私は、幼時から健康と体力で悩み続けて来た人生を思い返し「矢っ張り幼年学校は無理だったのか」と悔んでいた。これが幼年学校、予科士官学校、航空士官学校を通して七年間、半病人の落ちこぼれで過ごした恥多き青春の始まりである。両方の膝を湿布の包帯で包み、手摺《てすり》に摑《つか》まりながら階段を上り降りする暮しが夏まで続く。軍医の所見に依れば、広島の水が体質に合わなかったために起こった神経障害で、治療法は特になく水に馴れ体力がつけば治るだろうという頼りない診断であった。

広島の夏の夕べは瀬戸内の気圧配置の関係で二時間程無風状態になる。森羅万象《しんらばんしょう》そよとも動かぬこの夕凪《ゆうなぎ》には、どんな健康体もほとほと参ってしまう程蒸し暑く息苦しい。生徒達は夕食後の休憩時に上半身裸になって暑さを凌《しの》ぐが、梅雨のない北海道出身者はそれでも我慢し切れずズボンまで脱いでげんなりしている。この耐えられぬ気候を避けようと七月下旬から瀬戸内坂海岸で游泳《ゆうえい》演習を行なう事となり、病人の私は演習参加を免除されてひと足早く夏休み帰省を許された。夜行二十時間のひとり旅で四ヵ月振りに阿佐ヶ谷の自宅に帰った私は、夏休み中に足の病いを治せという至上命令に従い直ちに病院巡りを始める。大学病院から漢方医まで五、六人の医師に診《み》て貰ったが、今ひとつ効果的な治療法が見つからず、いらいらの日々が続く。高周波電波で神経を刺戟《しげき》するとか、蜂を飼育する箱に膝を突込んで蜂針《ほうしん》で刺させるとか、医師の奨《すす》める事は何でもやって見たが結果ははかばかしくなく、半ば諦《あきら》めの心境で八月下旬父と共に温泉に行く事になる。行き先は信州奥志賀の発哺《ほっぽ》温泉にある日大の保養施設である。既に秋色漂う信濃の空はあくまで澄み渡り、草木の息吹きも空気の味さえも清らかな高原の暮しは、幼年学校入行以来うっ屈し続けていた私の心を解放し、不思議な事にチカチカと痛んでいた膝が嘘の様に爽快になった。あの温泉の効能書きの中に神経性の病いが入っていたのかどうか記憶にないが、専門医師の治療で凡んど効果がなかった膝の痛みが温泉治療によってすっきりと消え去り、東京に帰って来た時は駆け足が出来る程回復していた。非科学的な霊感や神秘的な奇跡を信じない私だが、この時ばかりは数千数万年かけて生成された自然の魔力を感謝の念とともに信じる気になる。父と二人だけで旅をしたのは、あとにもさきにもこの一回だけだが、私の病気を治して呉れたあの志賀高原の雄大な自然は今でも忘れられない。

九月に帰校、二学期の教育訓練が始まる。一学期の凡んどを棒に振った私に対して、吉田生徒監自らの手で剣術柔道などの補習訓育を施《ほどこ》し、兎《と》にも角《かく》にも仲間達と肩を並べて学術に励む生活を取り戻す。とは言っても数ヵ月使っていない足は未だ正常機能を回復していないので、背嚢《はいのう》を背負い銃を担いで駆け足する際は、誰かが荷物を肩代りしそれでも途中でへばれば両腕を二人がかりで支えながら目的地まで運ばなければならない。この損な役割りを四十九人の訓育班の仲間が交代で果して呉れた。他人の苦しみには目をくれない弱者切捨ての現代の風潮とは正反対の助け合いのお蔭で、病み上りの私も何とか落伍《らくご》せずに厳しい幼年学校の訓練について行く事が出来たのである。七月七日の日中戦争（軍部は日支事変と名付ける）勃発《ぼっぱつ》を契機《けいき》に、日本の社会は一層戦時色を濃くして行ったが、幼年学校生徒の日常には取り立てた変化はなく、相変わらず腹一杯食べて厳しい鍛錬を重ね、背丈も体重も順調に育ち逞《たくま》しい少年になって行く。十月の福岡、下関、萩の旅行も恙《つつが》なく終え、十一月半ばには広島仮校舎を後にして京都、吉野、伊勢を経て東京へ向う。白島町にあった旧広島幼年学校校舎が原爆によって跡形もないのは当然だが、一九八七年、広島平和祈念式に参加するため五十年振りに広島に行った時、街の中の何処を歩いて見ても昔を憶い出させる風景も建物も見つからないのは当然とは言え淋しい思いを強く感じた。八ヵ月の広島時代はピカドンのきのこ雲の中に吸い込まれ、今では私の胸の奥底にひっそり残る思い出となっているだけである。

2　杜の都の結核患者

軍の都合で広島仮校舎を明渡した仙台陸軍幼年学校生徒は、日中戦争開始の影響で繰上卒業した東京陸軍幼年学校四〇期（一期先輩）生の戸山校舎で、再び仮ずまいする事となる。この約一ヵ月の期間、日曜日になれば両親のいる阿佐ヶ谷の自宅で寛《くつろ》ぐ事が出来たので、広島にいた頃よりは安定した精神状態を保っていた。しかし、戦争の拡大は日本の政治経済の中心である東京を変貌させ、街を歩く人々の服装も盛り場で流される流行歌も、庶民の表情までも戦時の色合いを一段と濃くしている。ダンディーを自負していた父も、青緑色の詰襟国民服を新調し気のせいか挙措《きょそ》動作が鋭角的になった。そんな軍国主義万々歳の風潮の下で、小学校に上る前に神童と言われた私が、幼年学校の制服制帽に短剣を佩《は》いて帰宅すると、近隣の子供達から憬《あこが》れと尊敬の視線を浴びせられ随分と照れくさい思いをさせられる。三年後の紀元二千六百年の式典を前に、八紘一宇《はっこういちう》の大キャンペーンがあらゆるマスメディアを駆使して推し進められ、侵略戦争遂行を唯一の国是とした諸政策は、物心両面に亘り庶民生活の隅々《すみずみ》にまで浸透し、その流れをおしとどめる事はもはや不可能に近いと思われた。十二月には中国南部の大都市南京が陥落占領され、東京は祝勝の提灯《ちょうちん》行列で埋まり、列島はまさに戦争へ行け行けドンドンの狂気が支配する有様である。国民がその提灯行列をながめていたまさにその時、南京ではあの忌わしい大虐殺が強行されていたと思うと、知らなかったとは言え、日本人のひとりとして忸怩《じくじ》たる憶いを禁じ得ない。

二週間の冬季休暇を終えて翌昭和十三年（一九三八年）一月に仙台へ行った生徒を迎えたのは新築の本校舎ではなく、またしても市内榴ケ岡《つつじがおか》の仮校舎で、国鉄仙台駅のひとつ手前の長町駅から秋保《あきう》電鉄に乗替えて十分程行った三神峯《みかみね》の小高い丘の上の本校舎に入ったのは、真冬の寒風がひゅうひゅうと吹き抜ける二月末である。この辺りは山峡《やまあい》に猫の額《ひたい》程の畑が点々と散らばる文字通りの寒村で、電車の終点に秋保温泉があるのが唯一のとりえである。東京で生れ育ったもやしっ子の私にとって、市街地から隔離された山の上の生活は初めての体験で、北国の厳寒訓練に耐えられるかどうか始めから不安を感じていたが、しんしんと身体の芯まで冷え切ってしまう寒空の下で、巾広の山スキーを履いての雪中行軍、全身ずぶ濡れになる氷上匍匐《ほふく》演習など私の生涯の中で最も激しい肉体的苦痛を強いられたのがこの時期である。人間の肉体的苦痛は、暑い、寒い、痛い、苦しい、疲れたなどさまざまだが、その苦痛に耐えて生きるためには精神力を必要とする。「耐えられない、もう駄目だ！」と思った時、人間は社会から落伍し悪くすれば生命を失うが、逆に肉体的苦痛に耐える事は精神の力を鍛え、人間の可能性を極限まで追求する最も有効な手段でもある。真冬でも四枚の毛布しか与えず、灼熱の炎天下に外気から完全に遮断された防毒服を着せて演習する鍛錬は、不合理で無駄な行為の様に見えるが実は身体と精神を鍛える確実な方法なのだ。少なくとも幼年学校では子供達を鍛えるためそう信じて毎日の訓練を続け、平均以下の体力しかない私も必死に耐えた。入浴後に冷水を頭からかぶる癖は、温まった身体のぬくもりを一分でも長く持続させようとする生活の知恵としてこの頃から身についた習慣だが、夜の自習時間の時だけ申し訳程度に石炭ストーブを焚く凡んど暖房設備のない環境で、よくまあ生活出来たものだとわれながら感心する程だ。しかし考えて見れば、この時の経験が私の人生航路の途中で屢々現われた肉体的精神的苦痛に対して「仙台時代と比べればまだ遙かにましだ」という余裕を生み、貧乏にも差別にも屈しない筋道の通った生き方を貫く事が出来たのだから、この時期の教育と訓練に感謝しなければならないだろう。

日曜日には秋保電鉄で長町まで行き、市電に乗り替えて仙台市の中心街に出掛ける。現在の仙台とは比べ様もない淋しい街並だが、それでも東一番町の繁華街は有名商店が軒を連ね、東北随一の城下町の面目を保っている。その一番町交叉点《こうさてん》（東京の銀座尾張町交叉点に相当する）に丸善ビルがあって一階の広いフロアー全部が書籍売場になっていた。子供の時から父の書斎本棚に並んでいる本の背文字を眺めて育った私は、この書籍売場の本を見ているだけで心休まる気がして、日曜日毎に丸善通いをしていた。小遣銭は僅かしか持っていないし大きな本を学校に持ち込むのは不可能なので、廉《やす》くて小さな文庫本しか買えないが、革表紙に金文字を刻んだ立派な書物を見ていると父の書斎を思い出し、それだけで充分楽しめる。売場に可愛い女の子が座っていた。女性の職場進出がまだ一般化していない時代だが、繰上徴兵や志願兵制度ばかりでなく、大陸開拓団募集のキャンペーンに影響されて成年男子が競って海外進出（主として中国東北部）をしている事もあって、国内の人手不足が問題になり始めたこの時期だから、高等小学校や女子中学出の女性を店頭で見掛けるのはそう珍しい現象ではない。まだ胸の膨らみも目立たない小さな女の子が、広い売場の中にひとりひっそりと座っている姿は、同世代の私には何となくいじらしくいとおしく感じられ、本を買い求める度にひとことふたこと言葉を交すうちに、彼女がすっかり気に入り日曜日に丸善に行くのがたったひとつの目的になる。小学生の時に芽生えたあの淡い恋心の再現という訳だが今度もまた彼女の家が青森に転居する七月に別離の挨拶をしただけで終り、残ったのはただ胸の奥底の甘い疼きのみとなった。

北国の春は遅く短くそれだけに人々の心は躍《おど》る。蔵王の雪がまだ数メートルも残っている早春、吉田生徒監が前線派遣の部隊に転属になり天野生徒監と交代した。まる一年間五十人の少年の指導訓育に当っていた吉田大尉は、軍人にあり勝ちないかつい態度や厳しい目付とは正反対の優しい慈父の様な人格者だった。関節炎で一学期の凡んどを休む破目《はめ》になった私に対して、マンツーマンの補修訓練をした時も、手取り足取り細かい心の動きまで配慮し、実技指導というよりは物事に対する気持のあり様に視点を置く指導をして呉れた。一例を挙げれば剣術の際相手と向い合った時、相手を斃《たお》してやろうと思ってはいけない、先ず勝敗を忘れ勝ちたいと思う欲を捨てよ、心の中が空っぽになれば相手が自分の何処を狙っているかが見えて来る、そうすれば相手のスキが判るから敵が動いた時にその弱点を攻撃すれば必勝だと、こんな具合に指導する。いわば剣の奥義を伝授するやり方だが、この「無欲の勝利」は剣術だけでなく人生のあらゆる場面に応用出来る——人生の極意——のひとつとして私の頭の奥に今でも残されている。広島から仙台に移る間の一ヵ月東京にいた際、両親に会いたいと言うので日曜日に一度だけ家に案内した事があったが、夕刻私が帰校した後も父とさし向いで酒を呑んでいたというから、相当の酒豪らしいが、軍人にある種の違和感を持っていた父も「吉田大尉は軍人さんというより学者にしたい様な人だ」と感心していた処を見ると、学問の面でもひと味違った見識を備えていたのだろう。半病人の私にとっては医者以上に信頼出来る上司だった。それだけに転出が決った時には大きなショックを受け落胆したが、幸運にも後任の天野生徒監が前任者に優るとも劣らぬ人物だったので、私が受けたショックも短時日で克服出来る事となる。

私と天野大尉との関係は、翌年の二月までの僅か一年足らずだが、後で書く事になるが私の結核病の早期発見をした「命の恩人」であると共に、その飄々《ひょうひょう》として物に拘泥《こうでい》しない性格は、神経質で気の小さい私の尊敬措《お》く能《あた》わざる師でもある。仙台幼年学校の大先輩のこの上司はフランス語に堪能な紳士で、どんな場合にも罵声を発する事なく、愛情と理性で能《よ》く生徒の訓育に努力し、勿論第一訓育班五十名の生徒のうち誰ひとりとして体罰を受けた者はない。最近の教育現場で賛否両論が渦巻いている「教育に体罰は是か非か」の議論を耳にする度に、幼年学校時代（年齢で言うと現在の中学高校に当る）に一回も体罰を受けなかった事を思い出し、それでも生徒は生徒監を父とも兄とも慕って勉学に励み、五十名の生徒の人間関係も円満健やかに育っていた事実から、「教育に体罰は有害無益だ」と確信を持ち、問題の本質はむしろ体罰が必要悪だと思っている教師の人格と能力にある様な気がしてならない。その教育者として有能であった天野大尉（終戦時は中佐に進級していた）は、昭和十八年から敗戦の二十年まで仏領印度支那（現在のベトナム）サイゴンで、日本軍の占領地域管理の任務に就きフランス語の能力を買われて日本が占領するまでの数十年間ベトナムを支配していたフランス人抑留者との連絡調整を主な仕事としていた。流暢《りゅうちょう》なフランス語を駆使し、フランス人の生活習慣を尊重し、実質的には日本軍の捕虜であるフランス人を国際協定に従って極めて人道的に処遇していたので、フランス人社会では東洋人には稀な「騎士道の鑑《かがみ》」と最高の評価を得ていたという。ところが昭和二十年八月を境に立場は逆転し、今までの占領者日本軍人が虜囚《りょしゅう》の憂目《うきめ》を見る事になったが、天野中佐だけは新たな支配者となったアメリカ駐留軍司令部に対してフランス居留民が連名で提出した陳情書――中佐の二年間に亘る人道的処置を証言し他の日本軍人と異なる特別の配慮を要請する内容――のお蔭で、喚問も戦犯調査もなく真先に本国帰国を許される破格の待遇を受ける事となる。この戦中秘話にはもうひとつの美談まで付いている。帰国後、旧軍人の多くがそうである様に職もなく生れ故郷の秋田で失意の日々を送っていた中佐の許へ、ある日フランス資本系列大企業（現在東証一部上場）から「是非会いたい」と連絡があり、何事かと急ぎ上京して同社を訪ねると、サイゴン時代顔見知りのフランス人がこぼれるばかりの笑顔で出迎え、当社の役員になって呉れと手厚い招聘《しょうへい》の誘いを受けた。就職のあてもない中年旧軍人は二つ返事でこれを承諾し、それ以後は一流会社の重役さんとして豊かな暮しを保証される幸運な老後を送る事になる。偶々《たまたま》その会社の幹部の中にサイゴン時代に知り合った人物がいて、中佐の人道的取り扱いに対する恩返しをした訳だが、「情《なさけ》は他人《ひと》の為ならず」の諺《ことわざ》を地で行く心温まる話である。敗戦後のクラス会に出席して生き残った嘗《かつ》ての生徒と共に昔話に花を咲かせていた中佐は、昭和五十一年、七十八歳の天寿を全うした。それにしても、吉田大尉、天野大尉と尊敬出来る二人の生徒監に出会えた私は本当に運が良かったと思っている。

四月一日、復校第二期（通算四十二期）生が入校して来た。後輩達は何時でも何処でもそうである様に初々しいが不安を抱え、それを迎える先輩は下級生にどう向き合って行くかと緊張。食堂で催された付添家族を含めての歓迎会は、各テーブルに二年生と新入生が同数宛着席し、新入生の父母と共に自習時間に喰い込む長時間に亘って会食懇談した。上級生の私達は予め指示されていた通り、子供を預ける両親が安心する様に、訓練のつらさや規律の厳しさ等には敢《あ》えて触れずに、面白可笑《おか》しく全寮生活の実態を披露する。歓迎パーティーは学校の意図に沿って終始和やかな雰囲気に包まれ、普段の夕食とは比較にもならない豪華なご馳走は総て参加者の胃袋に納まった。しかし私は同席していた新入生の中に私と同じ様な都会育ちのひ弱な顔を見つけ、この後輩が病気に罹《かか》らず元気に激しい訓練を乗り越えて行けるかどうか、わが身に置きかえて心配していた。幼年学校には新入生の指導方法のひとつとして護民制度がある。この制度はローマ帝国時代の護民官を模倣《もほう》したもので、新入生一学班毎に上級生が交代でひとりずつ配属され、日常の生活指導を行なう制度である。配属された上級生はその名もローマ時代と同じ「護民」と呼ばれ新入生と起居を共にしながら日常生活の指導に当るが、本当の狙いは兎角《とかく》起こり易い上下級生間のトラブルを未然に防ぎ、上級生のリンチ制裁から下級生を護《まも》る事だった。軍隊では日常的に古参兵の新兵に対する理由のない苛《いじ》めが、古参兵の欲求不満解消手段のひとつとして頻発し、時には被害者が自殺したり逆に下級者が結束して上級者に対して集団反抗事件を起こす場合すらあったが、幼年学校は軍隊ではないからそれ程過激な事件が起こる心配はない。それでもこの年頃に共通する「あり余るエネルギーの捌《は》け口としての暴力事件」は充分に警戒しなければならない。護民制度はこのトラブルを事前にチェックし、起こった場合は中和剤の役割りを果すなど学校内の秩序を維持するため有効に作用した。しかし護民を任命された者の苦労は相当なもので、先輩としての権威を保ちながら後輩の指導保護をするため、下級生の失敗を自分がやった様に取り繕《つくろ》ったり、下級生の模範となるべく実力以上の努力をするなどの自己犠牲を我慢しなければならない。だがこの苦労が人格の巾と厚みを増す試練となって上級生の人間形成に少なくない効果があったのも事実である。

仙台の初夏は杜の都と言われるだけあって新緑の輝きが際立ち木々を渡る風も爽やかであ

る。酷寒の訓練もどうやら耐え抜き、膝の痛みも全く癒《い》えて医務室から解放された私は、仲間達と寝食を共にし標高七百米の三神峯で学術に励んでいた。しかし背丈だけは五十人中の五番目まで伸びたが、生れながらの蒲柳《ほりゅう》の体質を克服出来ず相変わらず仲間達の支えを必要としている。若し戦場で負傷者を労《いたわ》る戦友の様な仲間達の無償の援助がなければ、病弱の私が幼年学校を卒業するのは不可能だっただろうし、若しかしたら訓練中に命を落していたかも知れない。七月には福島県久之浜海岸で游泳演習が行なわれたが、小学校六年生の時に母と一緒に九十九里浜に行った時以外は泳ぐ事はおろか水につかった事もない金槌の私に対し、教官は文字通り手取り足取りの指導を施し、二週間の演習が終る頃には千米も泳げる程に上達した。そして、ひとりの落ちこぼれも出さず全員が泳げる事を演習の目標とした指導によって金槌は皆無となる。水泳は現在でも得意ではないが、まさかの折には命を守る程に泳げる自信を持っているのはこの時の指導訓練の賜である。現在教育現場で問題になっている選別教育や落ちこぼれなどの矛盾も、幼年学校が実際に行なっていた連帯と相互援助を基本にした教育方針を具体化すれば解決へ向う様に思うが、そうした教育も社会全体が戦争遂行に向って結束していたからこそ可能だったのであって、現代の様に競争と効率を基本とする社会風潮の下で、学校だけを連帯と相互援助の別世界にするのは所詮《しょせん》不可能な事なのかも知れない。何れにしても教育の専門家に是非考えて貰いたい課題のひとつである。

幼年学校に成績簿の制度はない。各期末には民間の中等学校と同じ様な試験があって添削《てんさく》採点を施した答案が本人に渡されるので、自らの学力程度を判断する事は出来るが、あまり成績を気にする生徒はいない。勉強する時間は毎日の自習時間だけで全員一律、日曜日の外出をやめて校内で学習しない限り他人より余計に努力する機会はなく、期末試験直前の日曜日には何人かの生徒が外出せず受験勉強をするが、大多数の生徒は週一回の気晴しの方を優先させる。要するに勉強の出来不出来、成績の上下、席次の順位に対する関心が極めて薄く、学校側もそうしたモラルを承認し敢えて競争心をかき立てて勉学を奨励する事をしなかった。剣術、柔道、体操、軍事訓練の所謂《いわゆる》術科となると、体力と運動神経に優れた生徒が成績優秀で、体力が劣り不器用な生徒は一生懸命やっても大した結果は生れないから優劣の差は誰の目にも判然と映し出されてしまう。だが学科でも術科でも優者は決して驕《おご》る事なく劣者も卑屈になる事はない。それは陸軍将校として一定水準の教養技能を付与するのを基本とし、それ以上の能力は本人の個性を自然に委せて伸ばすという方針だったので、課目別に点数をつけ総合点で順位を決める必要など全くない。第一訓育班五十名の中にも特徴のある一芸に秀《ひい》でた人物、例えば暗算が計算機の様に早い者、記憶力が抜群に優れた者、サーカス顔負けの体操演技を得意とする者、背は低いが腕力ではどんな大男も敵わない「ポパイ」と綽名され る者など多士済済《たしさいさい》であった。現在教育関係者の間で論議されている「個性尊重」の方針が、六十年前の陸軍幼年学校で具体的に実行されていたのである。幼年学校を卒業すれば全員間違いなく士官学校に行き、士官学校を卒業すれば誰もが陸軍少尉に任官する、いわば進学就職が予約済で不安がないという特殊事情はあるが、偏差値を基準に何でもそこそこの画一人間を作る教育でなく、一人ひとりの個性を素直に伸ばし社会に役立つ特徴を持った人間形成を進めるには、当時の幼年学校の教育方針がひとつの参考になり得ると思うが、どんなものだろう。ついでに私事をつけ加えると、戦後人生のやり直しを余儀なくされ、大学で学び会社勤めをした私が、成績順位や出世の遅速《ちそく》を全く気にしなかったのは、幼年学校時代に自然に沁みついていた「競い合う事より助け合う事を大切にする」価値観の表現だった様な気がする。はた目には競争心がなく成行き委せの怠け者に見えるこの生き方が最高だとは思っていないが、他人に負けないために眼を血走らせて勉強したり働いたり、時には策略や詐術《さじゅつ》まで使って人生階段を駆け上ろうとする生き方よりは、遙かに豊かで優しく人間らしいと信じている。

戦後私と交際した多くの人は、私が幼年学校士官学校出身の現役陸軍中尉だったと白状すると、信じられない眼付で顔を見つめていたが、私程度の軟派（？）は第一学班の中に大勢いた。戦死した仲間もいるが現存している二人の文学少年について思い出を書き遺して置こう。福島県出身の佐山君は寡黙《かもく》で沈着、何があっても動じない大人《たいじん》、栃木生れの石田君は雄弁で情緒豊かな美男子である。この外見も性格も正反対の少年を結びつけたのが文学で、僅かな時間も惜しむ様にあらゆる文学書を隠れ読みしていた。文庫本を帽子の中に入れる違法持ち込みや原書承認戦術をあみ出したのもこの二人らしいが、時折歳下の私には理解出来ない高度な文学論を闘わせていた。私の知能水準では到底仲間に入れて貰う資格がなかったが、国文学者の息子だという事でグループに参加させて貰い、日曜日の外出時に野外で小説の読み方やフランス文学の歴史等について指導を受けた。志賀直哉や夏目漱石の素晴らしさを知ったのも、ゾラやモーパッサンを理解出来る様になったのもこの二人の指導のお蔭である。二人ともシャンソン大好きパリコミューン礼賛の自由主義者で、皇国史観むき出しの歴史教育を徹底的に批判し、天皇制反対こそ口には出さなかったが、坂道を転げ落ちる様に進む日本の軍国主義ファッショ化には本能的とも思える嫌悪の情を露《あらわ》にしていた。歴史の授業内容に対して疑念を持ち続けていた私は、兄貴分である二人の意見を聞いてわが意を得たりと感銘し、矢っ張り教官の方が間違っていると確信を持ち安心した事もある。教官が学校の方針に従い時局に沿った歴史教育をしても、聡明な少年に対して何の影響も与え得なかったばかりか、かえって真実を追求しようとする意欲をかき立てる皮肉な結果となっていたのである。それも陸軍幼年学校という戦時下で最も体制的な学校に於てそうだったのである。教科書検定で歴史を支配階級に都合よく歪曲《わいきょく》し、教員組合を弾圧して教師を骨抜きにしようとあの手この手を弄んでいる文部省のお役人に是非聞いて貰いたい実話である。戦後佐山君は郷里の新聞社に入って民主日本の建設に貢献し、小説家志望の石田君は大学仏文科を卒業し、結果的には小説家で生活出来ずにサラリーマンになったが、今でも少年時代の夢を追い求めている。

二度目の夏休みは一年前の様な病院巡りもなく阿佐ヶ谷の自宅で暢《の》んびり過ごす。家の中は秋に予定された姉の結婚準備に追われ何かと忙しそうだったが、お陰で誰にも干渉されず独りで読書を楽しむ事が出来た。この年の四月に第一次近衛内閣が軍部の圧力の下で翼賛議会を通過させ、国家総動員法により、物資の生産、流通、消費の全分野の国家統制が強化され、敗戦前後の様な極端な物不足はまだ表面化しないものの、庶民の日常生活に戦時経済の不自由さが暗い影を落し始めていた。国家権力が支配するのは「物」だけでなく人間までも戦争遂行の武器と考えるあの「人的資源」という、人間の尊厳を踏みにじる忌わしい単語が使われ出したのもこの頃である。その人的資源を確保するため、全国民に向けて「産めよ殖やせよ」と出産奨励のスローガンを呼びかけ、人間の愛の営みまでも侵略戦争に役立て様とする姿勢には、従順な国民特に女性達の大きな怒りを買った。家庭にある金属製品を無償で国に供出する大キャンペーンが始まったのもこの頃からで、目立ったものでは鉄製門扉ドアが先ず持って行かれ、鍋釜鉄瓶などの台所用品、文鎮煙管の日用雑貨まで、何から何まで供出させられた。わが家の応接間にあったボロピアノも内包しているピアノ線を狙われて半ば強制的に召し上げられ、幼い頃の思い出の形見は姿を消す。日本中の家庭から集められたこれ等の金属が、戦争遂行にどれ程役立ったかは知らないが、少なくとも国民一人ひとりに時局の厳しさを感じさせ、「欲しがりません勝つまでは」の耐乏思想を定着させる効果があった事は確実である。

九月から二学期、中国の主要都市は制圧占領したが中国軍の予想を超えた頑強《がんきょう》な抵抗にあい、戦局の行方は軍部の思惑通りには進展せず泥沼化の様相を呈し、ナチスドイツを中心に戦争の危機をはらむヨーロッパ情勢とも絡み、世界は複雑で深刻な矛盾を拡大して行く。だが仙台陸軍幼年学校生徒の日常に目立った変化はなく、爽やかな秋の日射しを浴びながら元気な訓練が続けられる。丸善の可愛い女の子と別れ目標を失った私は、日曜日毎に飯盒と米味噌を携えて秋保の山野を独りで彷徨い、河原の石を積んでかまどを作り枯枝を集めて米を炊き、味噌汁を啜りながら文庫本の詩集を拾い読みで時を過ごす。十月には中禅寺湖、会津地方を巡る修学旅行があって短い北国の秋が深まり、十一月には三神峯の斜面を吹き抜ける北風の洗礼を受け、二度目の冬は直ぐ目の前である。十二月に入って間もないある日の夕方、胸部に激痛が走り息が止る程苦しくなった。医務室に行って診察を受けると、当時相撲界の人気ナンバーワンの羽黒山にそっくりの軍医は、めんどくさそうに聴診器をあて「何ともない、直ぐ治る」と私を追い返す。その日冷たいベッドで一晩中うつ伏せになって寝たが翌朝は更に苦痛を増し、我慢すればする程顔から血の気《け》が失せて行く。生徒監が私の顔を見るなりただ事でないと気付き医務室に連れて行って呉れる。今度は生徒監同伴だった故か、羽黒山も慎重に聴診器を操り「直ぐ陸軍病院だ」と大声で叫ぶ。トラックで仙台市の陸軍病院に運ばれレントゲン写真を撮り、湿性肋膜炎と診断され着のみ着のまま将校病棟のベッドに横たわる身となる。肋膜炎とは世に言う肺病の一種である。

ペニシリンやパスの様な特効薬がなく、患部切除の外科医術も成熟していないこの時代の肺結核治療法は、充分栄養を摂って休養する以外何の決め手もなく、現代の癌と同じ様に死亡率ダントツの難病である。空気伝染の怖さから肺病患者を出した家には、親戚縁者を含めて誰も近寄るなと言われる程嫌われる病気でもある。しかし厳密に分類すれば、同じ結核と言っても吐く息や唾液によって結核菌を撒《ま》き散らす「陽性」と、体内に菌を保有しているが外部に出る心配のない「陰性」の二種類があると担当の軍医から教えられ、綿密な検査の結果、私は陰性だったので病室も陽性患者用の閉鎖的建物でなく、極く普通の病室を与えられる。湿性肋膜炎は菌の活動による炎症を抑えるために肺の外周に淋巴液《りんぱえき》が溜る症状を現わし、淋巴液を滞留させない乾性肋膜炎よりは治療し易い病気だとも教えられた。軍医の話を総合すれば、私の肺病は他人に伝染させる恐れのない比較的良性のもので、充分治療すれば治る可能性が大きいという訳だ。一時は人生もこれでお終いかと覚悟を決めた私も、若しかしたら生き延びられるかも知れないと僅かな希望が湧いて来た。一日おきに五寸釘程もある太い注射針を背中から肺に突き刺し、溜った淋巴液をポンプで汲み出す原始的な治療をするだけで、あとはベッドに坐って本を読む単調な生活が続く。液が溜ると深呼吸が出来ない程胸が圧迫され、液を汲み出すと肺と肋膜が癒着《ゆちやく》して咳をするだけで胸に痛みを感じる。十回程のポンプ治療であとからあとから淋巴液が浸出する症状が治まり、こわごわやって見る肺活量検査の数値も僅かずつ回復し、軍医から「流石《さすが》若いだけあって治りが早い」と、お世辞とも激励ともつかないお褒めの言葉を貰う程元気になった。北国の冬は足早にやって来て忽ち木々を丸裸にしてしまい、乾いた風が建付の悪い病院の窓硝子を揺さぶり、夜中には子供の悲鳴にも似た不気味な風の音が、眠れぬ夜を益々眠れなくする。正月まであと何日もない。

昭和十四年（一九三九年）の新春を陸軍病院のベッドの上で迎えた私は、一応死の恐怖から解放されて精神的にも安定し、病院の厚意による雑煮も残さず平らげた。陸軍病院なので前線から送還された負傷者も数多く入院している筈だが、ここ結核病棟で会う患者は青白い顔の痩せ細った人ばかりである。誰もが同じ白衣を着ているので、ベッドの名札を見なければ名前も階級も判らないが、将校病棟だから准尉《じゅんい》以上の将校であるのは確実で、同病相憐れむの諺通り階級を超えて直ぐ仲良しになる。十四歳の私は他の患者からすれば末の弟位に見えるのだろう、見舞品のお裾分《すそわ》けから日用雑貨の差し入れまで温かいサービスを頂戴してその都度恐縮してしまう。そうした優しい先輩達のひとりに満洲で結核に罹って内地に送られて来た面白い少尉さんがいた。学校にも行かないで漫画ばかり描いていたら兵隊にされたと愚《ぐ》痴《ち》をこぼしながら、軍医、看護婦、患者、見舞客と手当り次第似顔絵を描いて病棟の人気者になっている。「戦争が終って生き残ったら必ず世に出て見せる」と冗談半分に言っていたその人は、敗戦後暫《しばら》くして新聞の四コマ漫画でデビューし、漫画界で知らぬ人がない程有名になった。もうひとり忘れられない人は青年将校のモデルの様な美男子の中尉さんだ。一寸神経質そうな顔立ちが示す通り担当の看護婦以外は凡んど言葉を交わさず、夕闇が迫る頃になると手巻きの蓄音機を廻してクラシック音楽を聴いている。何か特別の因縁があるのか、ひとりだけのコンサートの最後には必ずヨハン・シュトラウスの皇帝円舞曲と喜歌劇こうもり序曲をかけるので、壁ひとつ隔てた隣室にいる私はこの二つの曲をすっかり憶えてしまった。この中尉さんは見かけより症状が重かったのか、暮も押しつまった頃重症患者用の特別室(今で言う集中治療室)に移され、翌朝帰らぬ人となった。私が入院している約二か月間に、この中尉さんを含めて六人の結核患者が死亡し、看護婦の話によると霊安室が満員になったので病室を模様替えして仮霊安室にしたと言う。ついこの間まで談笑していた人が突然あの世に行ってしまうのは、残された入院患者にとって大きなショックになる。患者のその様な心理状態を良く判っている看護婦は、病棟から死人が出てもいつもと変わらぬ態度でさり気《げ》なく振舞い、患者の前ではあくまで明るい笑顔を見せていたし、永年男ばかりの軍隊勤務をして来た人にあり勝ちな、女性に対する少々異常で屈折した言動をする人に対しても、相手の心を傷つけない様に優しく対応していた。婦長を除いて全員が二十歳《はたち》前後の東北出身看護婦は、悪びれずに東北弁を丸出しにしながら、てきぱきと非のうち処のない完璧な仕事振りを示していた。急死した音楽好きの中尉さんに付いていた看護婦は、遺言により世話になったお礼にと貰った蓄音機とレコードを前に、目を真赤にして泣いていたが、二週間後に前線勤務を志望して満洲へ向けて旅立った。本人に聞いて確かめた訳ではないが、患者と看護婦の淡い恋の傷跡を癒すために敢えて危険で辛い戦地勤務を願い出たのだろうと暫くの間病院内で話題になっていたが、その看護婦が満洲から一度だけ呉れた手紙の中に入っていた三糎四方の小さな写真が私の手許に残っている。私は皇帝円舞曲を聞くと今でもその看護婦さんと美男子の中尉さんの恋物語を思い出してしみじみとした気分になる。

二月の初め、水抜きの治療が終りあとは本人の体力で結核菌と闘うだけだと退院自宅療養の決定が下りたので、三神峯校舎の天野生徒監に報告挨拶に行く。生徒監は「人生は長い。一、二年の空白は気にせずゆっくり療養せよ」と励まし、父宛の封書を手渡した。帰宅後父に手紙の内容を聞いた処、「大切な息子さんを預っていながら病人にしてしまい、まことに申訳ない」とお詫びの言葉が縷々《るる》述べられてあると言う。病気になった責任は生徒監にはなく、むしろ生徒監のお蔭で早期発見が出来て命拾いをしたと思っていた私は、早速その気持を書いた返書を出した。それにしても天野生徒監の手紙は、まさに教育者の基本的モラルと責任感の強さを示したものだと、私の心の中に温かい人間のぬくもりを何時までも残して呉れている。

3　療養、休学そして転校

昭和十四年（一九三九年）三月、阿佐ヶ谷の自宅で結核に侵された身体を抱えたまま十五歳の春を迎える。肺病患者に明日への希望はなく毎朝目覚めた時頭に浮かぶのは、また一日生き延びたというけだるい憶いだけである。退院はしたものの午後になると決って発する三十七度台の微熱が青白い顔をほんのりピンク色に染めるが、夕方になれば再びもとの病人の顔に戻る。自らの生命力で体内の結核菌を退治しない限り同じ事の繰り返しが死ぬまで続くのだ。その生命力を強く逞しくするのが療養という訳だが、労咳《ろうがい》と名付けられた時代からこの病いに対する効果的な治療法はなく、栄養価の高い食物を摂取する事と風邪を引かない様に気を付ける位の方法しか見つかっていないから、本人にして見れば努力のし様もなくただぶらぶらしているだけとなる。昔から肺病の事を「ぶらぶら病」と言っていたが、まさに絶妙適切な命名だと感心してしまう。患者本人はもとより専門医師にしても、何時頃どうなるのか何の見通しも立たないのがこの病いの特徴で、学校の指示に従い戸山の東京陸軍病院に定期検診に行っても、胸と背中に聴診器をあて「具合はどうか」と質問し「特に変わった事もありません」と答えると「まあ気長に療養しよう」と言うだけでそれ以外の処置は何もして呉れない、実はして呉れないのではなくてする事がないのだ。当時市井《しせい》にどの位の結核患者がいたかは知らないが、医者にかかっていない潜在患者が無数に存在し空気中に飛散する結核菌が折あらば住み心地の良さそうな人体を求めて侵入しようと跳梁《ちょうりょう》していたに違いない。目に見えない結核菌は丁度現在の放射能の様なものだろう。勿論月一回訪れる陸軍病院の結核病棟は何時も超満員だったし、中国大陸の戦局激化を反映して病院の庭には傷付いた多数の将兵が日射しの下で屯《たむろ》していた。

阿佐ヶ谷の佇まいは昔のままだが兄は徴兵姉は嫁いで既に不在、女学校二年生になった妹は急に大人びて無口になったので、父が大学へ出勤した後は畑仕事に余念のない母と二人の静かな暮しである。

現在の自宅療養病人ならばテレビを見たりＦＭ音楽を聞いたりワープロのキーを叩いたりパチンコをやったり、体力を消耗せずに閑を潰《つぶ》す方法が幾らでもあるが、当時はそうは行かない。テレビはないしラジオの娯楽番組は夜の歌謡曲や講談浪花節程度、パチンコ屋もなければ喫茶店もない。とり立ててする事のない私は父の書斎で読書の日々という事になる。書斎に並んでいる本は時局ものが少々増えた位で余り変化はないが、読む方は二年間の幼年学校生活でやや成長しているので、本の読み方も目的意識的になっている。学校内の様に便所で盗み読みする必要もないし時間もたっぷりあるから計画的読書に挑戦して見ようと一念発起し、既に馴染《なじ》みのある明治大正の日本文学に凡んど手のついていない近松西鶴の江戸文学を加え、それに折角《せっかく》フランス語をやっているのだからとフランス文学の三つのジャンルを定めて読む事にする。フランス文学書は父の蔵書にはないので岩波文庫を買って来る事とし、毎日三課目の読書を時間割りに従ってやって見る。ところが人間とは不思議な動物で、時間が幾らでもあるのに読書の効率は学校内の時の半分にも達せず計画の通り頁数が進まず途中で挫折してしまう。病人だから仕方がないと自己弁護の理屈が頭の中を走ると益々能率が落ちて自分で自分が嫌になる。あと何ヵ月何年続くか判らない療養生活をこんなふしだらな事では駄目だと反省し、読書だけでなく何か別の課目を組み入れ様と考え出したのが好きな音楽に関する勉強である。本屋に行って、「西洋音楽史」だとか「和声楽」など手当り次第本を買って目の前に並べて見る。だが良く考え直すと音楽の勉強と言っても本を読むだけでは読書と同じだから何か音を出すものがなければ新鮮味が出ないと物色したら慶応大学出の義兄が置いて行ったマンドリンが見つかった。ピアノは供出して既にないからマンドリンで代用しようと早速初心者向け教則本を買って来る。これで読書に飽きたら音を出して楽しむ態勢が出来た。

毎日明治大正の小説、江戸文学、フランス文学、音楽理論、マンドリン息抜きの日課が始まり、偶《たま》には母の畑仕事を手伝って適当な運動もするという療養生活の基本路線が決ると、退屈のイライラも消え何となく人生が楽しくなるから奇妙だ。微熱の定期便もさして気にならなくなり心の中にゆとりさえ生れて来る。今にして思えばこの療養生活一年余りの期間が、読書を通して人間の本質と社会の矛盾を知り、音楽を通して心の豊かさを感じる、私の人生にとって最も貴重な歳月であった。七十歳を遙かに超えた現在、クラシック音楽を聴きながら結構楽しく暮せるのは、この時独学で身につけた音楽史や音楽理論の知識があったからこそ出来るのであり、戦後のサラリーマン生活の中でさまざまな困難に遭遇しても、それなりに自分を見失わないで生きて来られたのも、この時に読んだ沢山の本のお蔭だと思っている。病気になる事は不幸な出来事には違いないが、一歩も二歩も退いて自分自身を見つめ直す期間と考えれば、価値ある出来事にもなり得るのだ。

その頃のわが家の暮しは父母が共稼ぎをしていた小学校時代と凡んど変わらず、前年姉を嫁がせるために貯えを使い果した母は、私に対して口癖の様に「貧乏は恥ずかしい事ではない、恥ずかしいのは貧乏に負けて卑屈になる事だ」と言っていた。事実母の生活態度は常に堂々と胸を張りどんなに行き詰まっても泣き言を言わず、何時も大きな声で家庭内の雰囲気を盛り上げていた。貧乏に対する母の人生観は私の生活哲学のひとつとしてずっと胸の裡《うち》に生き続け、苦しい時程ちぢこまらないで頭を擡《もた》げ、決して弱音を吐いたり周囲の人々を暗い気持にさせる事のない生き方を信条として今日に至っている。

早期発見が幸いしたのか私の病状は軍医の予想を超える速さで快方に向い、秋口には微熱が出なくなり顔色もめきめきと良くなった。半年つき合って仲良くなった軍医が「この分だと来年四月には学校へ復帰出来るかも知れない」と言ったので、その旨仙台に報告したところ仙台から「仙台幼年は次学年からフランス語学級がなくなったから復学は東京幼年学校になる。手続きは学校でして置くが来春までに東京幼年に出頭して挨拶だけは済ませよ」と指示が来た。仙台陸軍幼年学校四十一期生で入校した私は、この時点で一年落第（軍学校では延期と言う）して東京陸軍幼年学校四十二期生になった。通常より早く中学一年で入校した私にとって落第はさしたる事ではないが、また新しい環境で生活する不安と両親のいる東京で暮せる安堵感とが交錯し複雑な気分になっていた。年が明けると昭和十五年（一九四〇年）、虚構の史実をもとに政治的意図で作られた紀元二千六百年その年である。年初早々から、有史以来如何なる夷狄《いてき》にも敗れた事のない「天皇の国神の国」の宣伝キャンペーンが軍部政府の手で行なわれる。だが開戦三年目に入っている日中戦争の戦局は膠着《こうちゃく》し勝利の見通しが未だ立っていないばかりでなく、米英仏蘭による経済封鎖による物資欠乏が益々深刻の度を加え、国民生活の隅々にまで窮乏感が浸透している情況では、今ひとつ盛り上りを欠く催しとなっていた。物資不足の中で最も深刻なのは石油で、東南アジア中東方面からの輸入ルートを遮断され戦争遂行に不可欠な燃料資源入手の方策を失った日本では、松の木の根っ子を原料としたその名も「松根油」と名付ける代用ガソリンを考え出したり、民間輸送では薪《まき》そのものを使った自動車「木炭自動車」が白煙を吐き出して走っていた。しかし原料が木材だから煙たくて涙は出るが公害の面では現在のガソリンより被害が少なかったのかも知れない。学生達が勤労動員でかり出され郊外の森の中で松の木の根っ子を掘ったのもこの頃からである。

一方ヨーロッパでは、ナチスドイツのポーランド侵攻で始まった第二次世界大戦の嵐が欧州全土を席捲《せっけん》し、その力に頼ってアジアで孤立を深めた日本がドイツとイタリアと組んで三国同盟を締結したのは、この年の九月であるが、当時大多数の日本国民は、今は苦しくても近い将来ヒトラーが成功した様に日本も日中戦争に勝利し生活も豊かになる事を信じ「欲しがりません勝つまでは」のスローガンを噛みしめて忍耐の日々を送っている。

四月一日、予定通り東京陸軍幼年学校四十二期生として復学し新生活が始まる。東京以外の広島、仙台さらに新設された名古屋、熊本幼年学校にフランス語学級がなくなり、今までなかった英語学級を設けたのは、当然対米戦争を睨《にら》んでの処置であるのは誰の目からも明らかだが、まさか翌年に日本がアメリカに宣戦する事になるとは、歴史の転換は人智を超えて厳しいものだ。校医の診察結果は当分の間入室（医務室に隣接する病室で日常生活をする処置）と決まり、午前の学科授業には出席するが午後の術科訓練は欠席する事となる。私が配属された第二訓育班の生徒監は大野大尉、天野生徒監の一年後輩で浅黒い顔に大きな口を持ち笑うと目が糸の様に細くなる魅力溢れる人だった。私はこの生徒監の瑣事《さじ》に拘《こだわ》らない大らかな性格が大好きで、親に接するのと同じ気持で何でも相談する事が出来た。ふり返って見ると幼年学校で出会った直接の上官、吉田、天野、大野三人の生徒監は、夫々性格の違いはあるが総て円満な人格と豊かな知性を兼ね備え、三人とも心の広い大人物であったと思う。兎角職業軍人と言うと謹厳実直、権勢偏重《けんせいへんちょう》の融通の利かない堅物《かたぶつ》と思われ勝ちだがそれは偏見で、軍人と雖《いえど》も所詮は人間、軍人勅諭の権化の様な人もいれば人間味溢れる優しい人もいる、職業だけで人物評価を定めるのは早計に過ぎると言うものだ。しかしその人間味溢れる軍人も戦場では絶対服従忠君愛国の大原則に縛られ部下を死地に追いやらなければならないのだから、軍隊という組織では個人の特性など虫けらの如く踏み潰されてしまうものなのかも知れない。余談になるが戦後のサラリーマン稼業の中で、課長、部長、支店長、重役など沢山の上役と出会ったが、軍人社会と同じ様に、上意下達を唯一の金科玉条とする人もいれば適当にアレンジして処理しようとする人もいた。だが結局は株式会社という組織の力で個人の思惑は無視されてしまうのだ。軍隊も会社も個人の集団が作った組織なのに、最終的には個人の豊かな個性を生かし切れずにむしろ圧殺する機能を果すのは何故なのだろう、浅学菲才《せんがくひさい》の私には解明不可能な悲しい矛盾である。

ともあれ復帰した東京幼年学校の生徒監が素適な人物だった事はこの上ない幸運であるし、第二訓育班の仲間達が病人の先輩——と言っても全く同年齢の人が大部分だが——を十年来の知己の様に扱って呉れたのも幸せだった。山手線新大久保駅から徒歩約十分の戸山ヶ原の一隅にあった東京陸軍幼年学校は、市ヶ谷台の府立四中の丁度裏庭に当る処に位置し、私にして見れば四中に入学した三年前に戻った様な気分である。日曜日には阿佐ヶ谷の家に帰って息抜きが出来るので、広島仙台時代より安定した精神状態で勉強していた。学術の内容は仙台と全く変わりはないが、フランス語の教官が日本人ではなくウンブリヤスというフランス人だったのが違いと言えば違いである。この教官はフランス人らしくウィットに富み自己紹介をする時黒板に「丼安」と漢字で書き「ウンブリヤス」と読ませていたのを良く憶えている。勿論日本在住期間も十年を越え日本語はペラペラの達人だが、フランス人が発音出来ないハ行の音は矢張り使えなかった。時恰《あたか》もナチスドイツがフランス全土を侵略占領している時期だった事もあって、ドイツとドイツ人に対する恨みと怒りが爆発寸前にまで昂じていたので、生徒の誰かがドイツを賛美する様な言葉を吐くと、顔を真紅に染めて真剣に激怒の表情を露にしていた。フランス人は自国と自国民に対する誇りが異常なまでに強いと聞いていたが、成る程聞いていた通り可成りのものだと驚く。フランス人は英国人を海賊の子孫、ドイツ人は奴隷の末裔と軽蔑し、フランス人こそヨーロッパの文化を引継ぐ民族だと信じているので、彼のドイツ嫌いを宥《なだ》める手だてはない。どう言う風の吹き廻しか判らないが、私はこの教官に気に入られ、「君のフランス語の発音はフランス人より美しい」などと褒められ勿論試験は常に満点である。体操、剣術、柔道その他の教練は卒業までの一年間普通の生徒の三分の一程しか参加しなかったが、仙台の時と同様にここでも第二訓育班五十一名の学友達の援助に助けられて何とか脱落を免れた。この頃結核に罹っている生徒は全校で十人を超え、在校中に死亡する不運な生徒まで現われる状況の中で、私の闘病訓練生活は決して孤立した特殊なものでなく、従って学友達の理解も支援も心のこもった温かい連帯の意思表示であった。

七月の游泳演習を免除され通常より一週間程余計に夏休みを与えられ阿佐ヶ谷に帰宅したが、体調もまずまずなので若干の小遣銭を貰って三年前父と行った奥志賀発哺に避暑に出掛ける。志賀高原の夏空は連日爽やかに晴れ上り、読書をしたりスケッチブック持参で歩き廻ったり、目的のない独り旅を暢んびり過ごす。体力テストのつもりで岩菅登山に挑戦して見たが、矢張り途中で息苦しくなりまだまだ一人前の体力には程遠い事を自覚させられ三分の一程で下山する結果となる。この時谷川の清流を飲みながら食べた握り飯の美味《うま》かった事は決して忘れない。発哺に四泊した後休養室で知り合った一年後輩の板倉君の別荘に一泊させて貰う。板倉家は徳川普代の名門で、明治維新後に爵位（たしか子爵だったと思う）を貰った華族様だが、別荘にいた夫人は気の置けない明るい庶民的な人で、何の屈託《くったく》もなく一晩を過ごさせて貰う。一週間の予定の最後は諏訪湖畔の小さな旅館に宿をとり、甲府廻りの中央線で無事帰宅、世間知らずの十六歳の少年の独り旅は何事もなく終えた。二学期に入って休養室生活から解放された私は、漸く学友と起居を共にする様になるが、月に数回は三十七度台の微熱を出しその都度休養室に逆戻りする綱渡りをしながら、自力で結核菌と闘う日々を送っていた。百米も駆け足をすれば卒倒し剣術をやれば十分も経たないうちに息が上り、柔道では組んだ途端跳ねとばされて細長い首を締められてしまう、全く情けない話だが仕方がない、恥を忍んでよたよたと訓練に参加していた。ヨーロッパでは六月のパリ陥落によってほぼ欧州全土がナチスドイツの手に落ち、枢軸国（日独伊三国）と中国、英国、フランス、オランダ等連合国との対決図式がほぼ完成し、未だ参戦をためらっているアメリカが連合軍に参加するのも時間の問題と見られる昭和十六年（一九四一年）三月、どうやら東京陸軍幼年学校を卒業して陸軍予科士官学校へ進学する事となる。

仙台陸軍幼年学校四十一期第一訓育班五十名のうち戦死した仲間は十五名、実に三〇パーセントの若い命が散って行った。一年後輩の東京陸軍幼年学校四十二期第二訓育班五十一名の戦死者は七名である。大正生まれは敗戦時の年齢が十九歳から三十三歳の世代で、戦力の中心に位置していたため戦死者の数が多く人口の年齢別統計でも生存者が少ないが、侵略戦争の担い手にされて死んで行った学友達の顔を思い出す度に暗澹《あんたん》とした気持になる。それにしても、結核に罹ったお蔭で一年落第し、前線勤務にも就かないで生き延びた私は、巡り合わせの運とは言え有難い事だとしみじみ感謝せずにはいられない。

第三章　日米戦争下の士官学校

1　市ヶ谷台から埼玉へ

昭和十六年（一九四一年）春、陸軍士官学校は国鉄市ケ谷駅から程近い小高い丘の上にあった。しかし幼年学校を卒業して進学した約六百名と、中学四、五年で受験合格した約千八百名、合計二千四百余名の五十七期生がこの市ヶ谷校舎にいたのは僅《わず》か半年で、その後は地上部隊勤務要員養成の士官学校と航空部隊勤務要員養成の航空士官学校とに分けられて埼玉県に移転し、士官学校が移転した後の市ヶ谷台には、戦争遂行の総司令部とも言うべき大本営が設置された。敗戦後数年経って公開された大本営の内部は、強固な地下壕を掘り巡らし天皇専用の特別室（御座所《ござしょ》と言う）まである地下要塞《ようさい》になっていたが、私が士官学校生として入校した時は何の変哲もない普通の学校である。敗戦後戦争犯罪人を裁く国際法廷が開かれたのがこの建物内であった事を憶《おぼ》えている人は少ないかも知れないが、自衛隊駐屯施設になった後、三島由紀夫が旧《ふる》い軍服姿で闖入《ちんにゅう》し割腹自決した場所であるのはまだ記憶に残っているだろう（因《ちな》みに現在は防衛庁になっている）。肺結核療養のため一年落第し四年かかって幼年学校を卒業した私は治り切らない胸の病いを抱えたまま、陸軍士官学校五十七期生としてここ市ヶ谷の校舎に入る。昔通った府立四中も前月まで暮していた東京幼年学校も隣組の様な場所にあるから私にとっては新鮮味のない引越しに過ぎない。当時士官学校は予科と本科に分かれ、予科を修了すると歩兵、砲兵、騎兵、戦車、輜重《しちょう》など陸上部隊の訓練を行なう士官学校と、航空部隊の訓練を行なう航空士官学校とに振り分け進学する。平時は予科二年本科二年の在学期間だったが、戦局の緊迫化に伴い予科本科併せて三年で卒業する短縮訓練が行なわれていた。予科に入った私が配属されたのは第四中隊第五区隊、一個中隊は六区隊から成り一区隊の人員は三十四名だった。全校で十二中隊七十二区隊編成だから五十七期生総人員は約二千四百名という事になる。将校としての基礎的教養と人格形成を目的とする幼年学校の教育と異なり、士官学校は専門的知識技能の養成を目的としているので、所謂《いわゆる》教養課目履修の時間は少なく、大半の時間は軍事的知識技能の訓練に割り当てられる。従って半病人の私が一人前に参加出来る課目は幼年学校より更に少なくなる。

入校時の健康診断の結果、両肺のレントゲン写真でそれと判る黒い影のある私の取り扱いは「練兵休《れんぺいきゅう》」となる。練兵休とは軍隊で病人の症状の程度に対応する処置のひとつで、日常生活は健常者と共にするが体力を必要とする訓練は見学程度に止め無理をしてはならないと言う軍医の指示である。この診断結果で学友から隔離された病室の起居は免れたものの、幼年学校時代と余り変わり映《ば》えのしない落ちこぼれ生活が再開された。中学から受験した人が私の様な身体だったら間違いなく不合格となった筈だ。本心を言うと、私の思惑の中に幼年学校は成り行きで卒業させるだろうが、予科進学は困難と判断され軍学校から解放されるかも知れないとする期待があった。その場合には一、二年療養して東大受験にでも挑戦して見ようと将来の事まで考えていたのである。だが軍当局は三年間国費をかけて養成した将校の卵を簡単に手放す筈はなく、半病人の私を士官学校に進学させたという訳だが、若《も》し肺病がもう少し重症だったら私の人生も様変わりになっただろうと、死んだ子の歳を数える様にあれこれ想像する事もあった。ともあれ骨と皮の様に痩《や》せた十七歳の少年の士官学校生活が始まる。

士官学校の一日は教室の授業が少なく野外訓練が多い点を除けば幼年学校と凡《ほと》んど変わらないが、既に三年間の経験を積んでいる幼年学校出身者と軍学校初体験の中学出身者とでは受け止め方に可成りの差がある。前者は今まで通りの生活だからどうという事もないが、後者は見るもの聞くもの新しい事だらけで神経を使う場面ばかりで性格の弱い者はノイローゼ気味になってしまう。丁度私が広島で親と別れ日常生活を自分ひとりで始末しなければならなくなった時に味わった苦労、掃除、洗濯、食事、入浴、整理整頓、言葉遣いから起居動作に至るまで、つまり軍隊生活の慣習、規律、統制について行く苦労と全く同じ苦しみにあえいでいるのが良く判る。一例を挙げれば日常会話の言葉遣い、軍隊では一人称を上長《じょうちょう》に対しては「私」または「自分」と言い、同僚目下に対しては「俺」と言う。二人称は上長に対して「殿」、同僚目下に対して「貴様」を使う。生れてこの方目上の人に対しては「さん」とか「先生」とかを使い、同僚目下の友達とは「僕」「君」で呼び合っていた中学出身者にとって、会話の都度相手によって「私」だとか「自分」だとか「俺」などと使い分けるのは神経が疲れるし、まして「君」を「貴様」と呼ぶのは喧嘩を吹っ掛ける様な気がして仲々馴染《なじ》まない。この軍隊慣用語を身に付けるだけでも大変な上に、出身地の方言を矯正《きょうせい》して標準語を覚える努力が加わるので、東北や関西出身者は毎日神経を張りつめて暮さなければならない破目《はめ》になる。さらに、姿勢が悪い、ゲートル（巻脚絆《まききゃはん》と言う）の巻き方が緩い、帽子が阿弥陀《あみだ》だ、釦《ぼたん》が外れている、返事の声が小さい等々一挙手一投足に難癖をつけられ、最後はお定まりの鉄拳制裁を頂戴するのだから堪ったものではない、気弱で善良な人間は自殺でもしたくなる。この姑《しゅうと》の嫁いびりに権力を上乗せした様な〝苛《いじ》め〟に耐えられず本当に自殺を図った仲間がひとりいた。この生徒は東上線に跳び込んだが死に切れずに右手の指三本を切断しただけで命を取り止め、退学処分にされ士官学校から逃れる事が出来たまでは良かったが、「自損《じそん》」（軍隊から脱出する目的で自らの身体を損傷する事）の罪で軍法にかけられ、何年かの懲役刑を受けるおまけが付いた。何とも哀しく痛ましい事件である。最近学校教育現場で問題になっている教師の生徒に対する行き過ぎた体罰と同質の問題が士官学校内で日常的に発生していたが、軍隊という閉鎖社会内の特殊な事件として、世論も警察も全く関心を払わなかったのは当然とは言えいじましい事である。

勿論《もちろん》私も暴力を伴う人権侵害被害者のひとりだが、幸い幼年学校時代に軍隊内の実態についてある程度の知識と体験を学んでいたので、殴られれば痛いし苛められれば腹が立つが、精神的に萎縮したり厭世観《えんせいかん》にとり付かれたりする事は全くなかった。幼年学校三年間の経験が生んだ教訓のひとつ〝殴られる時の心得〟は、「殴る相手の目を凝視《ぎょうし》し決して目を閉じたり顔をそむけたりするな」という事だ。殴る側も若干の罪の意識を持っているので、しっかり見据えられるとためらって力が抜ける、顔をそむけると拳骨《げんこつ》やスリッパが耳に当り鼓膜《こまく》が破れたり耳炎を起こす危険がある。この教訓を忠実に守って数十回――途中まで勘定したがめんどうになったので数えるのを止めた――の殴打を怪我もなくどうにか凌《しの》いだ。次に〝叱られる時の心得〟は「潔《いさぎよ》く相手の指摘を認め決して言い訳を言うな」である。この原則に従って、毛布の下に隠していた文庫本がなくなった時、自ら区隊長室に出向き違法な読書をしていた事を自白し懲罰を受けたいと申し出た。警察でも犯罪者が罪を認めて自首自白すれば罪を軽くする様に、区隊長はにやにや笑いながら本の内容について「何処が面白いのか？」と質問し、私が本――夏目漱石の小説、題は忘れた――の哲学的意味を説明すると黙って最後まで聞き、「日曜日の朝取りに来い」と言って拳骨抜きに解放して呉れた。軍学校で身についたこの〝叱られ方のコツ〟は、戦後のサラリーマン生活の中でも屢々《しばしば》活用し、何か失敗をしでかした時は積極的に申告して決して逃げ隠れしたり弁解したりしない様に努めた。上役の人柄によっては図太くて可愛げがないと思った人もいるだろうが、私としてはあれこれ言い逃れを試みたり他人の仕業《しわざ》にして責任逃れをするより遥かに気分が良いと今でもこの教訓の正しさを信じている。私が一年余り世話になった予科士官学校第四中隊第五区隊長谷川大尉は、生徒を殴打する事では全校で一、二を争う程の猛者《もさ》で、年齢は私より十歳程上、四角い顔にギョロ眼を付け、がっしりした骨太の体格は見るからに強そうな人物だった。ただし笑うと眼尻に皺を寄せ大きな口の両端を上に反《そ》らし頬っぺたをぷっくり膨らませる所に愛嬌があり、暴力好みの硬骨漢《こうこつかん》一辺倒とは思えずに何となく人間的な親しみさえ感じていた。

少し先の話になるが、この年の十二月八日日米戦争がハワイ基地奇襲で始まった日の日誌――幼年学校でも士官学校でも毎日日誌を書き翌朝上司に提出する事が義務付けられていた、勿論内容はありきたりの無難な記述が大部分で検閲で問題にされそうな事を書く生徒は皆無に近い――に、「この戦争（日米戦争の事）は無謀である、彼我の総合戦力を比較すれば誰の目にも明確である様に勝利の見通しは極めて暗い、だが敗ける訳には行かないから総力を結集して敗けない様に頑張るしかないだろう」と感想を書き、日米戦力比較表まで付けて提出した所、九日の夕刻区隊長室に呼び付けられ「この日誌は上層部の目に触れたら問題にされる内容だ、お前の感想は判らないではないが憲兵沙汰になる前に書き直して呉れ」と言われ、区隊長の見ている前で当りさわりのない内容に書き直した事があった。私の真意は反戦でも厭戦でもなくただ情況の厳しさを指摘して奮起を促しただけだが、読み方によっては体制に反抗する平和主義と映る惧《おそ》れが充分にあると感じた区隊長が、私の身の危険――彼自身も巻き添えを喰うかも知れない――を未然に防ぐために処置したという訳だが、今にして思えば、憲兵に拘引《こういん》されたかも知れない危機を救って呉れた区隊長の慎重な配慮に深謝しなければならないだろう。

私が最も嫌で堪らなかったのは「号令調整」と「軍歌演習」だ。号令調整とは読んで字の如く部下集団に命令を下す場合の号令の掛け方を訓練するもので、「気を付け」「前へ進め」「頭右《かしら》」等々、上官が部下に掛ける号令は様々だが、そのひとつひとつに抑揚やリズムの原則があって、誰でも直ぐ〝らしい号令〟が掛けられる程簡単な作業ではない。だからこそ、卒業すれば必ず何人かの部下を持つ指揮官になる宿命を背負っている士官学校生徒に号令調整の訓練が必要なのだろうが、ひとりひとり踏台に立たされ鶏が首を締められた時の様な、切《せっ》羽詰《ぱっ》まった奇声を発射させられるのは、自分が台上に立った時はもとより、他人の奇声を聞かされるだけでも身の毛がよだつ程嫌悪を感じる。生れてこの方大声を出す習慣がなかった上に、他人に命令される事も命令する事も嫌いな私は、戦場で命がけで戦っている極限状況なら兎《と》も角《かく》、訓練として号令の掛け方を練習するのは全く気の乗らない無意味な事と思えた。勿論私は何度やってもやり直しの憂目《うきめ》を味わわされその都度自己嫌悪に陥っていた。軍歌演習は号令調整より更に馬鹿らしい催しものだ。軍歌の好きな従って声もリズム感も人一倍自信のある区隊長が週番士官になると、夕食後に招集がかかり四列縦隊に並んで歌いながら校庭の周囲を何回も行進させられる。まず週番士官が夜空に響く朗々たる美声で一節を歌い、全員が同じ節を繰り返して歌う歌唱指導に始まり、歌詞を覚えた頃に全員で斉唱する遣り方で一時間以上軍歌演習をすると、熱血溢れる青年達は何となく雰囲気に呑まれて興奮しいい気分になるのだそうだが、七五調の定型的な歌詞の内容から何の感動も受けない私は、軍歌の特徴のひとつであるモル（短調）のメロディーに食中毒を起こしそうになり、声を出さずに黙って歩いていても身体の中を白い風が吹き抜けてしまう。歌や音楽は大好きなのに、軍歌だけはどうしても受け付けないのはどう言う訳だろうと色々反省して見たが、結局士気を鼓《こ》舞《ぶ》したり忠君愛国の精神を叩き込んだりする、軍歌演習そのものに対する本能的拒否反応らしいという以外合理的理由は見付からなかった。幼年学校や士官学校のクラス会の酒宴で、昔の仲間が懐《なつ》かしそうに歌う軍歌を聞いても私の心は白ける一方だし、最後に必ず合唱する校歌のメロディーも歌詞も私の頭の中の記憶に残っていない。戦後の会社勤めの中で士官学校出身の元陸軍中尉なのだから宴会の隠し芸で軍歌のひとつも歌うのが当然なのに、私は歌える軍歌のレパートリーを全く持っていない、要するに軍歌は私の人生に本能的嫌悪感以外には何も残さなかったという訳だ。あの頃号令調整や軍歌演習をやらされる度に、矢張り私は軍隊に向かない人間だった事を自覚し、肺病病みの青白い顔を益々青くさせたものだった。

そうは言っても一年余りの予科士官学校の生活の中で、楽しい事が全くなかった訳ではない。一例を挙げれば馬術、大きな体に優しい目をした馬と付き合い背中に乗せて貰うのは仲々に気分の良いものである。私の愛馬は名前は忘れてしまったが二十歳を超えた老馬で、私の言う事を良く聞き決して暴れたり蹴ったりしなかった。背中に乗って拍車《はくしゃ》で横腹を一寸擦ると並足でリズム良く歩き出し、もう一度合図を送れば地面を蹴って速足行進になる。三度目の拍車で駆足になると、年齢を感じさせない迫力あるスピードで大きな体を伸ばしながら馬場を走り廻って呉れる。馬は乗り手の技倆を直ぐ見抜き、未熟な騎手が乗ると馬鹿にして言う事を聞かないと教えられていたが、この馬は初体験ど素人の私を侮るどころか忠実に仕えて呉れた。動物好きの父のお蔭で色々な動物と仲良くして来た生い立ちが、馬に親近感を持たせるために役立ったかどうかは馬に訊《き》いて見なければ判らないが、人間の何倍もある大きな馬と接しても全く恐怖を感じなかったばかりか、長い顔の真中を撫でてやると綺麗な眼を優しくして応えて呉れる馬は、今まで付き合ったどの動物よりも可愛かった。乗馬についてはその年の夏休みに忘れられない思い出がある。当時父が学生の乗馬サークルの責任者をしていた関係で、世田谷の大学馬場に行って馬一頭を借り出し、阿佐ヶ谷の自宅まで馬に乗って帰って来た事があった。道路に四六時中自動車が氾濫している現代社会ではとても考えられない事だが、その頃の輸送手段は人力による荷車が主体で、偶《たま》にトラックが走る程度、乗用車は凡んど街では見かけない状況だったので、馬に乗って道路を歩く事が充分可能だった。経験のある人は判るだろうが、馬上から辺りを見廻す気分は文字通り〝最高〟である。自動車の様に狭い座席に押し込められて猛スピードで街を走り抜けるのではなく、開放的でゆったりとした姿勢で路上を進むと何となく世俗の憂《う》さを忘れてしまう。八月の強い日射しを浴びながら馬上豊かに街並を見渡し、街路樹の枝葉を避けて悠然と歩いている軍服姿の私は、天下を取った様に大らかな気分だった。

もうひとつ私の好きだった課目は射撃訓練である。射撃は跳んだりはねたりの体力消耗の必要がなく静止して行なう訓練だから、半病人でも一人前に参加出来る数少ない課目のひとつだが、単に身体が楽だというだけでなく目標の黒点や人形に向って神経を集中させ撃鉄を引く瞬間は、これまた経験者だけが知る充実感がある。古今東西を問わず遊興の極致《きょくち》は狩猟だと言われ、日本の殿様や西欧の領主様が狩遊びのために専用の狩場を確保していた事は良く知られているが、人間には本能的に殺りくを好む残虐性《さんぎゃくせい》があるのかも知れない。予科士官学校で実弾射撃用に使っていた小銃は、幼年学校で軍事訓練用に使っていた口径六・五粍《ミリメートル》の三八式小銃ではなく、現に実戦で使われていた口径七・七粍の九九式小銃であった。訓練は先ず三百米《メートル》程先に土手を作りその斜面に的を立てる事から始まる。土手の下には深さ二米程の壕を掘りそこに着弾点確認の係員がいる。小銃が一回に装塡《そうてん》出来る弾丸は五発だから一人一回五発を発射し、撃ち終ると壕内の係が的を貼り替えて次の人の射撃に備える。終了後各人に標的となっていた黒点紙を渡し、弾丸がどの位置に当っていたかを確認させ訓練の成果を競うという訳である。言うまでもなく黒点に五発全部が命中していれば満点、五個ある筈の弾痕が三つ四つしかない場合はペケである。大多数の生徒は成績を気にして慎重に一発ずつ時間をかけて発射するが、どうせ半病人で卒業出来るかどうかも判らない私は、結果を気にする事なく気楽にポンポンと撃つ。教官の説によると、この肩の力を抜いて無心に撃つのが射撃のコツなのだそうで、結果として私の撃った弾丸は何時も黒点付近に集中し毎回抜群の成績だった。予科では小銃訓練だけだったが、本科に進んだ後の軽機関銃、重機関銃、拳銃のテストでも射撃の成績は常に群を抜きその都度教官のお褒めの言葉を頂戴した。病気ばかりして役立たずの私にも隠された才能があるものだと、射撃訓練の度に妙な気分になっていたのを憶えている。馬術、射撃以外の課目でも気象、測量など興味を持った課目が幾つかあった。今でこそ毎日の気象情報で日本列島周辺の天気図を誰でも見る事が出来るが、戦時下の当時は気象までも軍事機密だったので、気圧配置、風向風力、気温などを画《えが》いた天気図が国民の眼に触れる事はない。気象学では様々な天気図から翌日以降の天候を予測し、気象に関する基礎理論を学び、お陰でテレビの気象解説を聞いてもある程度理解出来る様になった。測量は更に面白い。測量機器の扱い方と地図の読み方を教えられた後、実際に山あり谷あり川ありの現地に行って実測し、自分で測った数値を基礎に地図を作る現地実習は、自然の有様と地図との関係を知るために大いに役立った。

二学期に入り「練兵休」が解けて要注意ながら各種訓練に参加出来る身となり早速十月下旬の富士山麓野営演習に加わった。実はこれが市ヶ谷校舎との訣別となり、演習終了後は埼玉県朝霞村の新校舎に移転する事が予め決っていた。現在でも自衛隊東富士演習場として昔日の面影を止めているこの演習場は、千葉県習志野演習場と共に東日本最大級の演習場だが、吹き曝《さら》しのバラック建兵舎に南京虫が繁殖し放題の毛布にくるまって寝るだけでも人心地を奪われる程だが、雨が降っても風が吹き荒れても山麓の原野を這《は》いずり廻る演習は、まさに戦場さながらの苦しみである。入校半年余りの士官学校生徒を対象とするこの演習の目的は、戦闘訓練と言うよりは戦場という極限状態の下で生き延びる忍耐力を養う事で、衣食住総《すべ》てに亘り自給自足の体験をさせられる。入浴も洗濯も一切なし、食べ物は麦飯と具のない味噌汁と漬物梅干しだけ、夜中に非常呼集で叩き起こし地図だけを頼りに山野を徘徊する。道に迷って帰営が遅れれば〝戦死〟または〝行方不明〟を宣告されて然るべき懲罰を受ける。毎晩南京虫の夜襲を受けてまんじりともせずに過ごし、日中はそろそろ雪でも落ちて来そうな寒々とした空の下で枯草をかき分けながら匍匐《ほふく》し、夜中に眠い目をこすりながら暗闇をもぐらの様にうごめくのは、馬鹿馬鹿しさを通り越した〝生き残るための人間の本能〟を試す訓練である。この演習で私は〝方向音痴〟と言われる自分の弱点を知った。動物――人間もその一種――なら必ず備えている筈の方角に対する感覚が全くないのだ。地図を読み取る事は出来るが、その地図の通り進んでいる心算《つもり》なのに同じ所を堂々巡りしたり反対の方角に歩いたりして、遂には西も東も判らなくなって迷子になる。夜間では昼間確認して置いた筈の川に落ち切株につまずき転ぶ。最後は自らの無能に腹を立て自己嫌悪のやけっぱちになり遅刻して懲罰を喰う。教官にその都度怒鳴られた様に、戦場で真先に戦死するのは恐らく私だろうと確信する程非道《ひど》い方向音痴なのだ。この無能振りは今も全く変化なく、戦後の平和な暮しの中でも何回か体験させられた。引越した自分の家が判らなくなって交番のお世話になったり、とくい先の事務所が見つからずに無駄な時間を費やしたり数え挙げればきりがない。だが幸いにして戦場でなく演習場だったので命を取り止め、他の二千数百名の仲間と共に浮浪者の如く汚れ綿の如く疲れて何とか朝霞の新校舎まで辿《たど》り着く。朝霞村は今でこそ市制を施《し》き自衛隊駐屯地の周囲に高層住宅が建ち並ぶ新興住宅地となっているが、当時は見渡す限りの畑の中に点々と民家が存在する農村地帯だった。

大本営設置のために市ヶ谷を追われ埼玉の片田舎に都落ちした予科士官学校生徒が、最初に受けたショックは十二月八日の日米開戦である。校内でラジオを聞く機会はないので、開戦の事実を知ったのは非常呼集で校庭に集められた際の生徒隊長の訓話によってである。「日米もし戦わば」と題する挑発的図書が発刊される情況の下で、日米戦争の勃発《ぼっぱつ》は必ずしも突発的事件とは言えないが、戦争遂行の実行者しかも陸軍将校を目ざす士官学校生にとっては〝遂に来るべき時が来た〟という意味で衝撃は大きい。ここ十年余り戦った相手は、装備に於ても組織力に於ても日本陸海軍より数等劣る中国軍であったが、アメリカと戦うとなれば先端科学技術を駆使した世界最強の軍隊が相手である。大量の物資を持ち近代兵器を装備したアメリカと対等に戦えるのか、皇国史観と必勝の信念だけで勝利を手にする事が出来るのか、少なくとも私は勝てる見込が薄いと判断し、前に書いた様な日記を誌して区隊長を悩まし、「これで人生も先が見えた」と半ば諦めの境地に達していた。しかし冷静に考え直せば、結核で在校中に若い命を失う仲間がいるのに、同じ結核でここまで命永らえただけでも幸運と言わなければならない、あとは戦場でどんな死に様《ざま》を曝すかどうかの問題だ、運を天に任せるしかない、などと心中は自分でも意外に感じる程平静だった。十九歳以上の健康な成年男子の凡んどが徴兵制によって強制的に軍隊に入れられ、満洲の曠野や中国大陸の泥濘《でいねい》の中で死んで行く時代だ、あと数ヶ月で満十八歳になる私がのうのうと生き延びる確率はそう高くないと観念しなければならないだろう。残り数年の短い生命を自分で納得する様に使うしかないというのが日米開戦の日の正直な心境だった。

正月休みを返上させられた二月、久し振りに高熱を発して休養室に入れられる。九月以降の無理が祟って結核菌の活動が活発になったのかも知れないと一瞬死に神の顔を思い出したが、診断の結果は単なる風邪という事でほっとする。重症患者用の個室ではなく大部屋に入れられると病室は数十人の患者で満員盛況、寝台を隙間《すきま》なくぴったり並べ内科患者も外科患者も入り交って玩具箱をひっくり返した様な賑やかさである。ここは士官学校内唯一の解放区とあって、中学時代の思い出話から上官のもの真似《まね》まで言いたい放題やりたい放題の大騒ぎが朝から晩まで続く。患者の中に一般生徒より五、六歳年長の人がいて未経験の私達が知らない現隊内部の話をして人気者になっていた。小林と名乗るこの人は、徴兵された後下士官試験に合格し軍曹まで進級したが、どうせ当分軍隊で飯を食うなら将校になった方が良いと考え、士官学校を受験合格したという変わり種である。許婚《いいなずけ》の女性を市ヶ谷校舎の目の前にあるアパートに住まわせ日曜日毎に会っているが、平日どうしても会い度《た》くなると、夜陰に乗じて土手を乗り越え密会するというスリル満点の冒険談をしていた。しかしその楽しみも埼玉に流されてからは不可能となり今では休みの日以外は会う事も出来ないと、呵々大笑《かかたいしょう》しながら一寸淋しそうな顔をして見せていた。この小林氏とは航空士官学校で私と同じ中隊に属し、卒業するまで大変お世話になったが、敗戦二ヵ月前の昭和二十年六月、鹿児島湾上空の空中戦で愛機もろ共海中に墜ちて壮烈な戦死を遂げた。許婚の女性と結婚したかどうかは何も聞いていない。予科時代の友人でもうひとり忘れられない人の事を書き遺して置こう。名前は西谷《にしや》君と言い津軽に生れ育った真面目一方の好青年だった。ところが津軽訛《つがるなまり》の方言がきつくて自分の意思が正確に相手に伝わらないため、区隊長には叱責され仲間からは疎外されてひとりで悩んでいた。そういう人を見るとじっとしていられないのが私の悪い癖で、入校早々から彼に近づき日曜日には一緒に家へ連れて行ったりして仲良く付き合っていた。予科在学中の一年三ヵ月の間に、目標としていた津軽訛の矯正は完成しなかったがどうやら標準語で会話が出来る程度になり、卒業の時に感謝の印《しるし》として青森から果物専門店が使う様な大きな木箱にリンゴを詰めて送って来て呉れた。予科卒業後は私と同じ航空士官学校に進学したが中隊が違っていたので在校中に会った事はなく卒業後の勤務地も知らずに敗戦となる。戦後最初に刊行された同期生名簿に戦死となっていたので、同期の三分の一の戦死者のひとりとして特別の感慨を持つ事もなかったが、その後数年経ち西谷中尉戦死の経過が明らかになりその余りにも壮烈な最期に驚くと共に軍当局の理不尽な命令示達《じたつ》に強い憤《いきどお》りを持ったので書き遺して置こう。

終戦時彼は満洲の奉天で同期生十名と共にパイロットの戦闘訓練の任務に就いていた。終戦の天皇詔勅《しょうちょく》にも拘《かか》わらず進行するソ連軍との戦闘を続けている関東軍を説得するため、竹田宮恒徳殿下が鎮撫使《ちんぶし》（戦争をやめさせる使者）として終戦二日後の八月十七日に奉天に飛来し、軍司令官（山田乙三大将）に天皇の命令を伝え帰国の途に就いたが、その時朝鮮平壌までの護衛を務めたのが彼を含む四名の鎌田編隊である。任務を果した四機の戦闘機は、十九日の朝奉天に帰隊せよとの命令に従い飛行場上空まで帰って見ると既にソ連軍に占領されている状況である。それを見た編隊は日ソ両軍が見守るなか超低空で一度滑走路上を通過した後大きく旋回して再び飛行場上空に侵入し、一糸乱れぬ編隊のまま上昇反転し無人の飛行場に突入自爆したという。一式戦闘機に搭乗していた四人の将校（うち三人は私と同じ五十七期）がどの様な考えでこの自殺的行為を決行したかは今となっては知る由もないが、着陸すれば間違いなくソ連軍の捕虜となり「生きて虜囚《りょしゅう》の辱《はずか》しめを受けず」とする戦陣訓に背《そむ》き、さりとて占領しているソ連軍と戦う事は終戦の天皇詔勅を無視するばかりか既にソ連軍の支配下にある友軍に銃を向ける同士討ちとなる。第三の道は何もせずに朝鮮に向けて南飛する事だが、これは友軍を見捨て敵前逃亡する武人として最も恥ずべき行為である。残された道はただひとつ愛機もろとも自決する事と考えて自爆したものと私は考える。この行為を武人の鑑《かがみ》と評価するか無意味な死と考えるかはひと様々であろうが、私は、既に戦争は終りソ連軍の侵攻が怒濤《どとう》の如く進んでいる現実を知りながら奉天帰還を命じた関東軍の上官に総ての責任があると確信する。命令を下した上官が誰であるかは知らないが、部下の生命を軽んじ状況判断を誤ったその上官に強い憤りを禁じ得ない。

三月末生徒ひとり一人に「兵種示達」が行なわれた。兵種示達とは陸軍内の専門職を指定する事で、先ず陸軍士官学校に進学する地上部隊要員と陸軍航空士官学校に進む航空部隊要員に分け、地上部隊は更に歩兵、砲兵、戦車などに細分される。私は約八百名の仲間と共に航空勤務の示達を受け予科卒業後は航空士官学校に行く事が決まる。四月から六月までは兵種別教育期間として航空機に関する基礎理論、流体力学、機械工学、通信工学などの教育を受け七月初めに高松宮を迎えて卒業式が行なわれた。私の卒業成績は術科訓練の半分以上を欠席しているため二千三百数十名中の二千三百数十番、つまりすれすれの卒業である。

2　仲間達の温かい支えで

昭和十七年（一九四二年）七月、十八歳の私は予科士官学校のあった朝霞村より更に西方埼玉県豊岡村の陸軍航空士官学校に進学する。周囲の景観は予科と凡んど同じ平坦な農村地帯だが、敷地内に訓練用飛行機の離着陸可能な飛行場を持っている分だけ広大である。現在は航空自衛隊の訓練基地としてジェット機が発着出来る様に滑走路も長くなっているが、ジェット機のなかった当時はせいぜい千米程の滑走路を持つ小規模の施設である。私が配属されたのは第四中隊第三区隊、学校全体は六個中隊に編成され一個中隊は四区隊編成である。一区隊は三十名強だったので総人員は約七百五十名という事になるが、その後陸軍士官学校から航空部隊に転科して来た学生がいたため、二年後に卒業した五十七期生は千百三十一名である。日米開戦以後半年余り経ったこの頃の戦況は、帝国陸海軍が破竹《はちく》の勢いで東南アジア諸国を席捲《せっけん》し、国民は毎日報道される大本営発表の戦果を聞きながら、物資欠乏の厳しい生活に歯を喰いしばって耐えていた。戦線が満洲中国大陸から太平洋全域東南アジアに拡大するに伴い、食料弾薬等の補給路を確保するためには制空権を維持する事が絶対不可欠の条件となり、そのために航空部隊要員の拡充強化が緊急課題となる。一旦地上勤務兵種に指定しながら途中で数百名の多数を航空に兵科替えをしたのはそのためだが、その結果、航空士官学校五十七期生の約三分の一以上が戦死するという痛ましい事実が残された。私が所属していた第四中隊百二十八名のうち実に五十三名が、卒業してから敗戦までの一年数ヵ月の期間に戦死している。二十歳を超えたばかりの貴い命が、戦争遂行の「人的資源」として使い捨てられたと言えば、戦死した同期の仲間や遺家族の皆さんに申し訳ないが、げに戦争とは権力者が国防の名に於て行なう空《むな》しく無意味な浪費と言うべきであろう。当時軍部為政者は「この戦争は鬼畜米英の圧迫支配からアジアの諸民族を解放し、八紘《はっこう》を一宇《いちう》と成すための正義の戦いである」と広言していたが、青春時代を戦争一色で塗り潰《つぶ》された私の感覚からすれば、戦争に正義不正義の区別などあり得ない、正義の名で戦争を押しつけられるならば、むしろ不正義の平和の方が遙かにましだと思わざるを得ない。

痛ましい事実は戦場だけに起きたのではない。航空士官学校在学中から卒業後の訓練期間中、つまり戦場に行く前に事故死した同期生は実に三十名を超えている。戦死ではなく殉職と名付けられるこの仲間達の死の原因が、短期間に必要な数だけの航空将校を養成しようとした軍当局の無謀な計画と、訓練用航空機の質の低下にあるのは判り易い道理であり、本質的には戦争犠牲者つまり戦死と考えられる。在校中私が直接見た殉職者は、落下傘降下訓練中に傘が開かずに高空から飛行場に落ちて即死したひとりの学生だけだったが、草原の上に無傷で横たわり死人とはとても信じられない爽やかな表情をしていたのを今でも良く憶えている。今思うと不思議で恐ろしい事だが、数十件にも及ぶこうした事故死を見聞しても誰ひとり驚きも悲しみもせず無感動であったばかりか、何時かは自らにも襲いかかって来るであろう死の恐怖に対しても平然としていられたのは、矢張り戦時という異常な状況が人間の当り前の感性までも狂わせていたのだろう。戦争は単なる浪費に止まらず、生きている総ての人間を狂気に追いやり、人間が人間であるための最後の証し、愛情や優しさまでも根こそぎ奪い去ってしまうものである。

さて、鉄砲担《かつ》いで山野を駆け廻る歩兵、重たい大砲を運搬する砲兵、摂氏五十度を超える鉄の部屋に閉じ籠る戦車兵など体力を必要とする兵種でなく、技術と知識が役に立つ航空部隊要員になった私は、相変わらず時折微熱に悩まされ通常の半分程しか食欲がないものの、幼年学校や予科士官学校の時の様な体力消耗型課目が少なく知識集約型の学術が大部分である事に助けられて、軍学校入学以来初めて一人前の学生生活を送る事が出来た。この事は半病人でも何とか軍組織の中で役立てようと私を航空兵に指定した当局の選択は正しかったとい う証明である。航空士官学校の学科は、先ず重量のある飛行機が何故空を飛べるかという流体力学から始まる。小学校の時以来国語や歴史はそこそこ得意だが理科数学にはさっぱり興味を持てなかった私は、この「浮力」のメカニズムを納得理解するだけでも大変苦労した。つぎに来るのがガソリンエンジンの仕組みとプロペラの廻転との関係を解き明かす機械工学の部門である。教科書による授業は眠いだけで面白くなかったが、エンジンをばらばらに分解し図面と照合しながら組立てシャフトを装置してプロペラを廻す実習は、魔法使いの技を見る様な不思議な感動があった。だがマシンに強く手先の器用な学生が図面を見ながらいとも簡単に手際良く組立てて行くのに対し、不器用な私は何をやっても一回ではうまく行かず冷汗を流しながらの作業の連続で、こんな時はつくづく自らの能力のなさに腹を立てたものだ。課目が無線通信の分野になると事は更に複雑で難しくなり、私にとっては凡んどチンプンカンプンである。大空を飛んでいる飛行機の編隊を指揮官の意のままに操るために無線通信は必要不可欠の技術だが、中学や幼年学校で教えられた程度の知識では仲々理解出来ない。電気が音に変化する原理はラジオで体験済だが、小さな無線機の中にぎっしり並んでいる数十個の真空管や複雑に絡み合う配線を見ただけでうんざりしやる気をなくしてしまう。機械の時と同じ様にここでも私の理工学的センスの欠如を思い知らされ、自己嫌悪の敗北感を味わう事になるが、この気持は戦後大学の工学部に在学していた時でも全く同じだった事を思い合わせると、結局私という人間は「物」を「科学」する基本的能力に欠ける欠陥人間だと結論せざるを得ない。だが航空将校になるためには逃げる訳に行かないので何とかついて行く努力を重ね、どうやら無線機の操作も修理も出来る様になる。

当時陸軍の無線通信は四桁の数字を使って打電し、それを暗号表で日本語に翻訳する方法を採用していたが、この受信部門で意外な能力を発揮した自慢話を書いて置こう。私は手先が不器用なので、手首を機械の様に速く正確に上下させてキーを叩く発信技術は並以下だったが、レシーバーを耳に装着して四桁数字を受信紙に書き取る受信技術は、自分でも驚く程正確でどんなに速く送信されても誤受信がなかった。徹夜の二十四時間訓練の際、多くの学生が睡眠不足のため耳で聞いた音を数字に換えて書き記す作業能力が極端に低下し、一部欠落の事故まで起こしたが、私は半ば居眠りしながらでも全文を正確に受信して教官を驚かせた。後に航空兵科を操縦、整備、通信に分けるための全学生適性検査が行なわれた時に判明した事だが、私の聴力は平均の二倍近くのデシベル値を示し、音を聴き取る能力だけは可成りのものだったようだ。もうひとつ今でも理屈のつかない不思議な現象があった。それは暗号解読の能力で、教官から原則的理論の授業を受けた後の実習で、問題を常に誰よりも速く正確に解読するのは私で、他の優秀な学生が数時間かけても出来ない作業を事もなげに数十分で仕上げてしまった事だ。この魔術か手品の様な能力には教官もあきれて「どうしてお前はそんなに速く解読出来るのか」と私の顔を不思議そうにしげしげと眺めていた。〝何故〟と問われても理由が見付からずただ〝何となく判ってしまう〟と答えるしかなかったが、この隠れた能力の源が何だったのか今でも説明出来ない。若しかしたら教官が出す問題を察知する「読唇術」だったのかも知れないが、何れにしても不思議な超自然現象だった。

自慢話のついでに敢《あ》えてもうひとつ、校内トップクラスの成績を収めた課目について書いて置こう。地上勤務者であれ航空勤務者であれ士官学校の最重点課目は「戦術」である。この課目は日本中のどんな一流大学にもない陸軍将校養成を目的とした士官学校だけにある特殊な学問である。戦術とは個々の状況に即応した合理的な作戦指導判断能力を体得する課目で、多数の部下将兵の生命を預る指揮官にとって最も必要不可欠な資質を養成する、いわば将校の必須科目と言って良いだろう。従って授業に割り当てられる時間も多く、現地実習を併せれば全学習時間の五分の一以上になる。陸軍には各兵種別に戦闘の際の原則心得注意などを記した「歩兵操典」「砲兵操典」などの兵種別要綱があるが、兵種を超えた戦闘の一般的原則をまとめたものに「作戦要務令」という冊子があって、これが戦術学習の原典教科書となる。このやや大き目の手帳の様な書物は、常住坐臥《じょうじゅうざが》、実戦場に於ても決して手許から離してはならぬと教育され、将校のバイブルの扱いを受けていた。内容の一例を示すと、指揮官の章第一条は、「遅疑すると逡巡するとは指揮官の最も戒《いま》しむるところなり」と書いてある。意味は「指揮官たる者は、あれこれ迷って決断を遅らせたり、しりごみしてうろうろしてはならない」という戒しめであるが、だからといって早い決断で猪突猛進《ちょとつもうしん》せよと言っている訳ではないのも当然である。この原則の中には、部下の生殺与奪《せいさつよだつ》の権限を握っている軍隊の長に求められる基本的資質能力が凝縮《ぎょうしゅく》表現されている。その資質能力とは単なる勇気や決断力だけでない総合能力、部下に絶対信頼される人格と豊富な知識経験、更にはどんな厳しい状況の下でも泰然自若《たいぜんじじゃく》としている胆力《たんりょく》などを指している。この様に作戦要務令の各条項には、短い文章の中に無限の拡がりを持つ豊かな内容を包含し読めば読む程含蓄《がんちく》の深さを感じさせる貴重な文献であった。当然の事だが具体的な個々の戦闘、例えば野戦（広い平坦な地域での戦闘）、山岳戦、陣地戦などについて原則的な留意事項も整理されている。この歴代陸軍中枢部の知恵と経験を集大成した作戦要務令の学習は、機械や電気に今ひとつ馴染めなかった私にとって最も興味をそそられる課目であった。

最初に戦術の授業が行なわれたのは真夏の太陽が照り付ける猛暑の日だった。高温多湿に弱い私の身体はけだるく少々熱っぽかったが、航空士官学校に来て漸《ようや》く一人前になれたのだからある程度身体の不調は我慢しなければならないと考え授業に出席した。だが授業開始後間もなく頭痛と悪寒《おかん》に襲われ、どうにも堪らず机の上に顔を伏せる失態を演じてしまう。初めて対面した戦術の教官沢井中佐は直ちにこの態度を見咎《みとが》め、小柄で螳螂《かまきり》の様に痩せこけた体格に似つかわしくない大声で叱咤《しった》し教壇に呼び付けた。熱のために朦朧《もうろう》としながら教壇まで行くと中佐が私の顔を見ながら「どうしたのか？」と質問する。私は何か失敗した時には決して言い訳をしない原則に従い「済みません、失礼しました」とだけ言い頭痛発熱の説明は一切しなかった。中佐が「直ちにこの事を区隊長に報告し指示を仰げ」と命令したので、兵舎に戻り事の経過を報告する。その頃は高熱のため顔は真赤に染まり足ががたがた震える状態になっていたので区隊長大沼中尉は私の身体の異常に気が付き直ぐ医務室で診察を受ける様指示する。診察の結果三十九度を超える高熱と呼吸困難を理由に病室のベッドに寝かされ、以後一週間久し振りの病室生活を味わう破目になった。幸い結核の再発までに至らず「要注意」程度で病室から解放された私は、十日振りに因縁の戦術授業に出席し、沢井中佐と二度目の対面をする。授業終了後教官室に来いと言われていたので十数名の教官が集まっている部屋に出頭すると、意外な事に中佐はにこにこと相好《そうごう》を崩し「この前の授業の際は体調が悪かったそうだが何故その事を申告しなかったのか？」と質問する。私は「確かに高熱で意識が朦朧としていたが、それが受講態度不謹慎の理由にはならないと思って言わなかった」と答えると中佐は首肯《うなず》き「貴公は結核を患っていると聞いているが経過はどうか？」と質問を替え私は「幼年学校二年の時に発病し現在療養中である」と仙台時代から現在までの経過を簡略に述べる。中佐は再び首肯き「実は小官も若い頃結核にやられこんなに痩せ細ってしまった、結核は恐ろしい病いだから無理をせず気長に療養せよ」と優しく激励され、予想していたお叱りもなく無事教官室から解放された。夕刻区隊長のお呼びがかかり行って見ると「今日沢井中佐に会ったところお前の態度が潔くけれん味ないと大変褒めていた、優秀な学生だから結核だけは再発させない様に気をつけて呉れと頼まれた、頼まれるまでもない事だが体調に異常があれば遠慮なく申し出て呉れよ」と、青年将校のモデルの様な日焼けした顔を綻《ほころ》ばせた。恐らく沢井中佐は二十年も後輩に当る大沼中尉に対し「貴公の教育指導がいい故か優秀な学生がいる」などと区隊長を持ち上げながら私の事を話したのだろうが、その話術に素直に反応する区隊長の屈託《くったく》のない明るさに好感を持つと同時に、態々《わざわざ》私のめんどうを見る様に依頼した中佐の人情味溢れる配慮に対して胸の裡《うち》に熱いものが走るのを覚えた。沢井中佐は叱責された時一言も言い訳をせずに甘んじて罰を受けた私の態度に共感し、同じ肺病経験者の連帯感も手伝って、私に特別の関心を持つに至ったという訳だが、この事が私の戦術の成績を異常にまで押し上げる引き金になった。

作戦要務令の理論学習がひと通り終ると図上戦術の実習に入る。図上戦術とは、山や川や森などを画いた架空《かくう》の地図の上に敵味方の軍隊の配備を記入し、雨風気温などの気象条件、大砲戦車航空機などの兵器保有の状況を設定した問題を出し、その情勢下で最も合理的で有利な作戦を導き出す訓練である。設定された諸条件、例えば気象については快晴無風の時もあり暴風雨の時もあり濃霧で視界数メートルの時など千差万別である。彼我の戦力も兵員、武器弾薬などの数量を細かく設定し、後方部隊（援軍の可能性の有無、食料弾薬など物資補給の状況）の有無も設定する。山上に強固な陣地を築いた敵を攻撃する場合もあり、大きな川を挟んで対峙している場合もある。要するに戦闘に参加する人間の頭の中——所謂士気——以外の物的条件を総て規定し、学生を全軍の指揮権を持った部隊長にして作戦指導の回答を出させるのが図上戦術という訳だ。学生は作戦要務令に書いてある原則を頭に浮かべながら、状況に適した最も合理的で勝利の可能性の大きい戦闘手段をあみ出さなければならない。十倍の敵に対してはゲリラ的陽動作戦や夜襲奇襲が必要だろうし、数台数機しかない戦車航空機は最も有効な時期に投入し、兵の損害を最小限にするため霧ならばそれを利用し強風で砂塵が舞っていれば風上から攻めなければならない。それらの原則は作戦要務令の各条項に書いてあるが、どんな原則規定もそうである様に、その適用に当っては原則を超えた応用が求められ決して原則通りにはならない。学生達は要務令のページをめくりながら頭をひねり指揮官になった心算で回答を出す。その回答は教官の添削を書き入れ優良可の総合評価を付けて学生に還付されるが、十数回あったこの実習の成績で常に優の評価を得ていた私に、たった一回だけだが「敬意を表す」と朱書きして返された事があった。教官が学生の答案に敬意を表すとは教官が考え出した最善の作戦より答案の方が優れているという意味で、教官が学生に敗けたという敗北宣言でもある。この前代未聞の破格の評価を受けた私は、実のところどうしてそうなったのか信じられない気持だった。そもそも戦術にたったひとつの模範回答がある筈がない。どんな戦争もやって見なければ勝敗の結果が出ない様に、たとえ紙の上の架空の戦闘であっても、これこそ最善と誰もが認める作戦などはあり得ない。百人の学生がいれば百通りの答えが出る戦術の試験に優良可の総合評価はどこで決まるのか、それは教官の胸三寸という事になるが、数学の回答の様に○×で決められない戦術にも、これだけは曲げられない幾つかの基本がある。例えば光や風は背にした方が有利だし、多数の敵が待ち構えている処に正面から攻めるより先ず敵を分散させてから敵の弱い処に集中攻撃をかける方が勝利の見通しが大きくなる。この基本を忠実に守りながら原則を超えた意表を撞《つ》く作戦が最善と言えないまでも理に叶った優れた回答になる訳だ。私が破格の評価を受けた時の問題も回答も全く記憶に残っていないが、恐らくこの「意表を撞く」戦法が組み込まれていたために教官が敬意を表すと朱書きしたのであろう。何れにしても教官が学生に敗けるのは士官学校で滅多に起こらない珍しい事には違いなく戦術課目に於ける抜群の成績は学生の中でも区隊長の間でも評判になり、何をさせても中途半端で目立たない半病人の私の立場を強くし、中隊内で一定の発言権を得た事だけは確実である。しかも、後に発生した「天皇人間事件」（詳細は後述）で謹慎処分を受けた思想犯前科者の私が、前線に駆り出される事もなく敗戦まで内地勤務で生き残れたのも、軍当局が「問題はあるが優秀な戦術家として生かして置こう」と考えた結果だったのかも知れない。真相は当時の陸軍省の人事担当官にでも訊いて見なければ判らないが、沢井中佐の過分な評価が私の命を救った、つまり中佐は命の恩人だと言っても言い過ぎではないと確信している。

航空士官学校だから航空機の操縦訓練があるのは当然だが、最終的にレーダー（電波による敵機捜索をする兵器）基地勤務となった私も初歩的な操縦技術指導を受けた。訓練は先ずグライダーによる滑空《かっくう》体験から始められる。当時グライダーは人力で弾力のあるゴムロープを引っ張って飛ばす初級、人力の代りに車両の力を使う中級、飛行機がグライダーを伴って空を飛び空中でグライダーを切り離す上級の三階級があったが、私が訓練を受けたのは初級(プライマリー)だけである。機体後尾を鉄索で固定し総勢三十人程でゴム製ワイヤーを前方に引っ張り、適当な時機に固定索を外すとパチンコと同じ様にゴムの反発力で機体が前に飛び出すという原始的な方法だが、操縦桿の操作を上手にやれば高度十米位で百米程空を飛ぶ事が出来る。操縦桿を強く手前に引けば高く舞い上るが飛距離は短くなり、適当な角度で桿を引けば抛物線《ほうぶつせん》を画いて長い飛行距離が得られるというのは誰にでも判る道理だが、不器用な私は機体を水平に保ちながら浮き上り静かに着陸させる桿の操作が出来ずに、急角度で飛び上り急角度で地上に落ちて来る危険操縦をやって、常に周囲の学友達をはらはらさせていた。幸い機体も損傷させず怪我もしなかったのは、運が良かったとしか言い様がない程下手くその落第生である。グライダーの次は二枚翼のエンジン付プロペラ練習機の訓練と続く。「赤トンボ」と綽名されたこの飛行機は、その名の通り機体を赤く塗った二人乗りの練習機で、最高速度時速二百粁《キロメートル》、巡航速度百三十粁、新幹線位のスピードで大空をゆったり飛び廻る飛行機である。離着陸には相応の技術を必要とするが、一旦空に上ってしまえば手を離しても真直ぐ水平に巡航する様に設計されているので遊覧飛行には最適である。しかし学生が前の操縦席に坐り教官が後部座席からあれこれ指示を出すので、訓練中は遊覧気分になれる訳はなく、まして宙返りを命じられて言われた通り操縦桿を強く手前に引くと、機体が大きな弧《こ》を画いて裏返しになり、自分の身体が機体から跳ね出る様な気分になる時は決して愉快とは言い難い。この訓練でも私の操舵能力は最低、離陸は何とかスムーズに出来るが着陸の際は何時も機体をバウンドさせて教官の大目玉を喰ってばかりいた。だが士官学校のあった豊岡飛行場を飛び立ち、埼玉西部や三多摩地区の飛行場に着陸するまでの十数分間、農村や山岳地帯の景観を空から見下す気分は一時戦争も娑婆《しゃば》の憂さも忘れる爽快さであった。

士官学校で病弱の私が一人前の学生になるため最も苦労した課目は剣術と柔道である。軍国主義体制の下で当時の中学校はこれらの課目を体育教練の重点としていたので、士官学校に入って来る学生は例外なく剣術柔道の基礎を身に付けている。それに対して私は、膝の神経病と肺結核のため幼年学校と予科士官学校を通して凡んど訓練に参加していない。剣術の試合で防具を着け竹刀《しない》を構えて相手と対峙しても、何処をどうすべきか見当も付かない私は、瞬きひとつする暇もないうちに身体の何れかを打ち込まれ敗けてしまうのだ。これでは余りにも不甲斐ない、何とか対等に勝負する方法はないものかと考え出したのが始まった途端に竹刀を頭上高く大上段に構えて相手を見据える方法だ。どうせ「小手」「胴」などを打つ技倆も体力もないのだから、「面」を打ち下す事だけを狙ったこの作戦はある程度効果を収める事が出来た。幸い背丈は高い方なので竹刀を頭上に構えて睨《にら》みつけると、相手は一瞬たじろいで攻撃をためらう。その瞬間に頭上に構えた竹刀を真直ぐ相手の頭をめがけて打ち下すと、五回に一回位は見事な「一本」で審判の手が私の勝を宣言する。勿論二番目三番目の手段がないから、最初の一撃が空振り失敗に終れば間違いなく私の敗けという事になる。この方法なら体力を消耗せず短時間で結着がつくので何とか皆と一緒にやれるというのが私の計算だったが、この試合態度が勝敗に拘わらず一気呵成に攻撃を仕掛ける軍隊剣術の好みに合致して教官の評価も良く、試合で滅多に勝つ事のない私に対し卒業時に二段の肩書を呉れた。士官学校の卒業生には最低初段から最高四段位までの称号が与えられるので、二段は決して高い評価とは言えないが、面打ち一本で有段者になれたのは、病弱で凡んど訓練に参加出来なかった私にとって思いがけなく名誉ある免状である。

足腰のしぶとさと筋力がものを言う柔道は剣術以上に体力を必要とする課目だ。現在残っている二、三枚の写真を見ても、ひょろ長い背丈にこけた頬、裸になればあばら骨が露出する様な体型ではとても柔道が出来る身体でない事が判る。しかも首が細長いから投げ飛ばされた後忽《たちま》ち首を締め上げられて一巻の終りにされてしまう。私が何とか人並みの水準に達しているのは、膝の神経痛を患った時自然に鍛えられた腕の力位で、身体の他の部分は到底一人前とは言えない。試合の度に十糎《センチ》以上背の低い学友に転がされるみじめさから逃れる方法はないものかと考えあぐみ、遂にあみ出したのが組み手を変える事だった。柔道は相手の襟を左手で摑《つか》み右手で相手の左袖を握るのが原則的な組み手だが、投げ飛ばされるのを防ぐため右腕で相手の胴体にしがみつくという方法だ。軍隊の柔道訓練はスポーツというより実戦用格闘技という考え方が優先するので、多少のルール違反は大目に見る慣習を悪用したこの組み手で、ひとまず組んだ途端に投げ飛ばされる悲運だけは避けられる。つぎに利き腕を使って相手を押し倒し隙《すき》を見て相手の首を巻き左手を添えて締め上げる。これなら腰も脚も使わず腕だけで対抗出来るから、相手によっては勝負になる場合もあり得るという訳だ。仲の良い学友に頼み込んで何回もこの奇策を練習し、十回に一回位は勝てるまで熟練した結果、卒業時のテストではお情けだろうが初段の免状を貰ってとり合えず恰好《かっこう》がついた。

誤魔化しの通用しない最も始末の悪い訓練は飛行場一周のランニング訓練である。夜も明けやらぬ払暁の非常呼集で周囲五粁以上もある飛行場を駆けるのは、肋膜の癒着《ゆちゃく》で健康時の半分以下の肺活量しか回復していない私の身体では、不可能ではないにしても可成りの危険を伴う激しい運動である。しかも私の耳には、仙台幼年学校時代の学友で同じ肺結核に侵された人のうち、一旦復学しながら病気を再発させ更に一年延期の憂目に遇ったという知らせが伝えられ、そのうちの数名は再起不能の重症で死の危険に曝されていると聞かされていた。学友達の轍《わだち》を踏まないためにも、折角恥《せっかく》を忍んでここまで辿り着いた人生を元の木阿弥《もくあみ》にしないためにも、病気の再発だけは何としても防がなければと考え、無理をせずにランニングの途中で自発的に落伍《らくご》する方針を決めた。戦場に於て部隊から脱落する〝落伍〟とは、軍隊から逃亡する利敵行為として死に値《あたい》する犯罪である。だがここは戦場ではない、二つとない自らの命を自らの意思で守るためには許されて然るべきだと非難も懲罰も敢えて覚悟し、ランニングの途中で隊伍から離れ傍《かたわ》らの草叢《くさむら》の上に倒れる決心を固めた。その方針を最初に実行した時私の周囲に思いがけない現象が起こった。倒れようとする私を数名の学友が包み込み、監視している週番士官や下士官に見つからない様に押し倒して呉れたのである。幸い辺りは夜明け前の溶暗《ようあん》、七百名を超す集団からひとり位外れても誰かが報告しない限り滅多に発見される事はない。数十回繰返したこの自衛的落伍は遂に上官の目に留る事なく、従って何の咎めも受けずに総て成功した。私が結核を再発させずに無事士官学校を卒業出来たのは、こうした仲間達の温かい友情と連帯の賜《たまもの》である。思い起こして見れば、幼年学校時代の天野生徒監、予科時代の谷川区隊長など多くの上司の配慮と共に、一緒に学び生活していた仲間達の善意と支えが、今日まで生き永らえている最大の原因である。恐らく私だけでなく、人間が生きるためには、それを生み育てた親は当然として、社会の中で出会った無数の人々の支えが必要なのだろう。七十歳を遙かに超えた今、私を支えて呉れた沢山の仲間達――その中には戦死した学友の顔も目に浮かぶ――に、言葉では表現出来ない感謝の気持を伝えたいと思う。

3　天皇陛下と大福餅

ラジオが参議院全国区候補者の政見を放送している。政治には人並みの関心を持っている私だが、今夜の蒸し暑さでは型通りの演舌に耳を傾《かたむ》ける気にもなれず半ば放心状態で団扇《うちわ》を使っていたが、何人目かの候補者の名前を聞いて我に返った。その人の名は元陸軍中将遠藤三郎仏印派遣空軍司令官、晒木綿《さらしもめん》に自らの血で日の丸を描き軍帽の下に鉢巻きをして「日の丸将軍」の異名を博した勇猛な司令官である。そして私が陸軍航空士官学校在学中僅か数か月だったが校長に在職していたので厳しかったあの頃を思い出させる名前でもある。立候補の抱負を聞く。「私は去る大戦の際、陸軍幹部のひとりとして参戦し多数の青年を死地に赴かせ東南アジア諸国の国土と無辜《むこ》の民に甚大な損害を与えた、その罪万死《ばんし》に値する。あの戦争は聖戦などと称する崇高《すうこう》なものではなくて文字通り侵略戦争である。私は自ら犯した罪を少しでも償《つぐな》うため国会議員となり平和日本の復興をめざし微力ながら余生を捧げ度い……」（要旨）。放送を聞いた私はこれがあの日の丸将軍の言葉かとわが耳を疑うと共に、士官学校で体験した「ある事件」を深い感慨に浸りながら思い返していた。時は旧軍人の公職追放令が解除された直後の昭和二十五年（一九五〇年）の夏の夜の事である。

その「ある事件」が起きたのは私が士官学校を卒業する一年程前の昭和十八年（一九四三年）の春、第二次世界大戦が大きな転換点を迎えていた時期である。その頃破竹の勢いで欧州全土を席捲していたナチスドイツがスターリングラードの戦闘でソ連軍の頑強《がんきょう》な抵抗に遇い、零下数十度の冬将軍に敗れて退却を余儀なくされたのを契機に、五月には不敗を誇っていたドイツ機甲部隊がアフリカの砂漠で全滅し、ヒトラーの野望潰《つい》える日の近い事が誰の目にも明らかになり、そのドイツと同盟して太平洋戦域で戦う日本軍もハワイ奇襲から昭南《シンガポール》占領を経て東南アジアを支配していた緒戦《しょせん》の勢いを失い、ミッドウェー海戦の大敗とガダルカナル基地の玉砕放棄を転機に伸び切った補給線を維持出来ずに戦略拠点の確保に汲々とする有様になっていた。大本営はこの敗北退却を転進と報道し事態を糊塗《こと》していたが、親兄弟親類縁者に軍の中枢に在職する高級官僚のいる士官学校の学生の中には戦局の深刻さ、本当は転進ではなくて敗北退却である真実を知る者も多数いる事となる。戦局の悪化は一年後には卒業し陸軍士官として戦場に行く宿命を背負っている学生達の心理に様々な影を落とす。誰でも敗け戦さに参加するのは嫌であるし、まして戦死する確率の高い戦場に赴く事は自ら選んだ職業とは言え心穏《おだ》やかではいられない。学生達の表情は冴《さ》えず心は揺れ動き、何かに縋《すが》ろうとする言動が見え隠れするのも無理からぬ事である。

そんな雰囲気の中で私の所属する中隊にひとつの集団が生まれ、「一億火の玉になって国体を護《まも》れ」とか「八紘一宇の大義に殉じよう」などと激越《げきえつ》なスローガンを口癖のように叫び、必勝の信念を涵養《かんよう》するためと称し毎朝食前にマラソンで航空神社に参拝する事を日課とし仲間達に参加を呼びかけ始めた。航空神社とは幼年学校にあった招魂神社と同質の施設で、戦死した空軍将兵の霊を祀《まつ》り空の安全を祈願する神聖な場所と言うが、勿論戦死者の遺骨や遺品がある訳ではなく単なる建造物である。激しいスローガンを叫ぶのも神社参拝を日課とするのも、卒業まで若干の時間を残しているとは言え、来年になれば必ず米軍と命をかけて戦う事になる死の恐怖から逃れようとする本能の形を変えた表現だと思うが、その根源には天皇は神従って日本は神の国鬼畜米英の輩《やから》などに敗ける筈はないとする、政府が国民の戦意昂揚《こうよう》に使っていた思想動員と瓜ふたつの思想がある。私はこのグループを航空神社派と名付け彼等の言動を冷静に観察し、多数の仲間達もあからさまな批判抵抗はしないものの内心では「そんな事をいくらやっても戦争の勝敗には関係ない」と冷やかに傍観していたが、学校当局は彼等を持ち上げ学内の管理統制に利用する姿勢が見え隠れしていた。

戦局の悪化は学生達の心に影響を与えるだけでなく日常生活特に食事の質量の低下をもたらし、「欲しがりません勝つまでは」と物資欠乏に堪えている一般家庭程ではないが、食卓に並ぶ食べ物が日を追って貧しくなる。そんな時期のある土曜日の夕食、久し振りに大福餅二個の加給食(軍隊ではデザートをこう呼ぶ)が付いた。珍しいサービスに少々吃驚《びっくり》している学生達に対し週番士官がマイクを持って壇上から直立不動の姿勢で演舌する。

「みんなよく聞け！　本日の夕食についている菓子は恐れ多くも――ここで長靴の踵《かかと》をぶつけてパチッと音を出す――天皇家の慶事のお裾分けとして特別に支給されたものである。陛下の広大無辺《こうだいむへん》の慈愛に心をいたし有難く頂戴しろ……」

加給食が出たのはこの前が何時頃だったか思い出せない程なので学生達は軟らかい餅の感触と小豆の甘味を大切に味わいながら土曜の夜の談笑は和やかに食堂に広がって行く。

食卓は六人一卓で席は各人毎に決っていて私のテーブルには航空神社派の中心で学術ともに中隊トップのK君がいる。食後の話題は何時もの様に戦局の現状と見通しという事になるが、昨今では〇〇基地から撤退、××島は玉砕全滅など暗い材料ばかりだからさっぱり盛り上らない。そこで私は大福餅をヒントにいつもと違う話題を提供しようと考え、先ず「天皇は神ではなくて人間だ」と切り出した。食卓の五人は「何を言い出すのか？」と期待と不安の混じった顔で私を見つめる。私は「今食べた大福は天皇家の誰かが結婚したか、あるいは皇子さまかお姫さまが生まれたお陰で我々の口に入った訳だが、およそ神に家族がいるのはおかしいと思わないか？　キリストや釈迦《しゃか》やアッラーに妻子がいたなどと聞いた事もないだろう、いわんや神の家族の祝い事で人間である我々が相伴《しょうばん》にあずかれるなどあり得ない。大体万世一系の天皇とは人間の血のつながりを示す表現ではないか、また神が仮に人間の姿をしていという現人神《あらひとがみ》説も、単に言葉遊びで到底納得出来ない」と、天皇は人間でなければならないと解説した。天皇神格論者のK君は苦虫を噛み潰した様な顔をしているが反論は出て来ない。私は最強の詰めとしてとって置きの演出を試みる事とする。

私の父は万葉記紀研究を専門とする国文学者でその頃は日本大学で教鞭を執っていたが、晩酌の時奇妙な声で三十一文字《みそひと》を唸る癖があり、私は子供の頃からその唸り声を聞きながら育った。和歌の中には歴代天皇の作品が多く含まれ恋の歌も沢山ある。子供の頃の記憶からそのうちの何首かを選び、第○代△△天皇作と作者名を冠して朗詠し仲間達の反応を待った。自慢出来る程上手ではないが父親譲りの詠い振りだからそれなりに型にはまっているのに驚いたのか皆感慨深げに耳を傾け少々しんみりした処で私は「恋をする神様なんかいる訳ないよね……」と言って食卓の五人を見渡す。結局この日の談話は天皇は人間であるとする当然の結論でお開きとなった。

一週間は何事もなく過ぎたが二週間目の月曜朝食後に区隊長に呼び出されそのまま二階の中隊長室に連れて行かれる。中隊長は私の顔を見ると椅子から経ち上り「お前は士官候補生にふさわしくない言動をしたので謹慎三日を命じる」とぶっきら棒に申し渡し「何の事か分かるな！」と言うなりさっさと部屋を出て行ってしまった。理由を確かめたり弁明をする余裕など全くない一方的な宣告で勿論書面の様なものもない。区隊長は兵舎からやや離れた処にある倉庫風の建物に私を連行し鍵を開けて中に入る。部屋は六畳程で机、椅子、寝台が一脚ずつトイレも付いている。机上には硯箱《すずりばこ》と毛筆、紙そして印刷された軍人勅諭が置いてあり区隊長は机を指さし「模写しておれ」と言って出て行った。呼び出しからここまで約十分、あっという間もない入牢《じゅろう》である。独りになったので先ず事の成り行きを整理しようと椅子の上に正座し瞑想する。処分の理由が食堂に於ける天皇人間についての発言であるのは明白だが、食堂の雑談が何故学校の上層部の耳に届いたか？　これは五人のうちの誰かが通報したと考えざるを得ない、誰がその様なスパイ行為をしたのか？　五人の学友の顔を頭に描き慎重に検討した結果K君以外にはあり得ないと確信する。つぎに人格も識見も抜群に優秀なK君が何を目的に卑劣なたれ込みをやったかが問題となるが、これは本人に確かめなければ答えは出せない。しかし私は謹慎を終えてK君に会ってもこの問題には一切触れずに無視しようと決心する。彼にとって「天皇は神」は信仰であり人生観世界観の基本だからそれを否定する事は自らの存在を否定する事につながるから自らの存在を守るためには例え卑劣な手段を使ってもしなければならない、いや彼にとっては天皇人間説を告発打倒する事が卑劣どころか何が何でもしなければならない正当な行為だったのかも知れない。若しそうならば磔《はりつけ》になっても踏み絵を拒否したキリシタンと同じで議論の余地はなく「何故スパイの如き行為をしたのか？」と質問するのは、言葉を理解出来ない者どうしの会話の様に不毛でありかつ無意味であろう。無駄な事はやらずに如《し》かず、謹慎明けで兵舎に戻っても何もなかった振りをしていよう……。

気持の整理がついたので丁寧に墨をすり紙を広げて軍人勅諭の模写を始める。普段使わない変体仮名――平仮名が漢字に変化した文字である事を示す特別の字体、あは安、いは以、かは可、さは左、すは寸から変化した事を表現する漢字に近い仮名の事――が随所《ずいしょ》に使われているので仲々うまく書けないが何度も練習しているうちに様《さま》になって行き、たっぷり時間をかけて仕上げた作品は我ながら上々の出来映《できば》えである。炊事係の兵が運んで呉れる食事は型通りの塩飯と具のない味噌汁だけだが、虚弱体質の私にとって三日の休息は天与《てんよ》の恩恵、身も心もリフレッシュして謹慎期間を無事終える事が出来た。これが遠藤三郎氏の政見放送を聞いた時に思い出した「ある事件」の経過だが、これで終れば天皇人間事件を起こした時の校長が遠藤中将だったという昔話を思い出しただけで日の丸将軍の演舌に深い感慨を覚える理由にはならない。遠藤氏が本件に係わるのは実はこれからである。

軍隊内の事件犯罪は軍法によって裁かれ処罰され、軍隊ではないが軍学校内でも準用される。上官の命令に従わない反抗罪、軍隊から逃げる逃亡罪等は民間の法体系にはない特殊な罪名だが、若し私の発言を適用するとすれば陸海軍最高位にある大元帥《だいげんすい》陛下を侮辱した上官侮辱罪という事になる。だが歴代天皇が作り歴史的文化遺産として残っている三十一文字を朗詠し、恋を歌う神は存在し得ないから人間であると言った事が侮辱に当るかどうかという議論になれば、百人の裁判官が百人とも「否」と言うだろう。しかも私はその紛《まぎ》れもない事実を夕食の座談の中で披露しただけで大声で叫んだり文書を配布して宣伝した訳でもないから、政治的意図が皆無である事も明らかである。だが日々敗色を露《あらわ》にするなかで戦争を継続し起死回生の機会を窺っている政府軍部にとって天皇は神でなければならないから私の発言を無視看過する事は許されない、何としてもしめしを付けなければならないのである。それが士官候補生にふさわしくない言動をした罪であり謹慎三日の罰となる。勿論軍法に基く裁きではなくせいぜい校則違反程度の軽い処罰であろうが、これは当時の風潮からして異例とも言うべき恩情的処置である。戦後生まれ育った人々は天皇陛下は人間であると言った事が例え三日間であっても独房に拘束される罪に当るなどとはとても理解し得ないだろうが、教育現場では幼い子供達にまで天皇は神従って我が国は神の国、鬼やけもののアメリカやイギリスに敗ける筈はないと教え、家庭も職場も社会全体がその非常識な虚構に抵抗し得ない情況だった事を考えれば、勝利の日まで戦争を継続する事を唯一最大の国是とする政府軍部にとって私の発言は「死に値する罪」にしなければならなかった筈である。だが遠藤校長以下学校の首脳部は天下の情勢に反して私を微罪放免したのである。その時の経過を示した本が数十年後に公刊されている。遠藤氏の自叙伝の中にたった数行であるが「航空士官学校長時代に天皇陛下は人間であると言った学生が現れてその処理に苦慮した」と書き遺しているのがそれで、勿論私の名前も天皇の恋歌《れんが》を引用した事も書いてないが、天皇人間事件が校長の頭の中に強く残っていた事を証明する興味深い書物である。校長は国中を覆っている天皇神格論に抗すると共に多数派である体制側に配慮する形で私を謹慎三日の処分で事態を収拾させたと考えられる。何れにしても悪くすれば憲兵沙汰にもなりかねない事件を良識に基いて処理し、その結果私は間一髪の危機を逃れて救われた、つまり遠藤中将は私の命の恩人という訳である。

謹慎期間を終えた私を迎える学友達の態度は以前と全く変わらずむしろ信頼感を増した感さえあったが、教官達の私に対する態度は明らかに違っていた。それは教官と学生の関係を超えた連帯感とも言えるもので、何か大きな温かい力で守られている感じである。十九歳の私より遙かに豊かな人生社会経験を持ち戦局の実態を正確に把握し得る教官達が、戦争の行く末に強い懸念を持ち皇国史観を梃《てこ》に戦意昂揚戦争継続を叫ぶ軍中枢の方針に批判的な意見を持っているのは推察出来るが、士官学校教官の立場上その意思を表す事は不可能に近く、若し強行すれば間違いなく重罰を受ける破目に陥るのは必定である。だから沈黙しているしかない。私が何の意図もなく無意識に発言した天皇人間論は、教官達が言い度くても言えない事の一部を代弁する結果となり、私に対して「よくぞ言って呉れた」という連帯感を持つに至ったのだろう。後に明らかとなる私の卒業成績が異常に良くなったのは、教官達が私に対する感謝と敬愛の信条から実態以上の評価を敢えてした結果と思われ、この教官達の心情はそっくりそのまま遠藤校長の気持でもあったのだ。ラジオから流れた政見放送に深い感慨を覚えたのはあの校長のお蔭で今生きているという私だけが持っている誰にも分からない憶《おも》いだったのである。参考までに最近発刊された人名辞典（『日本近現代人名辞典』二〇〇一年七月第一版、吉川弘文館）に記載されている遠藤三郎氏の経歴を書いて置こう。

遠藤三郎　一八九三―一九八四　大正・昭和時代の陸軍軍人、昭和戦後期の平和運動家、明治二十六年一月二日山形県東置賜郡小松町（川西町）に呉服商遠藤金吾・みのの三男として生まれる。仙台陸軍幼年学校を経て大正三年（一九一四）陸軍士官学校を卒業、同十一年陸軍大学校を卒業、参謀本部作戦課に勤務以後主に作戦畑を歩む。大正十五年から昭和四年（一九二九）までフランスに留学、メッツ防空学校・洙ランス陸軍大学校に学ぶ。この間世界連邦論の影響を受ける。満洲事変では参謀本部作戦課員として関東軍との連絡のため満洲に派遣され、のち関東軍作戦参謀として熱河作戦、塘沽（タンクー）停戦協定などに従事、日中戦争には野戦重砲連隊長として華北に出征。昭和十四年ノモンハン事件停戦のため関東軍副参謀長として赴任、日本の対ソ作戦計画を「攻勢」から「防勢」に変えようとして軍中央と衝突し航空部門に転ぜられる。太平洋戦争初期、第三飛行団長として仏印・マレー・ジャワなどに出征。同十七年十二月中将に昇進航空士官学校長となる。翌十八年五月陸軍航空総監部総務部長、同年十一月軍需省創設に伴い航空兵器総局長官に就任、兵器産業の国営化、航空機種の統一規格化などを推進したが敗戦となる。昭和二十二年戦犯として巣鴨拘置所に入所、一年後不起訴となり釈放。その後家族とともに埼玉県入間川（狭山市）に一開拓民として入植辛酸をなめる。朝鮮戦争を契機とする日本の再軍備に強く反対し、同二十八年には片山哲元首相らと憲法擁護国民連合を結成、護憲平和運動を推進。また世界連邦建設同盟にも参加。同三十年以来しばしば中国を訪問、日中友好元軍人の会を組織し日中国交回復に尽力したが昭和五十九年十月十一日没、享年九十一、著書に『日中十五年戦争と私』がある。

なお、夕食時の私の発言を上層部に通報したと思われるK君——本人に確認していないので断定する事は出来ないが——の事も書き遺して置こう。彼は卒業後一年も経たない昭和十九年十二月、フィリピン沖の空中戦で戦死している。—合掌—

天皇人間事件から半年たった十月、航空兵科の中の専門職分科が決められ、航空機に搭乗する「操縦」航空機の性能を正常に維持する「技術」そして航空機の電気通信部門を司《つかさど》る「通信」の三部門に振り分けられ、私は受信と暗号解読能力を買われて通信に決定した。分科の結果操縦約五百名、技術約百五十名、通信約百名の学生は卒業までの半年間それぞれ異なる専門教育を受ける事となる。通信となった私は専ら通信機の整備やキーを叩いたりレシーバーを耳に着けたりの訓練に明け暮れたが、操縦部門の五百名は練習機から実用機へと短期間に実戦訓練にたずさわり在校中に数十名の事故犠牲者を出した。この殉職者の数の多さは無理なパイロット短期養成の痛ましい結果だが、五十七期生にはもうひとつの悲劇が待ち受けていた。それは歴代士官学校卒業生の中でとび抜けて多数の二百数十名の特攻戦死者を出したという厳しい事実である。当初海軍があみ出した特攻戦術は百死零生の体当りではなく敵のレーダー網に捕捉されない様に海面すれすれの超低空で敵艦に近付き、爆弾を投下した後対空砲火をかいくぐって反転帰還する戦術だった。この方法で戦果を収めた事も何回かあったが成功を期待するためにはパイロットの優れた技能が不可欠である。海面すれすれの飛行にも爆弾投下後の反転離脱にも高度な操縦技術が必要で短期訓練養成のパイロットでは凡んど不可能、そこで成功率の比較的高い体当りとなったのが「特攻」である。敗戦一年前に卒業した五十七期生に高度の操縦技術を期待する事は出来ないが体当りなら充分可能だったので特攻要員となり多数の戦死者が出たのだ。人間を鉄塊と同じ〝もの〟として考える特攻戦術には更に重大な思想的背景がある。それは天皇神格論、皇国史観でイスラム教の「アッラーの訓《おし》えに従って死ぬ事こそ最高の幸福」と同質の精神構造、人命軽視の思想を感じる。特攻で戦死した将兵の総てが天皇は神従って日本は神国と信じていたかどうかは確認のしようもないが、少なくともこの戦術の基礎に皇国史観が存在すると思わざるを得ない。

昭和十九年（一九四四年）三月、結核の病気を抱えたままの私も航空士官学校を卒業し見習士官に任官出来る事となる。だが高校大学を卒業して就職し社会人となる現代の青年達の希望あふれる門出《かどで》とは様相を異《こと》にし、陸軍将校になれば数十人数百人の部下とともに実弾とび交う戦場に出陣する事を運命づけられた「死出の首途《かどで》」に他ならない。卒業式の三日前に恒例の区隊長個人面接が行なわれた。事件以来何となくお互いに不信感が漂《ただよ》い必要な時以外は凡んど対話のなかった区隊長は、事務的に椅子を指さして座れと言い傍らに積んである考課表の中から私の分を取り出して暫《しばら》く眺めていたが、突然「何でお前はこんなに成績がいいんだ！」と大声を張り上げて私を睨んだ。何の事か分からない私はただ「はあ……」と曖昧《あいまい》な返事をすると、区隊長は手に持っていた考課表——普通の学校の二倍以上もあるボール紙を二つ折りにしたもの——を卓上にひろげ「見ろ！」と言う。考課表は本人には見せないと聞いていたのに奇妙な事と思いながら見ると好点数が並んでいる。特に戦術、通信、暗号などは満点に近く総合順位で千百三十一名中二十六位である。この順位は私自身信じられない数字なのでつい「何かの間違いではありませんか？」と言うと区隊長は「間違いなんかある訳はない」と呟《つぶや》き、考課表の左上隅に貼ってある赤いシールを指さし「お前は思想的に問題があるから部隊勤務になったら充分気を付けろよ」と普通の語調で言った。シールには大きな活字で「思想要注意」と墨痕鮮やかに印《しる》されてあった。

軍関係の学校では卒業時の成績が特別に優秀な者に対し、皇室の家紋である菊の紋章を刻み込んだ懐中時計（恩賜《おんし》の時計と呼ぶ）を褒賞《ほうしょう》として与える習慣になっている（因みに陸軍大学校の場合は時計ではなく軍刀である）。職業軍人社会ではこの時計を貰ったグループを恩賜組とか時計組とか呼び、出世コースの通行手形を持つエリートとして尊敬される。軍人どうしの会話の中で今度着任した局長は××期の時計組だという場合は、その新局長が××期の卒業の際恩賜の時計を貰った優秀な人材だという意味である。この年航空士官学校を卒業した千百名余りのうち時計を拝領《はいりょう》した学生は二十名だったが、私の二十六位はそれに迫る好成績で準時計組と言っても良い程だが、思想問題で謹慎処分まで受けた者が何故この様な高順位を与えられたのか、常識では理解出来ない異例の事であり区隊長が大声で叫んだ理由もそこにある。軍国主義一色に塗り込められた当時の日本では、民間の学校でも思想的に反体制的問題があると思われれば如何《いか》に学術に優れていても高順位を獲得出来ないだけでなく、学校から追放される例さえあった。軍国主義の牙城とも言える士官学校で「思想要注意」の学生が千人を超える卒業生の中で二十六位とは区隊長でなくても納得し難いだろう。当時の私の本音も区隊長と大差はなく一部教官の私に対する情愛を感じてはいたが卒業成績に反映されるなどとは夢にも思っていなかっただけでなく、謹慎事件まで起こしてしまったから卒業はさせても最下位で、その後の現隊勤務先は最も危険な南方の前線に送られるだろうと覚悟を決めていたのである。だが事実はそうならず私は好成績を与えられ、後で書く事となるが職種は航空兵科で最も安全なレーダー担当、そして部隊勤務先は日本国内の情報連隊で敗戦を迎え命を永らえたのである。捨てる神あれば拾う神もある、奇妙な巡り合わせだが天皇人間事件を起こしたのを契機に校長以下多くの教官に守られその結果戦後数十年も生きる幸福を手にし得たのだ。人間の運命とは実に不思議なものである。

三月十九日天皇を迎えて卒業式典が行なわれた。子供の頃から折にふれて写真で見做《みな》れている白馬に跨《また》がった天皇の姿は、一点の雲もない早春の雰囲気の中で一幅の絵の様に美しく、数メートル先をゆっくり馬を進めながら敬礼する天皇の顔が、気のせいかハンサムに見える。天皇を神と信じている人がどう感じたかは分からないが、人間だと思っている私は、この人が絶対権力を握り戦争を進めて国内外の数百万人の民を死に追いやっている最高責任者であるのを一瞬忘れさせる程ゆったりとした乗馬姿であった。閲兵式《えっぺいしき》の後はどんな学校でも催される形式的な式典があり午後は家族を迎えてのパーティーと続く。総てのスケジュールを終えた夕刻、参観に来ていた母と共に東上線で池袋を経て我が家へ向った。

その頃の我が家は三年前の九月に妹が病死した悲しさを忘れるため阿佐ヶ谷から吉祥寺に転居し、兄は徴兵で満洲の部隊勤務、姉は会社が新設した奉天（満洲国の都市）支社の社長になった夫と共にこれまた満洲で暮していたのに続いて、父も文部省軍属としてマレーシアのクアラルンプールの日本語学校長となり、結局母だけが独りで家を守っていた。吉祥寺駅の東北にある静かな家に着いたのは七時頃、軽い夕食の後広島仮校舎から仙台を経て東京、埼玉と七年間の軍学校生活について母と子で夜中まで語り合う。快晴微風、価千金の春の宵であった。

第四章　帝国陸軍の崩壊

1　クラブハウスの見習士官

士官学校を卒業すると陸軍省を雇用主とする国家公務員となり肩書きは陸軍見習士官である。その名の通り見習だから待遇は半人前の給料だが一人前の軍人として国内外に展開配備されている部隊に配属される。北は満洲（中国東北部）から中国本土、激戦まっただなかの東南アジアの前線、本土防衛の要《かなめ》と言われる沖縄も当然その対象である。だが兵種別専門職指定でレーダー担当となった私を含む二十数名は、三月末までに茨城県大甕町《おおみかちょう》にある陸軍航空通信学校に結集せよと命令されていた。電波警戒機または電波探知機（電探）と言われるこの新兵器は、電磁波の特性を利用して数百粁《キロメートル》離れた場所にある金属物体の動きを察知する科学兵器で、米軍では既に実戦配備され奇襲夜襲を得意とする日本軍の作戦を無力化する威力を発揮していた。勿論《もちろん》日本でもその重要性を認識し研究開発に努力してはいたが残念ながら米国に一歩も二歩もたち遅れ漸《ようや》く試作機が完成した段階である。従って航空士官学校にこの兵器の実物はなく電波警戒担当となった私達に対する教育訓練も行なわれていない。つまり士官学校で出来なかった電波兵器の学習体験をするために大甕に集められたという訳である。

三月末までの十日間にしなければならない事は軍人としての身仕度を整える事である。制服、制帽、軍刀その他身の周りの品々は総《すべ》て九段の偕行社《かいこうしゃ》が調達販売する手筈になっているので在京の仲間数名と共に九段まで出掛ける。偕行社は陸軍軍人を会員とする財団法人で靖国神社の離れの軍人会館の一隅にある、因《ちな》みに海軍の同種の組織は水光社である。当時軍人会館には国の補助もあって立派な家具調度を備えた施設で、食堂では酒肴のサービスもあり会員は廉価で宿泊が出来るなど会員には極めて便利な場所であった。新任将校に必要な品々は印刷された目録を見れば一目で判る様になっており各人が懐具合《ふところぐあい》に応じて註文すれば事が済むという訳だ。ところがここで私は軍関係学生生活七年間で忘れかけていた〝貧富の差〟を思い出させられる事となる。見かけは同じ青緑色の将校服でも上質生地使用のものと並のものとがあり価格も可成りの格差があるし、軍刀となると保証書付の銘刀から大量生産のなまくら刀まで何十倍何百倍も値段が違っていて青年将校の見栄《みえ》と欲望をくすぐる。刀が戦闘手段の主流だった時代ならば頑丈で切れ味鋭い銘刀が勝敗の鍵を握り大切な命の守り神にもなるだろうが、近代戦では腰の大刀の出来工合など全く問題にならないだろう。しかし欲望渦巻く生身《なまみ》の人間、数万円もする銘刀を持っていると何となく心休まる効果が生まれるらしく、高級軍人や素封家の子弟などは高価な軍刀を註文するそうだ。もうひとつ軍刀の値段に差が付くのが鞘《さや》の細工の良し悪しで、ジュラルミンに塗装を施《ほどこ》しただけの鞘と木製の鞘に何重もの布を巻いて仕上げた手作り鞘とでは吃驚《びっくり》する程の価格差がある。幸い同行していた仲間は平均的サラリーマン家庭出身者ばかりだったので、衣服も軍刀も小物類も総て同じ標準の品を註文し卒業時に国から支給された支度金（確か二十円だったと思う）で間に合わせた。ついでに書いて置くが、軍人というとスタイルやファッションに無関心な武骨者《ぶこつもの》が多いと思いがちだがそれはとんでもない誤解で、私の経験からすると普通の職業の人より見てくれを気にするスタイリストが多いと思う。例えば帽子に細工をして形を変えて見たり長靴のサイズを短くしたりするのは金のかからないお洒落だが、ベルトに黄金《おうごん》の飾りを付け同じ金色を使った拍車《はくしゃ》を特注して目立たない程度の贅沢を楽しむなど元手をかけたお洒落に凝《こ》る人を多数見ている。何時でも何処でも誰でも服装や服飾に人生の一寸した楽しみを求めるのは人間の本能なのかも知れない。だが金銭の余裕もファッションの趣味もない私は敗戦で軍人の職を失うまで洋服は夏冬の二着に安物の軍刀と既製品の小道具だけで過ごした。三月末、二十数名のピカピカ見習士官が大甕の航空通信学校に結集する。職種別の人名は公表されていないからお互いに初めての対面、担当教官の高井大尉は写真付の名簿と本人の顔を確認した後私を学生長に任命し、責任を持って学生の私生活全般の監督の任に当れと申し渡した。言うなれば寮長の指名だが、航空士官学校卒業時の席次が一番上だったというだけで一人前の大人になった仲間の管理などやる気もないし出来そうにもないので軽く聞き流す。学生の宿舎は駅から徒歩十分位の丘の上にあるゴルフ場のクラブハウスで、今様に表現すると浴室付きのワンルームマンション、縦長の六畳程の板の間にベッドと小さな机、椅子が備え付けられている狭い部屋だが、東側の窓から見えるなだらかな芝生のスロープと、その先の松林の間に見える太平洋の白波が真珠の様にきらきらと輝く風景は世俗の憂《う》さを忘れさせる美しさである。軍関係の学校にゴルフ場施設は似つかわしくないが、米軍の電波技術に追いつこうと科学者を総動員して新兵器を開発したものの、実戦場で有効に活用操作し得る将兵が不足し簡単な保守修理もままならぬ状況では所詮《しょせん》宝の持ち腐れで戦闘には役立たないと、準備もそこそこに作った学校なので学生の宿舎までは手が廻らず、戦局の厳しさを反映してゴルフをやる人が凡《ほと》んどいなくなり遊休状況になっていた施設を借りたのだろうが、皮肉な見方をすれば、軍当局がそれ程電波兵器の立ち遅れに周章狼狽《しゅうしょうろうばい》している有様を示す証拠と言えなくもない。校舎は宿舎から急な坂道を登りつめたこの附近で一番標高の高い丘の上にある。急造のバラック建物に何台かのレーダーを備え付け数十米《メートル》のアンテナを立てただけの学校に陸軍最新鋭兵器〝電波警戒器〟の実戦訓練を受ける学生将校が私達を含めて百名程いた。

ＩＴ社会で暮している現代人にとっては釈迦《しゃか》に説法《せっぽう》かも知れないが、ここでレーダーの原理を簡単に解説して置こう。メガ（キロの千倍つまり百万の単位）サイクル級の超短波は大気中の様々な障害物を排除して数百粁の遠方まで飛翔《ひしょう》し、その道筋に金属があると反射して発信した元の位置にはね返って来る。レーダーはその強力な電磁波を出す発信装置と還って来た電波を受け止めそれをブラウン管に映像化する受信装置から成っている。発信機から高いアンテナを経て放出される電波は大空を駆け巡り航空機の様な金属物体に突き当ると受信機にはね返って来る。この往復の時間と電波の速度を乗ずれば金属物体までの距離が算出され、更にアンテナの方角を移動させ最も反応の強い方向を探り出せば物体の位置が判明する。この距離と方向をブラウン管上に表示すれば、どの方角のどの地点に飛行物体がありどの方角に進行中であるかを探り当てる事が出来るという訳だ。しかし実戦では米軍が事前に侵攻方向と異なる地点に大量の金属片をばら撒《ま》き、実際の攻撃機は別のルートを飛来する戦術を採用して日本軍の電波探知を無力化してしまったのである。大甕で学んでいた私達はそんな事とは露《つゆ》知らず、帝国陸軍がアメリカの空爆に対抗する科学の粋について毎日つめ込み教育訓練に明け暮れていた。

茨城に来てから二ヵ月余り経った六月、第二次世界大戦の帰趨《きすう》を決する厳しいニュースが伝えられた。それは日本軍のサイパン島基地撤退と連合軍のノルマンディー上陸作戦成功の報道である。大本営発表の〝転進〟が〝敗北退却〟と同義語であるのは軍隊の中では既に常識となっているが、サイパン基地放棄は米軍爆撃機の航続距離から計算すると日本本土空襲が可能であるという意味で今までの転進とは格段に違う重みを持っているし、連合軍のヨーロッパ本土上陸は、前年のアフリカに於けるロンメル将軍率いる機甲師団全滅に次ぐナチスドイツ敗北への一里塚だと、軍事専門家だけでなく事実を知る誰もが日独枢軸も先が見えたと感じた筈である。レーダー訓練を受けている見習士官も同様で夕食後の雑談は専ら戦争の行く方についての話題が主流となり、「ドイツが敗けたら日本だけが孤立して戦争を続ける事になる」「そうなれば米軍の日本上陸となるがどの辺りに上陸するのだろうか」「大本営はそれでも戦争を止めないのか」などなど戦局について語り合っていたが、流石《さすが》先端科学技術を学ぶ軍人だからやみくもに神国不敗を強調する者はひとりもいないし、勿論根拠のない必勝の信念を持ち合わせている者もいない。敢《あ》えて言葉には出さないが「日本はあと何年いや何か月持ちこたえられるか？　何《いず》れにしても時間の問題だ」というのが共通の認識で、本音を曝《さら》け出すならばその間生きていられるかどうかの不安が最大の課題だった。日米開戦の日の日誌に書いた通り日本が敗北する日が近づいている事を予感した私は、無謀な戦争を始めた政府軍部に持って行き処のない怒りを覚えると共に、こうなったら自らに与えられた任務を誠実にやって行くしかないと諦《あきらめ》観の境地に達していた。だが学生達の心は日を追って荒廃し、名目監督責任者の私の力量ではどうにも手に負えない程みにくい人間の本性がむき出しになって行く。

学生と言っても既に一人前の社会人、しかも公務員だから職制でもない私が管理統制するのは不可能である。一人ひとりの私生活は一般社会の倫理、常識と公務員法で規律する事となるが、学校当局は寮内の事には一切干渉せず百パーセント自主性に委ねていた。学生の中に妻帯者はいなかったが若《も》しいれば外泊も可能であっただろう。ところが最年長の長谷川氏は独身者でありながらしばしば外泊し時には翌日の授業に間に合わず遅刻する事さえあってその都度学生長の私が病気などと詐って事態を糊塗《こと》する損な役割りを担っていた。教官は事の真相をある程度知っていた様子だったが私の善意の嘘の苦労に免じて表沙汰にせず放任の方針を貫いていた。ところが本人は至って呑気なもので教官や学生長の苦労を無視し「昨夜《ゆうべ》の女は素晴らしかった」などと面白可笑《おか》しく歓楽の模様を仲間に報告する。既に二十三歳になっている髭の濃い彼が、真偽の程も定かでない話題に興じている様子を見ている私は「レーダーの勉強なんかやっても仕方がない、所詮敗け戦さに駆り出されて死んでしまうのだから今のうちにやり度《た》い事をやって置かなければ……」とする彼の憶《おも》いが沁々《しみじみ》伝わって来る様で悲しかった。そして投げ槍ではあるが人間として極めて自然なその憶いは、私の心の奥底でうごめいている本心でもあったのだ。

社会に出て来たばかりの青年の精神を退廃させる条件がもうひとつある。それは生きるための最低条件である食料の不足で、毎日の主食は麦、高粱《こうりゃん》、大豆が中心で米は申し訳程度しかなく、一日三食芋と南瓜《かぼちゃ》だけの日が何日も続く事さえあった。その原因は長期化する戦争が農村から労働力を根こそぎ奪い苛酷な供出割当政策と相俟って農家さえも食べ物の確保に事欠く状況のため、茨城の小さな軍学校に食料を廻す余裕がなかったのだろうが、それを放置している軍当局の無責任ぶりも納得し難い。食べ物の質量両面に亘る不足を若者の胃袋が大人しく我慢している筈はなく、食欲の叛乱が精神の変調をもたらすのもまた自然の成り行きで、学生数名が夜陰に乗じて周辺の畑から芋や西瓜を盗むというとんでもない事件を起こしてしまった。幸い誰にも発見されず泥棒が公けになる最悪の事態は免れたが寮長の私は黙っている訳には行かないので「いやしくも軍人が盗みをやるとは何事か！」と大声で仲間を怒鳴りつけた。学生長の最初で最後の怒声で畑泥棒はこの一回だけで収まったが、昔の喩えにある通り食べ物の恨みは恐ろしいもので、暫《しばら》くは学生間の人間関係がぎくしゃくするしこりを残した。今思えばこれが敗戦前後に日本列島を飢餓列島にしたあの忌わしい食糧難のはしりだったが、例え面白半分であったとしても、この事件は帝国軍人のモラル破壊を象徴する事実として決して忘れられない。だが考え直せば、それもこれも侵略戦争の破局が生んだ「人間喪失」の一例に過ぎなかったのかも知れない。

七月一日付で学生達に少尉任官の通達が渡される。民間会社で言う見習期間満了本採用の辞令だが始めから見習は三ヵ月と決っているので何の感慨もなく軍服の襟章を付け替える作業をするだけである。ただ給料は見習中の四十円余りから大学卒公務員並みの七十円程度に上るのが唯一の変化と言えば変化であるが、この時期は国民生活の隅々《すみずみ》にまで統制の網がけられ、生活必需物資の凡んど総てが配給制になっているので、金を持って街へ出掛けても買う品物はない。つまり月給が増えても暮しの中身は全く変わらず財布の中に何枚かの紙片が入っているだけに過ぎない。それでも誰からともなく任官祝賀会をやろうという事になり、今まで付いていなかった金色の星ひとつの少尉の階級章を付けて水戸市内を散歩した後大洗まで足を延ばした。祝賀パーティーと言っても食べ物は乾燥芋だけの貧しいものだが、奇岩に砕け散る太平洋の荒波を見ながら配給の酒を酌み交し、畑泥棒事件で少々白け気味だった友情を取り戻し、卒業後発令される任地が国内外の何処であっても健康に留意し滅多な事では死ぬまいと誓い合った。

見習がとれて少尉に任官したからと言って高周波工学を基本とするレーダー学習訓練は何も変わらない。一万ボルトの高圧電流を扱うためゴム長靴とゴム手袋を装着し教官が態《わざ》と配線を外して作った故障箇所をテスターを使いドライバーを操りながら修理に余念がない。だが誰も言葉としては出さないが胸の裡《うち》には、この機械で敵機の来襲を予知出来たとしてもそれで勝敗が決まる訳ではなく、迎え撃つ日本の戦闘機と高射砲がアメリカの巨大な爆撃機を撃ち落さなければ何の意味もない事を良く知り、果して我が軍にその余力があるのか？　という不安が渦巻いていた。その不安を象徴する様に日米開戦以来政府軍部の中枢にいた東條首相がサイパン基地撤退の責任を取る形で退陣する。この政権交代は、相変わらず神国不敗を叫び国民の士気を鼓舞《こぶ》し続ける大本営の姿勢にも拘《かか》わらず、国民ひとりひとりに戦局の深刻な実態を認識させる事となり、大甕の学生の間にも「日本が敗けるかも知れない」とする雰囲気がただよい始めた。

毎日の様に絶望的な戦局悪化が伝えられる昭和十九年（敗戦の前年）十二月、学生達に部隊勤務の命令示達《じたつ》が行なわれ、私は静岡県の第一航空情報連隊勤務を命じられた。内地勤務は学校に教官として残留する二名を含めて四名だけ八割以上の学生には南方戦線をはじめ満洲中国本土など海外勤務だった。内地勤務の幸運に恵まれた私は着任までの数日間を吉祥寺の母の許で過ごす事になる。独り暮しの母は相変わらず猫の額《ひたい》程の畑を耕して野菜を育て乏しい配給物資でひっそりと家を守っている。勿論息子が国内の連隊勤務になった事を大喜びし「静岡県なら日帰りで来られるだろう」と言いながら突然「この戦争は敗けだよ……」と確信あり気《げ》に話し出した。私がそれに応える様に「あと半年か一年で決着が付くだろう」と見通しを言うと、母は「私の友達の兄さんが参謀本部に勤めていて色々な情報が伝わって来るが、蔭でアメリカと和平交渉を進めているらしいからもっと早くなるかも知れないよ」と事もなげに重大ニュースを披露する。吃驚した私が「その友達の兄さんは何という人？」と質問すると「梅津中将さんだよ」と答えたので、私はまたまた吃驚仰天《びっくりぎょうてん》してしまう。梅津中将と言えば陸軍参謀本部次長の職にあり陸軍部内で知性派の筆頭として知られる逸材《いつざい》である。陸軍の実態など全く無知で友達の兄さんというだけでその人物の立場と職責に余り関心を持たない母は、話の重大さに気付いていない様子だが、陸軍将校の末端にいる私は梅津さんから出た情報なら可成り確度は高い、いよいよ和平交渉の段階に入ったのかと戦局の行く方について以前にも増して確信を持つに至った。戦後公表された資料によると、この和平交渉とは近衛前首相を中心とする一部政治家がソ連に仲介を頼んで日米交渉を画策していた事だと思われるが、結局ソ連は仲介を拒絶しただけでなく、数ヵ月後アメリカが広島に原子爆弾を投下し日本が無条件降伏をする決定的情勢の中で、ソ満国境を越えて侵入を強行し数十万人の日本人を強制労働の捕虜としてソ連国内に何年も抑留したのである。和平交渉は単に失敗しただけでなく気息奄々《きそくえんえん》の実態を連合国側に曝す結果となり、近衛元首相は敗戦直後に服毒自殺する。げに歴史とは一寸先も分からない未知のドラマである。だがあの時の私は、若しかしたら和平交渉がまとまり戦争が終結するかも知れないとする淡い期待を胸の底に抱いていた。束の間《つかのま》の休暇を終えた別れ際に母は「どうせ敗け戦さなんだから無理をせずに生きて帰って来るんだよ……」と憲兵に聞かれたら監獄行きにもなり兼ねない言葉を繰り返し、その母の言葉を背に二十歳九ヵ月の新米陸軍少尉の私は、生涯たった一回の軍隊勤務となる静岡県の連隊に向って出発する。昭和二十年一月四日、敗戦の年が明けたどんより曇った寒々とした冬の朝だった。戦争が終って数年後に知った事だが、士官学校を卒業して一年も経たないこの時期に、同期生の一割に迫る百名の青年が既に戦場の華と散っていたのである。

2　僻村《へきそん》の独立中隊

東海道在来線浜松駅のふたつ手前に磐田《いわた》駅がある。二十一世紀の現在では人気サッカーチームにこの地名が使われている事で全国的に有名になっているが、半世紀前のその頃は何の特徴もない日本全国何処にでもある田舎駅だった。当時静岡県磐田郡見附《みつけ》というこの町の名は城下町の入口に付けられる通り名で、その地域を支配する権力の象徴である「お城」が見え始める場所という意味で、例えば江戸（東京）で言えば四谷見附、市ヶ谷見附などがそその例であり磐田の場合は徳川家発祥の浜松城が見える故に付けられた町名と思われる。一月四日早朝に東京を出発した私がその駅を降りたのは昼過ぎ、朝から空を覆っていた雲は黒々と厚さを増し、今にも雪が落ちて来そうな陰気な街に出るとまず目についたのは軍服姿の陸軍の将兵達、一般市民の姿は凡んど見当らない。駅前商店街と言っても物資統制令で売る物のないこの時期だから店はあっても客の出入りは凡んどなく、街全体が陸軍の一つの連隊に占領された歪《ゆが》んだ状況が誰の目にもよく分かる。いわば小さな軍都とでも言うべきか。私が配属された第一航空情報連隊本部は駅から歩いて数分の処に高い塀に囲まれた広大な敷地の中にあった。受付の兵に来意を告げ連隊長に面接を求めると二階の応接間に招き入れられ暫くして連隊長が現れる。年齢から推測して予備役から駆り出されたと思われる短躯童顔人の良さそうな十河大佐は「秋葉少尉ただ今着任しました」と型通りの挨拶をした私に対し、「ご苦労、貴公には第八中隊勤務をお願いする」とぶっきら棒に言うとさっさと部屋を出て行ってしまった。戦局緊迫のこの時期だから多忙なのは分からないではないが、新任の青年将校に対する応接としては如何《いか》にも冷淡過ぎると少々白け気味の私の前にひとりの下士官が現れ「第八中隊付平林軍曹であります、中隊までご案内致します」と言いふたりで本部建物を出る。この間せいぜい五分程のセレモニー、衛門傍《そば》に駐車しているトラックの助手席に座って北へ向う。軍曹の説明によると連隊は八個中隊編成で七中隊までは本部と同じ見附町の敷地内にあるが、一年程前に新設された第八中隊は兵舎が満杯なのでこれから行く山の中に独立して作ったのだそうだ。その際に大急ぎで工事したのだろう、道は到る処穴ぼこだらけの砂利道で車は引っきりなしに上下左右に揺れ乗り心地の悪い事この上ない。街並みを抜け畑の中を十五分程行くと道はゆるやかな登り坂となりやがて眼前の丘の上にレーダー基地なら必ず建っている高いアンテナ柱が目に入る。ここが第一航空情報連隊第八中隊の駐屯地である。砂利道の突き当りにある正面入口にはコンクリート造りの衛門があって二名の衛兵が付け剣で立っているが、建物は俄《にわ》か造りの平屋建バラック、営外との仕切りには一米位の木の柵があるだけで塀は全く無い。アメリカ空軍の本土空襲が日を追って激しくなり防空態勢強化のためにはレーダー要員の拡充が必要と考え兵隊を徴兵して見たものの寝る場所もない現実に大急ぎで兵舎を建てた当局の慌てぶりが手に取る様に良く分かる。トラックを降りると数人の将校下士官が出迎えてそのまま会議室に招き入れられ初対面の自己紹介となる。連隊本部の応接とは正反対とも言える温かい雰囲気に普通の気分をとり戻した私は「若輩者でありますが宜敷くご指導をお願いします」と挨拶し、中隊長松井大尉、第一小隊長加藤少尉、第二小隊長中村少尉、籠原曹長、平林軍曹、浦田軍曹が夫々《それぞれ》自己紹介した後中隊長と二人だけで隊内の情況について話し合う。

中隊の総員数は約三百名、百名宛三小隊に分け私は第三小隊長となる。この連隊の本来の任務はレーダー操作整備能力のある兵を訓練養成して前線に送り出す「教育訓練」であるが、戦局の急速な緊迫化に伴い南太平洋方面から飛来する米軍機の動静をキャッチする「実戦配備」の任務も追加されている。つまりレーダーを使える兵を訓練養成しながら作戦任務も同時に果すという訳だ。中隊長との打合わせを終えると「今日は仕事はせずに下宿の整理でもしろ」と中隊長に言われ、平林軍曹の案内で中隊を出て庶務係が一週間捜し歩いて漸く見付けたという下宿先へ向った。

丸太を二本立てただけの裏門を出ると可成り勾配のある降《くだ》り坂になりその先は右側は竹林に覆われた谷、左側は切り立った崖の間を曲りくねりながら下って行く山間道へと続く。山を降り切ると開けた視界に映るのは背丈の低い茶畑の農村、生まれて初めて独立世帯主となる私の城はその茶畑の丁度中心辺りに居を構える村一番の大地主、幕末時代は名字帯刀を許されていたという金田喜左衛門氏の大邸宅の見上げる程堂々とした冠木門《かぶきもん》を入って直ぐ左側に建った小綺麗な一戸建家屋だった。門番が住んでいた家と聞いていたが、この家は庄屋の執事が使っていた家だろう、決して広いとは言えないが総檜造りの本建築には気品さえ漂《ただよ》っている。十五円の家賃はこの辺の相場を知らない私には高いのか安いのか分からないが東京なら三十円でも借りられない家で任官したばかりの少尉が住むには少々贅沢過ぎる貸家である。東側の玄関を入ると南に面した一間《いっけん》の広縁の付いた八畳と六畳の続き間があり縁側の突き当りは炊事場と浴場のある土間になっている。玄関脇のトイレの奥には納戸まであるから建坪は土間を含めると三十坪程になるだろう。既に東京から鉄道便で送って置いた荷物――と言っても布団一組に若干の日用品しかないが――を解いていると、徴兵されて南方戦線に出征しているこの家のひとり息子喜一郎氏の奥さんが二歳位の女の子を伴って挨拶にやって来た。丸顔で体格の良いその女性は「みえこ」と名乗り荷物整理を手伝いながらぼそぼそと小声でとんでもない事を話し始める。その中身を要約すると「主人（喜一郎氏の事）が出征し不在になって暫くすると村内で義父（喜左衛門氏）と嫁（みえこさん）との関係をあれこれ噂の種にし恰《あたか》も私が義父と不倫関係にあるかの様に言いふらし始めたので、已むを得ず母屋とは別棟の小屋を建てて現在は娘と二人で暮している」という事で、彼女の指さす方を眺めると成る程物置の様な建物が遙《はる》か彼方に建っている。勿論彼女は潔白を主張し私もそれを信じるが、小説の主題にも使われる嫁と舅《しゅうと》の怪し気な関係を、話題の少ない田舎なので面白可笑しく噂している可成り不健全な社会が目に浮かぶ。うっかりしていると今度は独り暮しの私が噂の対象にされ兼ねない、気を付けなければ……と自戒の念を強めたのだった。

引越整理を終え夕食の準備にとりかかる。備え付けの下駄を履いて土間に降りると流し台に蛇口はあるがガス台はなく大小二つのコンロが置いてあり傍には薪《まき》と炭が山の様に積んである。現在の様にプロパンガスは世の中に存在しないから煮炊《にたき》は総て炭と薪を使うしかないが、水はモーターで屋根の上のタンクに汲み上げ水道と同じ様に蛇口をひねれば使える。やや奥まった場所には五右衛門風呂《ごえもんぶろ》が鎮座し簀《す》の子《こ》の上には高下駄がつま先を揃えて並んでいる。都市ガスの恩恵を受けられない田舎家の設備としては最高の出来映《できば》えだ。さて食料はどうかと戸棚を開けると布袋に入った五合程の玄米、瓶に入った醤油らしいもの（アミノ酸だろう）そして蔓《つる》の様な乾燥した正体不明の野菜が置いてある。恐らく中隊の庶務係が新任小隊長に対する精一杯のもてなしとして取り揃えた食料だろう。七輪で火をおこし一番深い鍋で米を炊きアミノ酸で蔓を煮る。二十分程で夕食準備を終え十分もかけずに食事を済ます。

寝るには早過ぎるので周辺の様子を知って置こうと外出する。三川村《みつかわむら》と呼ばれるこの辺りは凡んどが茶畑で田圃《たんぼ》は全く見当らず茶の木の間に煙草らしい大きな葉を持った植物が散見出来る。後になって聞き知った事だが茶と煙草は軍需物資として生産量を割り当てられ、農家としては食糧難の折柄野菜類を栽培し度いが許されないとの事、已むを得ず家の庭を耕して自家用野菜を細々と作っていると言う。茶や煙草は無くても人は生きられるが野菜は生活必需物資の筈なのに軍部の統制は随分と不合理だと納得出来なかった。三川村の隣りが森町《もりまち》で次郎長武勇伝に出て来る乱暴者だが義理人情に篤い森の石松の生地として有名である。東京方面に出掛けるには「遠州森」駅から二俣鉄道《ふたまたてつどう》（現在は天龍浜名湖鉄道）で掛川まで行き東海道線に乗り替える事になる。この夜はその駅に人影はなくひっそりと静まり返っていた。散歩を終えて帰宅した私は、たった一日の間に十人を超える初対面の人々との応接に疲れたのか、ラジオの大本営発表も聞かずに早々と寝込んでしまった。

翌日からは正規の部隊勤務、自炊はめんどうなので中隊の朝食時間に間に合う様に早目に家を出て昨日降った坂道をゆっくり登って出勤する。この時期の軍隊の食事は文字通り一汁一菜のこれ以下は考えられない粗末なもの、しかも主食が高粱と大豆で米粒が全く入っていないのでボソボソと粘りがなくメンコの三分の一も食べられなかった。小隊長には個室はなく三人一部屋の執務室兼宿直室になっているので食後三人で雑談をする。話題は当然戦争の現状と見通しという事になり先ず年長者の加藤少尉が口火を切る。彼は私に向い「秋葉少尉は我々幹部候補生(民間の学校から徴兵または志願して陸軍に入り一定の研修期間を経て幹部に昇進する)出身の将校と違って陸士出身の職業軍人だから、戦争の実態と行く方についてしっかりした意見を持っているだろう、是非聞かせて貰い度い」と単刀直入に質問する。私は昨日顔を合わせただけで相手の思想人格に対して全く無知なので何処まで本心を明かすべきか一瞬迷ったが、米軍本土上陸となれば共に戦い枕を並べて戦死するかも知れない同僚に隠し事はすべきでないと思い直し「現状から判断して日本の勝利は九分九厘あり得ない、何時どんな形で和平に漕ぎつけるかが政府軍部の責任だと思う」と本音を曝け出す。幼年学校士官学校出身のエリート将校だから勇ましい必勝の信念でも言うと予想していたのに、終戦和平の話を持ち出したので二人とも吃驚したらしく暫く私の顔を凝視《ぎょうし》していたが「我々も全く同じ見通しを持っている、しかし今の政府がその様な方針転換を決断出来るかどうか極めて疑問だ」と率直に危惧を表明する。私も全く同感なので母から聞いた和平裏交渉の情報を話そうと思ったが、これは確認されていない事なので保留とし「下級将校の我々ではどうにもならない国家的大問題だから結果を予測するのは不可能だ、何れにしても当面与えられた任務を誠実に果す以外に道はないだろう」といつも自分自身に言い聞かせている結論じみた事を言ってその場を締め括《くく》った。この話し合いで三人の人間的信頼関係が成立し敗戦までの数ヵ月何の対立もトラブルもなく気持良く部隊勤務を送る事が出来たのだが、後で考えて見れば軍国主義・聖戦遂行一色に塗り潰《つぶ》された当時の日本の軍隊の中で、戦争をやめる事が唯一の救国政策だなどと発言するのは国家権力に対する反逆とも言える暴言で、二人の同僚将校に戦局の現状と戦争の継続に疑問を持つ知性があったので何事もなかったが、逆に神国不敗打倒鬼畜米英に凝り固まっている人物だったら私は間違いなく上層部に告発され憲兵に逮捕されていただろう。人間を信じる私の習性から出た善意の発言ではあるが軽率のそしりを免れない。実は戦後のサラリーマン社会で同じ様な場面に遭遇し誤解されたり相応の実害を蒙った事が何度もあったが、三つ子の魂百までの諺《ことわざ》通り人を信じ嘘を言えない私の性癖は遂に直らなかった。

部隊勤務の日課は今まで経験して来た軍学校と大差はないが、管理される立場と管理責任者の立場では天と地程の違いがある。午前中はレーダーの基礎理論の学習と実技、午後は銃剣術などの軍事訓練を行なうのが基本だが、電気はあるが水道もガスもない山の中なので人間生活に必要な労働がまともな食物を与えられていない兵達に大きな負担を強いる事になる。一番大変なのは水汲作業。山の下の低地に掘った井戸にはモーターはなく配管もされていないから、部隊で必要な水は大きなバケツで井戸から兵舎までの坂道を人力だけに頼って運び上げなければならない。毎日夕方になると三百人の兵隊が蟻の様に列を作り一日分の用水を水槽に満たす労働を日課にする。貴重な水だから兵の入浴は週二回だけでその他の日は井戸端まで下りて身体を拭く程度で済ます事になる。ただし将校だけは別格で事務所の裏に作った野外浴場にドラム缶を据え薪でわかして毎日入浴出来る特権を与えられ、しかも当番兵が付き添って頭のてっぺんから爪先まで丁寧に洗って呉れる。入浴が終れば上官をベッドに寝かせ肩腰脚と按摩のサービス、傍には清潔な下着類が用意されているから将校さんは演習の疲れを癒《いや》し常にすっきりした気分で夜を迎えられるという訳だ。将校のひとりである私も同年輩の兵から幼い頃母親がして呉れた様な扱いを受け、申し訳ないやら気恥ずかしいやら、人間総て平等をモットーとしている私としてはこの当番兵の奴隷的サービスを唯々諾々《いいだくだく》と受けるのに堪えられず、内務班担当の下士官に「当番兵は必要ない」と申し入れた。ところが先任下士官の籠原曹長は「その様な特別扱いは出来ない」と言下に拒否し、その理由を滔々《とうとう》と述べた。

①当番兵は陸軍の伝統的慣習で一将校の要求で廃止変更は出来ない。

②中隊長及び二人の小隊長が認めている制度をひとりだけ例外扱いにするのは中隊全体の統制を妄《みだ》す事になる。

③当番兵に指名された兵は選ばれた事に誇りを感じ喜んで仕事に励み決して嫌がっている訳ではない。

というのが曹長の拒否理由だが、私が①と②の理由はもっともだと思うが三番目の当番兵が喜んでいるというのは理解出来ないと重ねて問い質《ただ》すと、「将校付当番兵になれば水汲みや薪割りなどの労働から解放されるし内務班で古参兵に苛《いじ》められる心配もなくなるから有難い任務なのだ」と詳しく解説して呉れた。私は成る程そうだったのかと納得し、ひとりよがりで当番兵辞退を申し出た自らの軽挙を恥じると同時に、世の中のあれこれの事象について表面に現れている事だけで正邪を判断すると大間違いを犯す事になる、事の本質はもっと深いところにひそんでいるものだとする真理を学んだ。勿論それ以後は当番兵諸君のサービスを有難く受け入れ、兵達の心の奥底に隠されている真実に触れそれを理解する事に努めた。

中隊三百名の兵の内訳は、七百名以上が十七、八歳の特別幹部候補生（特幹と呼ばれていた）で残りが通常の徴兵で軍隊に強制的に入って来た青年である。特幹志願者は中学卒者または中途退学者で古参兵とトラブルを起こす事が少ないが、この時期徴兵された人は所謂《いわゆる》丙種で本来なら徴兵の対象とならない虚弱者なので、毎日毎晩古参兵の苛めの餌食《えじき》になり怒鳴られ殴られ裸にされて水を浴びせられなど陸軍特有の人権無視暴力現象が起きている。週番当直の夜には必ずこうした騒ぎを見聞し何とかならないかと心を痛めるが、軍隊の不文律で将校は内務班の出来事に直接介入しない事になっているので総て処理を古参の下士官に委ねざるを得ない。だがこの下士官も新兵時代に散々苛められた体験者だから「やられた事はやり返す」兵隊心理には抗し切れず結局は見て見ぬ振りを決め込むだけで何の対策も生まれない。人間には理屈を超えた心象作用があるのか何度も同じ事を繰り返していると苛める側と苛められる側に奇妙な合意が成立し私が目を背《そむ》け耳を塞《ふさ》ぎ度くなる立ち廻りが双方にとっては生活の一部になり誰も異常を気にしなくなる。まさか人間誰もが大なり小なり隠し持っているという嗜虐《サド》と被虐《マゾ》の本能的現象ではないだろうが、並みの人間である私にとっては見度くも聞き度くもないいじましいいじめじめしたドラマだった。

古参兵の中に大学在学中に徴兵された人がひとりだけいた。通常高学歴者は幹部候補生を志願し将校を目ざすが彼は既に三年間軍隊にいて未だ一等兵のまま平然としているばかりか新兵苛めにも参加せず閑な時は超然とひとりでのらくろの漫画のページを繰っている。経歴書を見て興味を持った私はある日の夕方いつもの様に漫画を見ている彼の傍に行って声をかけた。

「漫画は面白いか？」兵が命令以外で将校から声を掛けられる事は滅多にないので驚いて立

ち上った彼は、「面白くありません」と文字通り面白くなさそうな顔で答える。「面白くないのに何故読んでいるのか？」と次の質問をして見ると彼は、「ほかにする事がないから……」と答えて私の顔を見る。正直で理に叶った答である。私は頷《うなず》き一歩踏み込んだ質問をする。「では何をやりたいか？」川辺一等兵は暫く考えていたが、「人類社会の進歩に役立つ勉強をしたい」と見事な答が返って来た。私は変人で通っている万年一等兵はただ者ではないと判断し最後の問いをぶつけて見る。「試験を受けて下士官になった方が給料は増えるし体も楽なのに何故受験しないのか？」彼は私の眼を真直ぐ見ても怖《お》じせず淡々と答えた。「軍隊は性《しょう》に合わないから早く逃げ出し度い、下士官になると軍隊勤務が長びくからなり度くありません」。

私はこの対話で彼の率直でけれん味のない人間性にすっかり惚れ込み、毎月十名二十名と前線派遣要員を人選する際、名簿に彼の名前が載っていれば赤線を引いて名簿から外し他の兵と入れ替える処理をした。これを依怙贔屓《えこひいき》と非難されるのは百も承知の上で、何時か必ず終る戦争の後で社会に貢献して貰い度い、そのためには彼を死なせてはならないとする私の思いが不公平な処置を敢えてさせたのだ。既に制空権も制海権も連合軍の手中にあったその頃は、私が捺印して海外戦場に送り出される兵は凡んど例外なく海の藻屑《もくず》になり、出発して数日後には戦死者公報に載る状態、つまり私の小さな印鑑が裁判官の死刑執行命令を意味していたのである。裁判なら死刑判決が出ても死刑執行までには若干の猶予があり再審の機会も残されているが、あの時私の印が捺してある前線派遣名簿に載った兵は凡んど必ず戦死する、私の印は人殺しの凶器私は殺人者である。軍国主義一色、聖戦遂行が唯一の価値観にされていたあの時期に、軍隊の中で昇進を拒み「勉強し度い」と言い放つ川辺一等兵の命を守るためには名簿から氏名を削除する方法しかなかった。私の不公正な行為は決して許されないだろうが今でも後悔はしていないし、勿論彼の代りに他の誰かが戦死する運命になるのだから人命救助をしたなどという心算《つもり》もない。川辺一等兵は敗戦まで八中隊に残留し無事復員したが戦後どの様に学びどんな仕事で社会に貢献したかは寡聞《かぶん》にして全く知らない。

人の生死に関わる程深刻ではないが権力と部下の人生との関係について戦後のサラリーマン社会の中で悩み迷った経験があるので、紙面を借りて書いて置こう。三十歳を少し超えた頃私はある銀行で五人の部下を持つ課長職をしていた頃の事である。末端ではあるが職制の端くれだから最低年二回昇進、昇級、ボーナス支給率決定のために部下の考課を義務付けられる。その時私は部隊勤務をしていた時のあの事を思い出し考え込んでしまった。悩みは二つあり第一は私に人間の評価をする能力や資格があるのかという根本的な疑問、もうひとつは私が付けた点数または人物評価が五人の部下の人生を左右する事に対する恐怖である。たかが人事考課とは言え、それが収入の増減につながり配置転換を促し昇進を阻《はば》む事にもなり兼ねない、安易にペンを執る訳には行かない、さりとて考課表を白紙のまま上部に出せば職務放棄で私が処分されるだろう。悩み迷った挙句《あげく》考え出した方法は課員相互による集団合議方式である。まず全員を会議室に集めて各人に考課表を渡して自己評価をさせ、次にひとりずつの考課について全員で話し合い本人の自己評価を合議の結果によって修正して行く。考課項目によって自己評価より高くなる場合も低くなる場合もあり、自分では気付かなかった長所や短所が合議の中で明らかになって行く。例えば事務能力の項目についてA君は自己評価で「僕は計算は確実だし字もきれいだから五段階評価の『三プラス』だ」と主張すると、他の誰かが「しかし忙しい時に間に合わない事があるから『三』だ」と反論する。接客能力の項目でBさんは「私は会話が下手だから『三マイナス』だ」と言うと誰かが「そんな事はない客の評判はとても良いから『三』だ」と主張する。長時間かけて話し合った結果各項目について凡んど全員が平均的評価の「三」になってしまった。人間誰でも良い処も足りない処もあるが総合すれば大きな差はなくみんな平均的な人間という事で、集団評価会議の結果はその当り前の結論に達し全員が納得して終った。私が行ったこの考課方式は、見方によっては自らの責任を放棄する卑怯な方法だとも言えるが、私はその批判を甘んじて受け入れ、そのうえで神ではない人間が他の人間の値打ちを数字で表わす思い上った権力行使をするよりは遙かに誠実だと今でも信じている。

部隊勤務時代の話に戻ろう。着任して十日程経ったある日の夕方、中隊長から歓迎会をやるから一緒に来いと言われ浜松の歓楽街へ連れて行かれた。どこの城下町にもある紅灯管弦《こうとうかんげん》の街は軍服姿の将兵で溢れ満員盛況の繁昌振りである。本土決戦が囁《ささや》かれる緊迫した情勢の下で連日連隊本部の会議に駆り出されている中隊長とは着任以来の対話になる。愛知県出身の松井大尉が奥さんと二歳の男の子と三人で見附町の寺の一室を借りて暮していると言う私生活の中身をこの時初めて知り、少尉任官直後に胸部疾患で一年休職した事も初耳だった。病気については私も結核で一年落第した経験者なので何となく連帯感を持ち「何をおいても健康第一ですよね」などとありきたりの言葉で座をほぐした。話題の中心はどうしても戦争の行く方と職業軍人である我々の対処の仕方という事になり、私は予科士官学校在学中の日米開戦の日の日誌に、この戦争に勝ち目はないと書いて区隊長に書き直しさせられた事と、航空士官学校で天皇は神ではなく人間だと言って重謹慎処分を受けた事を白状し、二人の小隊長に言ったのと同じ見通し「終戦和平だけが唯一最良の選択だ」と私の持っている結論を語った。中隊長は黙って頷き、貴公の身上調書に思想要注意と書いてあったのはそういう訳だったのかと納得した様子で「俺は貴公程強い確信は持っていないが、この戦争が敗け戦さで終る見通しは全く同感だ」と暫く沈黙した後「近頃は連隊本部の高級将校も元気がなく声高に必勝の信念を叫ぶのを聞いた事がない、当然の事だが敗戦と自分の運命を結びつけて不安が募るのだろう」と上層部の雰囲気を話して呉れた。

歓迎の宴は一時間余りで終り中隊長は「明朝早く連隊に呼ばれているので……」と階下の女中を呼び何事か耳打ちし「あとの事はこの人に全部任せてあるからゆっくり飲んで呉れ、中隊には俺が連絡して置くので明日は休んで宜しい」と言い置いて先に帰って行った。その後先程の女中が芸妓《げいぎ》風の女性二人を連れて宴会が始まり、三味線の音に合わせた面白くも可笑しくもない踊りを見ながら杯に注がれる酒を引っ切りなしに胃袋に流し込んだ。その晩何時間かけてどれ程の酒を呑んだのか憶《おぼ》えていないが気が付いた時は布団の中にいた。二人用の大型夜具の中に昨夜の芸妓とは違う見知らぬ女性が私の傍《かたわ》らに寝ていたので吃驚して跳ね起きる。頭は少々ぼやけているが気分は爽快、戸外は既に朝の太陽が照っていて今日も冬晴れである。寝ている女性を目覚めさせない様に気を付けながら身支度を整えて外に出ると花街の朝に人影はなく宿酔《ふつかよ》いの少尉は無人の街を下宿へ向って歩き始めた。これが私の大飲忘我の初体験である。同衾《どうきん》していた女性に何をしたか何もしなかったか、ひと言も会話を交さずに別れてしまったので今となっては知る由もない。

加藤、中村二人の小隊長は見附町に食事付の下宿をしているが私は単純な借家人なので朝晩の炊事は自分でしなければならない。それがめんどうだと愚痴《ぐち》をこぼしたら、平林軍曹に「そんな事なら当番兵を連れ帰ってやらせればいい」と教えられ申し訳ないが週二回は頼む事とする。ところが家に来る十七、八歳の新兵さんは中隊内で古参兵の目を気にしながら過ごすより私の家で家事をやっている方が余程気楽だし、質の悪い配給米だが米飯にありつけるだけでなく畳の上でゆっくり寝られるので先を争ってこの当番になりたがる。籠原曹長が教えて呉れた通り当番兵制度は兵にとって歓迎されている現実を目《ま》の当りにし、人間平等のモットーなど何処へやら、炊事だけでなく風呂湧かしから掃除洗濯までくるくると働く兵を横目で見ながら坐って本を読んでいる私は、誰が見ても兵隊をこき使う暴君になってしまった。当番兵は最大限のサービスを提供して気に入られ何回も指名して貰い度いと思っているから、就寝の際は一時間もかけて按摩までやって呉れるのだから有難い事この上ない。だが上官に対するこの無償の奉仕は決してヒューマニズムや尊敬の念から出たのではなく、軍隊という厳しい権力関係が生み出す特殊な現象である。小隊長から目をかけられた兵は古参兵や下士官の抑圧苛めから身を守る有力な後ろ楯を持つばかりでなく、実戦の場では危険な任務部署から外される事も期待出来る。一見誠実勤勉な労働も実は生死を賭けた計算の結果生まれた産物に他ならない。その事を知っている私は、ぬけぬけと当番兵のサービスを満喫している自分が体制に胡座《あぐら》をかいた唾棄《だき》すべき人間に思えて自己嫌悪に苛《さいな》まれてしまう。だが男子厨房に入るべからずの一般的風潮の中で育った私としては、あの頃の当番兵諸君の奉仕が地獄で仏様に出会った程有難かったのだ。

中隊に配備されているレーダーは三百粁まで敵機捕捉可能の陸軍最新鋭の兵器で二十四時間太平洋上の空間に電波を出し続けて捜索をしているが、この時期既に日本軍の電波網の対抗策を完成している米軍は、ブラウン管上に点になって現れる筈の飛行物体を打ち消す様に上下左右斜めに走り廻る不規則の線を流し、事実上敵機の位置確認は不可能であった。この現象は米軍開発による目潰しアルミ箔の仕業《しわざ》と判ってはいても対策の立て様もなく、帝国陸軍のレーダーシステムがアメリカの科学技術の力の前に何の役にも立たない金屑《かなくず》になるなかで連隊本部の命令に従い三交替勤務の索敵作戦を夜を徹して遂行命令を発している中隊長も、眠い目をこすってブラウン管と睨《にら》めっこしている兵も同じ空《むな》しさを感じながら敗ける筈のない天皇の国、神の国が鬼畜米英に白旗を掲げて降参する日が刻一刻と迫って来る。

3　飢餓と壕掘りの日々

連合軍が日本列島に上陸進攻する時はどの地点を選ぶだろうか？　本土決戦を目前にした将兵にとってこの問いは戦争の勝敗もさる事ながら自らの生死の鍵を握る最も重い課題である。長い海岸線を持つ日本列島の総てに防衛線を築くのは不可能なので攻撃を予測される十数か所または数十ヵ所を選んで防衛の主力を配備しなければならない。一気に首都東京を目ざすならば九十九里か鹿島灘か？　それとも横須賀の海軍基地を空から徹底的にたたいた後相模湾から上陸して来るか？　いや東京周辺は二重三重の防衛線を張りめぐらし防空態勢も固いからむしろ遠州灘辺りが最も可能性の高い上陸地点かも知れない、こんな議論が連隊の将校の間で囁かれ始めた頃、僻村の第八中隊に大規模防空壕建設の特別命令が出された。愈々《いよいよ》遠州灘に米軍上陸を予想して防衛態勢を強化する方針が決ったのか？　と中隊内であれこれの憶測が飛び交う中、土木経験者を選んで設計図を作り直ちに施工準備にとりかかる。計画は兵舎が建っている山の裾に十文字の横穴壕を掘り穴の中で千名の軍隊が何ヵ月も生活出来る様にするという壮大な計画で、トンネル工事を何回も経験している津田兵長の見積り設計に従い先ず丸太と厚板の調達に走り廻る。ところが軍司令部の調達命令書を提示しても材木商は木材の供出を請け負わない、いや実は請け負っても貯木場や倉庫に木材がないから供出不可能と言う。計画は最初から壁に阻まれ已むを得ず自力で資材を確保する方針に変更し、中隊西北部の国有林の立木《りゅうぼく》を伐採製材する事となる。山奥に電気は来ていないので先ず動力付発電機を司令部に発注すると間もなく畳《たたみ》一畳程もあるディーゼル発電機が中隊に送り届けられる。道のない奥山にトラックは使えないので大八車に発電機と電気鋸《でんきのこぎり》を載せ半日がかりで伐採現場まで運搬し作業小屋を組立てて漸く準備完了、総勢百名で大木を伐《き》り倒し製材を始める。残りの二百名は鶴嘴《つるはし》とスコップで穴掘りだ。この辺りの土質は軟弱なのでダイナマイトは使えず人力だけで掘り進み、掘った穴には一米おきに支柱を立て天井板を打ち込んで補強する。原始的で労力と手間を要する作業である。一ヵ月程で人間が立って歩行出来るトンネルが五十米程出来上ったが反対側の山裾までは三百米あるから一本の穴が完成するには半年かかる計算、十文字横穴壕が出来上るまでは一年を要する事となる。その日まで米軍の上陸作戦が始まらない事を祈りつつ土方になった兵達の泥と汗にまみれた労働が毎日繰り返される。それは連隊が与えられている本来の任務であるレーダー要員の訓練と養成および索敵を放棄した事を意味するだけでなく、実弾射撃の経験がないばかりか銃の操作もおぼつかない俄か仕込の軍隊が、自分の身を守るための壕掘りだけに浮身をやつす処まで落ちぶれた現実を見せつけていたのだ。この事実はもはや戦争の勝敗を論ずるまでもない末期的症状で、人々の胸の裡にくすぶるたったひとつの希望は生きている間に戦争が終る事、それだけである。

だが、その最後でたったひとつの希望「生きる事」に対して重大な難関が立ち塞がった。食料不足という代替不能な難問である。食料危機は茨城の航空通信学校にいた昨年から国民生活の最も重要な課題となっているが、海路を封鎖された状態では比較的余裕のある東南アジア方面から輸送する事もままならず、若い労働力を軍隊に根こそぎ持って行かれた国内で増産の成果を挙げる事も不可能だから、配給制度はあっても配給する物が足りないため遅配欠配が当然の結果となる。まさに日本列島が飢餓列島に変貌し始めていたのだ。軍隊でも事情は全く同じで、連隊本部に規定の食料を請求しても「ない」の一言で拒否され中隊の食料倉庫は空っぽになりつつある。「あと十日程で食料が底をつきます」と言う炊事係の報告を聞いて緊急会議を開いて対策を練った結果、百名の兵を二班に分け一班は山野から食料となる野草を採集する山岳班、もう一班は海浜に出動して魚貝類を採る漁撈班《ぎょろうはん》として食料不足を補う事となる。その結果壕掘り要員は半分の百名となり計画遂行に重大な齟齬《そご》を来たすが、命あっての何とやら軍司令部には内証にして置こうと意思統一し、農村と漁業出身の古参兵をそれぞれの班長に指名して生きるためのぎりぎりの活動を始める。山岳班は山芋、百合根、山菜など食べられる食材を採り麻袋に詰めて持ち帰り、時には気味悪い蛇を十数匹も捉えて炊事係を震え上らせ、漁撈班は漁師から借りた小舟を操り米軍機の攻撃を気にしながら様々な海の幸を採り一度は畳半分程もある海亀を大八車に載せて持ち帰り皆を驚かせた。その時は鶴は千年亀は万年、永生きの良薬などと冗談を言いながらスープの具になった亀の肉を口に入れて見たが、靴の革底の様な肉は堅くて容易に噛み切れず太平洋の香りを感じさせる程の成果だけで終った。

その食料不足が悲劇を生んだ。入営当初からとても軍隊の生活に耐えられそうにないと思っていた兵二名が慢性下痢症で相次いで死亡してしまったのだ。幸い伝染病でなかったので他に波及する最悪の事態は免れたが、急拵《きゅうごしら》えの座棺の中で小さい身体を益々小さく萎《ち》ぢませている遺体を駆けつけた母親が涙も見せずに引き取って行くのを見送ると、私の方が泣きたくなる程辛かった。公式では「戦病死」という事になるのだろうが、本当は国家が権力で徴兵しておきながらまともな食べ物を与えなかった「国家による殺人」である。刑務所にいる犯罪人に対してでも生きるための最小限の食物を与えているのに、徴兵した帝国陸軍兵士を餓死同然の姿で死なせるとは何事だ！　私は無責任で非人間的な国家権力に対して沸き上る怒りをどうしても抑え切れなかった。

食べ物に苦しんでいるのは兵舎で生活している三百名の兵だけでなく、兵営外の暮しを許されている所謂営外居住の将校下士官も大同小異である。むしろ妻子を抱えている人の方がもっと深刻だったのかも知れない。米穀類の主食の配給は凡んど途絶え勿論街の商店にも食料は全くない。家庭菜園をやりたくても下宿だから地面がない。農家を直接訪れて野菜でも分けて貰おうとしても男手を奪われた農村は供出割り当てをこなすのが精一杯で他人に売る農作物などある訳がない。ないないづくしで誰もが空《す》き腹を抱え出来るだけ体力の消耗を抑えるためじっとしている他に術《て》はないのだ。食糧難と言うと一般的には戦後の混乱期を思い出すが、実は本土決戦が叫ばれていたこの時期の方が政府の報道規制で表面に表われなかった分だけ深刻だったのかも知れない。当時私の体重は四十七瓩《キログラム》、士官学校卒業時の一年前が五十三瓩だから一年で六瓩減った事になる。身長は現在と同じ百七十二センチ位だから当時の私の姿を想像すると頬はこけ目だけがギョロリと光ったひょろ長い姿が画《えが》き出されるだろう。事実下宿の風呂場にある鏡に映った私の身体は、肋骨が一本一本勘定出来る薄っぺらな胸と喉仏《のどぼとけ》だけが異様に突き出た細長い首に青白い顔が載っている幽鬼《ゆうき》と見紛《みまが》う不気味な生き物だった。残念ながらその頃の写真は敗戦の時に全部焼却処分をしてしまったので一枚もないが、若しあったとしてもこれが自分の姿だとはとても思えないだろう。そんな私が結核を再発させないで敗戦まで命永らえる事が出来たのは、極度の緊張の連続で病気の事を考える余裕のない精神状態、つまり病は気からの格言通り気持が病気から離れていたのが最大の原因だと思うが、もうひとつ米飯の代りに日本酒を飲んでいたのが適当なカロリー補給の役割りを果していたのではないかと考えている。不合理な話だが米の配給が全く途絶えたあの頃でも酒だけは無制限に入手出来た。勿論これは軍隊内だけだが、日本酒は食料倉庫に山と積まれ金さえ払えば欲しいだけ手に入ったのだ。ただし一升八円五十銭の値段は当時の物価水準からすれば法外な価格で平均的庶民からすればとても手の届かぬ贅沢品、月給四、五円の兵は勿論百円以上貰っている妻子を抱えた将校下士官にとっても気楽に買える値段ではない。陸軍少尉の私の基本給は七十円程、戦時加俸を上乗せし税金社会保険料などを天引した手取額は十円札が八枚位で百円札は見た事もなかった（当時の最高額紙幣は百円）。その給料から家賃十五円と諸雑費を引いて残額は六十円余りとなる。だが養うべき家族はいないしいつ死ぬか分からない身で金銭を貯める気も全くない私はその金額を一箱二十本入りの金鵄煙草《ゴールデンバット》と酒代に費やして暮していた。計算すれば分かる様に月に七、八升の酒を買い毎日二、三合の日本酒を呑んでいた事になる。この飲酒量は専門家の言う「酒は百薬の長」の範囲内で決して呑み過ぎ酒乱の部類に達してはいない。日本酒は米のエキスだからめしの代りになる筈だとする私の思い込みが栄養学的に証明出来るかどうか今でも自信はないが、当時の事を思い出すと飲酒が米飯を食するのと同じ効果をもたらしたと信じている。

昭和二十年三月十日、陸軍記念日（日ロ戦争で日本軍がロシアの最重要拠点だった奉天を陥落させた日）に狙いをつけたアメリカ空軍大編隊が東京下町を無差別絨毯爆撃《じゅうたんばくげき》し首都の東半分が灰燼《かいじん》に帰す。その情報は新聞より早く僻村の中隊に伝わり明日はわが身にふりかかるかも知れない死の恐怖を誰もが感じた。東京の防空態勢は万全と宣伝していた大本営の言葉は、雨霰と降って来る焼夷弾によって完全に虚構である事を暴露した訳だが、事実はもっと深刻だった。それは九千米以上の高空を飛行する米軍爆撃機B十七に対し、迎え撃つ陸軍自慢の新鋭機は七、八千米しか上昇出来ず、いかに優秀にして勇猛果敢なパイロットでも敵機を撃ち落すどころか近寄る事も出来ない厳しい現実が判明したのである。一万米まで上昇出来る新機種（陸軍部内ではキハ四と言っていた）の開発に成功したと伝えられたのはつい昨年の事だが、結局今回の空襲には生産が間に合わなかったのだろう。レーダーと同じ様に航空機の分野でも日本はアメリカに一歩も二歩も後《おく》れを取り、国民の生命財産に甚大な損害をもたらしたのだ。東京があれ程非道《ひど》くやられたという事は日本国中何処でも同じ宿命を持っている事を意味し、しかも高射砲弾も届かず戦闘機も近寄れないとなれば、わが身を守る方法はただひとつ地底に潜るだけだと、横穴壕を掘る兵隊達の作業は一段と真剣味を増す。生き残るためには穴掘りと食料集めの労働に精を出すしかないのだ。

木材の伐採責任者として毎日部隊と現場を往復している私が気分転換と実情視察を兼ねて山岳班を指揮しうららかな春の野山に出掛けたのは四月も半ばを過ぎた頃だった。富士山麓に連なるこの辺りの稜線は地上から眺めるとなだらかな線を画いているが、行って見ると到る処に崖あり谷あり湧水も出るなど豊かで複雑な自然環境を形作りただ歩くだけでも結構楽しい。だが三百名の人間の命をつなぐ食べ物を捜し求めるのだからのんびりしてはいられない。既に数十回も経験を積んでいる兵隊は橙色の山百合が群生している南斜面を見つけ手際よく根っ子を掘り出して麻袋に放り込んでいるし、急な崖地に生えている自然薯《じねんじょ》を見付けた他の一隊は細い棒を操って一米余もある薯を丁寧に抜き採っている。国破れて山河ありと言うが、硝煙と鉄塊にまみれて争う人間の愚かさをよそに自然は見事に植物の生命を育《はぐく》み豊かな実りを結んでいるから色褪《あ》せた軍服をまとい真剣な面ざしで食べられそうな植物を捜している兵達も、遠くから眺めていれば春の野山に遊ぶハイカーと見間違えるかも知れない。それ程山の空気は澄み渡り春霞のかかった空には小鳥の囀《さえずり》さえ聞こえそうな平和な佇《たたず》まいは、ひと時、戦争も軍隊も空腹さえも忘れさせて呉れた。

だが部隊に帰れば厳しい現実が待ち受けている。上陸して来る米軍との白兵戦《はくへいせん》に備えて銃剣術の訓練を重点集中的にせよとの緊急命令で早朝一時間の特訓を始める。最近入隊した新兵はレーダー操作どころか銃の扱い方も教育されておらず、穴掘りの土方作業と食料漁《あさ》りだけをやらされているので、防具を付け木製の擬似銃を持たせても全くさまにならない。「胸を張り足を踏ん張れ！」「左手を真直ぐ伸ばし右手の拳を腰にしっかりりつけろ！」といくら大声を出して指示しても屁っぴり腰でさっぱり足元が定まらない。体格が見劣りし体力がないのは初めから判り切った事だが、少年達のやる気の無さは肉体的条件とは関係のない意志の問題で、銃剣術を少しでも身に付け敵を斃《たお》し自らの命を守ろうという意志が全く感じられないのだ。擬似銃の先端についている布で作った丸い玉（タンポン）が身体の何処かに当ると忽《たちま》ちひっくり返り暫くはそのままで起き上ろうともしないし、ここを突けと私が心臓の辺りを指し示しても銃を突き出そうとせずぼんやり立っている。それは「腹が減って何も し度くない」と訴える赤子と同じである。「そんな事ではすぐに殺されてしまうぞ！」とハッパをかけて見ても恨めしそうに私を見るだけで期待する反応は全然現れない。人間にとって生死の問題は何にも優先する最重要関心事であるのは間違いのない真理の筈なのに、兵達が今求めているのは腹一杯食べて古参兵のいない場所でゆっくり休む事なのだ。これでは上陸米軍と戦うどころか壕の中にへたり込んで戦車に踏み潰されるのが落ちだろう。兵の気持も上陸戦の有様もよく判る私は、訓練をやればやる程空しさを募らせて行く。だが何もしない訳には行かない、空き腹を抱えた銃剣術訓練は雨の日も風の日も毎日欠かさず敗戦の日まで続けられた。

五月になってベルリンが陥落しヒトラーが自殺してドイツは連合軍に降伏し欧州の戦争は終る。同じ頃沖縄では百万市民をまき込んだ死闘がくり展《ひろ》げられ、二十七日の海軍記念日（日ロ戦争で東郷元帥《げんすい》率いる連合艦隊が日本海でロシアの艦隊を撃ち破った日）に合わせた二度目の東京空襲が西部山の手方面を焦土にした。中隊長の命令で被害の実情調査を口実に東京へ行ったのは空襲の一週間後、武蔵野市（当時は未だ北多摩群）吉祥寺に住んでいる母の安否を気遣って呉れた中隊長の温かい配慮による出張命令である。遠州森駅から二俣鉄道に乗り掛川で乗り替えて東海道線で東京へ向う。列車の中は睡眠不足で赤く血走った眼の人間で溢れまるで難民輸送列車の様相である。恐らく東京に住んでいる家族の生死を確かめたいと願う関西中京在住の人達の不安と焦燥が車内の雰囲気を異様な状態にさせているのだろう。定時より一時間程遅れて昼過ぎには東京駅に到着、駅舎は到る処に焼夷弾の傷跡を留めているが煉瓦造りの建物全体は以前と変わらぬ姿を残し、瓦礫の山が空襲の凄《すさ》まじさを想起させてはいるが予想以上に整然と片付いていた。それは米軍機の落した爆弾の大部分が焼夷弾だったので爆発や爆風による被害が比較的軽微だった事を示してはいるが、車輌は窓硝子がなくなり座席シートの中身がむき出しになるなど痛々しい有様を曝している。中央線で吉祥寺を目ざす。処々に焼け残ったビルが散見出来るだけでほぼ全滅の焼野原、つい先頃まで緑の木陰を作って市民に憩いの場を提供していた森も林も太い幹と数本の枝を残して立っているのが無残である。一望千里の焼け跡は新宿を過ぎても続き荻窪辺りから漸く平屋建の民家が見え始める。木造の吉祥寺駅は半年前の姿を残し無事だった。三鷹調布には軍需工場があるが吉祥寺周辺には軍関係の施設がないので助かったのかも知れないとひと先ずほっとしてわが家に向って歩き始める。駅前商店街も沢山ある寺院も無傷なのを見て母も家も変わりないのを確信し心《こころ》急《せ》く憶いで五日市街道《いつかいちかいどう》を横切り家のある横丁の小道へ入る。

母は元気で相変わらず意気軒昂《いきけんこう》だった。半年前より少々やつれは見えるものの派手で着られなくなった着物を解いて作ったモンペ姿は心なしか四、五歳若返った様にさえ見える。予告なしの帰宅に驚き喜んだ母は、こんな時のためにと少しずつ貯めて置いたのだろう、戸棚の奥に仕舞って置いたブリキ缶から米を取り出し瓶と割り箸を使って搗《つ》き始める。この頃どこの家庭でもしていた頭の黒い玄米を銀舎利《ぎんしやり》に変身させる手動式精米だ。空襲によるわが家の被害は高射砲弾の破片らしいもので屋根瓦数枚が割れた程度で大した事はなかったが瓦斯《ガス》の出が悪くて困るなどと愚痴をこぼしながら、手だけは休まず瓶の中の米を搗き続けていた。あり合わせの総菜で母と差し向いの食事をし久し振りに人心地をとり戻した処で大空襲の模様を詳しく聞く。

「空襲警報が鳴り町会の役員がメガホンで防空壕に入れ！　と叫んでいたが私は何時もの様に庭へ出て空を見ていた。ゴーゴーと海鳴りの様な轟音が響き同時に高射砲の発射音が聞こえて来たので防空壕に入った。五時間も穴の中でじっとしていただろうか？　辺りが静かになったので外へ出て見ると東の空が煙で灰色に染まり壊れた瓦の破片が庭に散らばっていたがこの辺りには爆弾も焼夷弾も落ちて来なかったので何の騒ぎも起きていない。壕の中にいたので私はアメリカの飛行機を全く見ていない」

その日の事を思い出す様に話す母に「怖かった？」と尋ねると「うん、怖かった」と素直に答え、「ここは何でもなかったが三鷹の中島飛行機工場は大変だった様だ」と顔を曇らせ、「女子挺身隊の娘さんが沢山死んで棺桶が足りなくなり井の頭公園の木を何本も伐って間に合わせたそうだ」と私の知らない女性の名前を何人か挙げて手を合わせた。恐らく母の知人の娘さんの名前だろうが、女学校で勉強している筈の若い娘が偶々《たまたま》軍需工場に駆り出されていたために命を奪われるとは、とその娘さんの両親の嘆きを察して暗澹《あんたん》とした気持になる。

文部省の嘱託としてマレー半島クアラルンプールにいる父の消息も気になっていたので何

か連絡はあるかと聞くと、「文部省に訊《き》いても現地の様子は判らないと言うだけで生きているかどうかも不明だ。でも私は無事だと思っている。向いの加賀さんも隣りの山内さんも今度の空襲で一家全員田舎に疎開すると言っているが私はここを動かない。お父さんが帰って来た時家が分からなくなっていたら困るではないか。絶対に疎開なんかするもんか……」と言ったので、私も「日本国中絶対安全な場所なんかないのだからそうしろ」と無責任な同意をしてしまう。出張は二日間の予定なので翌日の早朝、井の頭公園に行って見ると、女子挺身隊の棺桶造りのために木を伐り倒したと言う母の話を裏付ける様に、到る処真新しい伐り株が姿を曝し隙間《すきま》が出来た木立の間から初夏の日射しが燦々《さんさん》と降り注いでいた。池の中をのんびり遊弋《ゆうよく》している筈の鯉《こい》は、食糧難の折柄盗獲を恐れて他へ移されたのか一匹も見る事が出来なかった。

下りの東海道線列車は東京を脱出する乗客で上りを遙かに上廻る混雑振りで、荷物を載せる筈の網棚には子供が鈴生《すずな》りになって腰かけ、まさに首都脱出の避難列車の態である。帰隊後中隊長に東京の実情を報告し「制空権を完全に失ったわが国に勝利の可能性どころか戦争継続の余力もない、一日でも早く降伏和議に入るべきである」と私の見通しを付け加えると、中隊長は黙って頷き「ご苦労だった」とひと言ぽっつり呟《つぶや》いた。中隊長の立場では降伏だの和議だのに同意を与える事は出来ないだろうが、あの顔と態度は間違いなく私の意見に賛成する意思を示していた。その晩は一週間ぶりに下宿に帰り誰もいない部屋で布団の上に横になったが、近い将来必ず訪れるだろう「敗戦」が私の人生にどんな結末をもたらすのか思い悩み、いざという時のために保管してある自決用の短刀に打粉《うちこ》をうち枕元に置いて寝た。

この年の梅雨が空《から》つゆだったのか大雨型だったのか記憶が定かではないが、蒸しむしと寝苦しい夜の闇をつんざく大砲の音と沖合に展がる火花の饗宴《きょうえん》で泊り込んでいた三人の小隊長が跳ね起きて外へとび出した事は良く憶えている。東京大空襲を皮切りに日本中の主要都市が相次いで襲われる状況下、中部地方有数の軍都である浜松も何時目標にされるか予測出来ないのでもう一週間以上全員泊り込み態勢を敷いていた真夜中の事である。だが浜松地区が米軍攻撃の洗礼を受けたのは空からの爆弾によってではなくて軍艦から発射された大口径の艦砲射撃だった。「米艦隊遠州灘沖に集結、非常厳戒態勢！」の本部命令を受信して中隊全員完全武装で集合し始めたその時、遠雷の様な発射音が海岸から数十粁も離れた中隊にも伝わり、取り敢えず将兵全員を建造中の壕の中へ避難させ、私は一番高い松の木に設置してある展望指揮台に登り沖合を双眼鏡で見渡した。軍艦はやや大き目の黒点程度にしか見えないが、まるで打ち上げ花火を水平にした様にパッと紅蓮の花が開き暫く間を置いてズシンと地響きが伝わる。紅い花が咲いた瞬間だけ米艦の黒い姿と白波がぽっかりと浮かび上り直ぐ闇になる。着弾地点は確認出来ないが方角から見て浜松市内だろう。艦砲の飛距離は大口径のものでもせいぜい五粁位だから僻村の中隊まで飛来する心配はないが、上陸作戦のシナリオは艦砲射撃の後必ず航空機による攻撃が来るので安心している訳には行かない。今思い出しても不思議な事だが、戦争の当事者しかもそれを職業とする現役将校の私なのに、米艦から発射される遠雷の様な音と海上にくり展がる花火を傍観者の立場で眺めていた。それは士官学校でやっていた図上戦術を考えていた時と同じ心境、いや図上戦術を考えていた時の方がまだしも真剣だったかも知れない。あの夜の私は愈々現実のものとなった米軍上陸本土決戦を目前にしながら何の緊張も興奮も感じないだけでなく、身体の中を冷たい風が吹き抜け頭が空っぽになって行くのを感じていた。

夜が白々と明けるや米軍は定跡通り空母から戦闘爆撃機を発進させ浜松周辺の軍事施設を攻撃し始めた。ずんぐりした虻《あぶ》の様なグラマン戦闘機と双胴のロッキード攻撃機を高射砲と機関銃で迎え撃つ日本軍、展望台から眺める景観は恰も現在のテレビゲーム画面とそっくりである。本土決戦に備えて温存している筈の日本の飛行機はただの一機も姿を現わさず、米軍機は遊覧飛行さながらに悠々と飛び廻っている。山頂に立っているアンテナを見つけたのか二機のグラマンが八中隊の上にやって来た。中隊の兵員は既に壕の中に避難しているし要所に構築してある高射機関銃陣地にも兵員を配置していないから敵に身を曝しているのは展望台上の私と木の根元のたこ壺壕にいる連絡員の二人だけである。機関銃陣地に兵員を配置しなかったのは、米軍艦載機の操縦席や燃料タンクの下には厚い鉄板が張ってあるので七・七粍《ミリメートル》の機関銃弾で撃ち落すのは凡んど不可能と聞いていたので、中隊長と相談し兵員の損害防止を優先させ応射しない方針にしたからである。二機のグラマンは数百米の低空を飛び交いながらアンテナと兵舎めがけてひとしきり銃弾を浴びせたが、日本軍が一発の銃弾も発射しないのに拍子抜けしたのか、誰に対する挨拶か分からないが手を振りふり南の空に飛び去った。展望台には迷彩網が施してあるから双眼鏡を首に下げた私の姿を見つけて手を振ったとは思えないが、機首を下げて機銃掃射をするアメリカ兵の顔の輪郭まで私には見えていたからあるいは私を発見していたのかも知れない。どういう心境だったのか今でも分からないが、銃弾が兵舎の屋根のトタン板に当ってかん高い騒音を響かせている時もアンテナの周りにブスブスと土煙を挙げている時も、弾丸が私に当るかも知れないとする恐怖感は全くなかった。それは傍目《はため》には死を恐れぬ勇敢な指揮官と映ったかも知れないがそれは違う。私の頭の中にあったのは四年前日米開戦の日の日誌に書いた「この戦争は勝つ見込がない」とする私の見通しがもう直ぐ事実によって証明されるという満足感、つまりどんな事象でも予想が的中した時のあの満ち足りた気分の方が銃弾に対する恐怖感を上廻っていたのと、敗戦が必然的にもたらすであろう歴史の大転換ドラマに酔っていたに過ぎない。

艦載機による攻撃は早朝二時間程で終り、米軍は上陸用舟艇を海岸線に向けて発進させる事なく艦隊は沖合遙か彼方に遠ざかって行った。ひとまず波打際の防衛戦はないと判断した連隊は他の部隊と協力して浜松市内被災者の救護と被災地の跡始末をする事となり、八中隊は私を責任者とする兵五十名をトラックに乗せて市内へ向う。艦砲の被害は浜松駅を中心に目を蔽う惨状を呈していた。東京空襲の時の様に焼夷弾でなく破壊力の強い大口径砲弾だったので火災による広範囲の被害はないが、その代り直撃弾を受けた所は酸鼻《さんび》を極めた地獄絵である。瓦礫の中から現れる遺体の凡んどは頭や手足がばらばらになり首のない子供の屍体が二十米も離れた木の枝に引っ掛かっていたりしてとても平常心ではいられない。兵隊達は被災地の片づけをしながら住民の遺体を設置したテント内に運び、運良く生き残った近隣の人達に身元の確認をして貰っている。八中隊が担当した駅前商店街の一角だけで六時間もかかった辛く悲しい仕事だった。夕刻隊に帰るといつもと違う雰囲気で何やら騒がしかったので大事件でも起きたのかと一瞬緊張したが、理由は久し振りに肉料理が食べられるという期待のざわめきと聞いてほっとする。夕食に出された肉は馬肉、それも今朝の艦載機の攻撃で近所の農家の馬が流れ弾に当って死んだのを炊事係が廉《やす》く買い叩いたと言う。それを聞いた私は、銃弾で死んだ馬と今見て来たばかりの砲弾で命を失った浜松市民の屍とが二重写しとなり馬肉は一切れも喉を通す事が出来なかった。

この艦砲事件のずっと前の六月十日付で私は少尉から中尉に一階級昇進していたが、僻村の部隊には兵や下士官の襟章のスペアは置いてあるが滅多に使う事のない将校の階級章は置いてなく、態々《わざわざ》見附町まで買いに行く閑もなかったので少尉の襟章のまま放って置いた。当時の私の真情を白状すれば、もう直ぐ戦争に敗けると信じている時期に昇進しても何の意味もないばかりか、むしろ敗け戦さの責任が重くなる様な気がして少尉のままでいようと自分で勝手に決めていたのだ。何時までも階級章の付け替えをしないのを見兼ねた庶務係の下士官が何処からか中尉の襟章を手に入れて当番兵に縫い付けさせたのは発令後二週間以上経った頃だった。帝国陸軍将校の人事は天皇の名に於いて為される（尉官の場合は奏任と言う、因みに佐官は勅任、将官は親任）ので、私は天皇の辞令を二週間も無視していた事になる。何日も少尉の襟章のままでいる私を下士官、兵達はいぶかし気に見ていたが、中隊長だけは私の気持を理解し見て見ぬふりをし何も言わなかった。その松井大尉は襟章を付け替えた私を見るとにこにこ笑いながら「漸く辞令を受ける気になったか」と安心した表情を見せ「今更昇級しても意味ないよなァ」と私の言い度い事を代弁して呉れた。若しかしたら中尉の階級章を買って呉れたのは中隊長だったのかも知れないが、帝国陸軍軍人として真面目で誠実一本槍の中隊長が、この戦争の行く方と結末について私と同じ立場に到達した事を確信し、明日死ぬかも知れない追いつめられた情況にも拘わらず何となく浮き浮きした気分になって行った。

4　敗戦、中隊消滅

恐れていた米軍の上陸作戦が始まらないまま梅雨が明け夏がやって来た。連隊本部が敵艦隊遠州灘に接近厳戒態勢の命令を出した時には既に艦砲射撃が始まっていた事が証明している様に、わが軍に米軍の動きを事前に察知する能力が凡んど皆無に等しい事を示し、従って何時米軍が押し寄せて来るのか分からない不安を抱えた中隊は、相変わらずわが身を守るための壕掘りだけに最後のそして唯一の希望を託している。だが世帯持ちの営外居住者を含め全員泊り込み態勢を長期間持続するのは困難と判断した中隊長は、週一回の割り当てで交替帰宅を許可する事とする。一週間振りに三川村の下宿に帰った私は雨戸を閉めたまま茶畑に面した北側の小窓を開けて夜食代りのコップ酒をなめていた。一年中で一番暑いこの時期でも背の低い茶の木の上を渡る夜風は冷んやりと爽やかで、物音ひとつしない辺りは海の底の様に神秘的な雰囲気を湛《たた》えている。しかし私の頭の中は外の静寂とは関係なく日本が戦争に敗けるとどうなるのか？　という恐らく誰にも回答不能の難問に支配され沸騰する熱湯の様にゆれ動いていた。思えば外国に国土を支配された経験のない日本人は、他民族外国人に対するいわれのない偏見を持ち続け、為政者が意図的に宣伝鼓舞する皇国史観と相俟って髪の毛や膚《はだ》の色が異なる人達を理解しないばかりか、地球上で暮す同じ人間だとする当り前の観念すら歪められ、当面の交戦国であるアメリカとイギリスを鬼畜米英と呼んだり、ロシア人をロスケ、中国人をチャンコロと名付けたりして自国と自国民の優越感を国民一人ひとりに植え付ける誤ったナショナリズムに狂奔している。勿論その様な社会風潮の下で育った私の頭の中にも鼻もちならない排他的観念が沁み着いているが、小学生の時にはロシア人の帽子屋の息子と仲良く遊び、わが家を訪れる大学芸術学部の外国人教師に音楽を教えて貰い、幼年学校のフランス人の仏語教師を尊敬していた等々の体験から、普通の日本人よりは偏見の程度は軽いと自負している。とは言ってもアメリカを中心とする連合国に支配された時、日本の社会や文化、日本人の暮しがどう変わるのか等の不安を払拭出来る程の連帯感を持っている訳ではないから布団の中であれこれ思い悩みながらふと「生きて虜囚《りょしゅう》の辱《はずか》しめを受けず」と書いてある戦陣訓の一節を思い出し、日本が戦争に敗けて降伏する事は日本人が総て虜囚になる事ではないか、そうなると戦争を統率指揮して来た将軍達は自らが作った戦陣訓に従い全員腹を切って自決しなければならない筈だ、勿論最高の指揮官責任者である大元帥陛下（天皇）も例外ではない、天皇は切腹の作法を知っているのだろうか、介錯は誰がするのかなど、あらぬ妄想が次から次へと浮かんで来て止まる事を知らない。結局その晩は敗戦の歴史的社会的意味も、もたらされるであろう結果も、将来の見通しも何ひとつ分からず仕舞いのまま疲れて眠ってしまった。そして戦局に大きな変化はなく七月が終り八月に入る。

日本列島の八月前半は少雨と日照の強い事が例年の習わしだが、この年も毎日ぎらぎらと真夏の太陽が照りつけていた。七月以降も日本中の軍事施設に対する空爆が散発的に行なわれているが浜松豊橋地区は艦砲射撃以降平穏に推移しアメリカ艦隊が海岸線に接近して来る気配は全くない。八中隊の将兵は壕建設作業をしながら誰も口に出しては言わないが「こんな防空壕を造っても地上戦になれば何の役にも立たないだろう」と、凡んど勝ち目のない戦争に参加している空しさを胸に秘め黙々と汗を流している。事実、沖縄戦では海岸の岩の洞窟に隠れた市民が米軍の新兵器火焔放射器《かえんほうしゃき》で焼き殺された悲惨な結末が伝わっていたのだ。

八月六日、相変わらず森の中の仮小屋でディーゼル発電機とチェーンソーのけたたましい騒音の中で丸太と板を作る作業を監督していた私が一日の仕事を終えて帰隊すると、西向きの将校室に今まさに稜線に沈もうとする太陽光線が真直ぐ射し込み、既に帰隊していた二人の小隊長の顔を真紅に染め上げていた。夕食前のこの時刻、将校室内の小隊長は上半身裸になって当番兵に冷たいタオルで身体を拭いて貰っているか、さもなくば寛《くつろ》いで紫煙をくゆらせているのが習慣となっているのに、今日は二人とも正装のまま顔を寄せ合い何やらひそひそと話し合っている。私が「何かあったの？」と訊くと「今朝広島に特殊爆弾が落されて広島市が全滅したらしい」と言って連隊本部から来た緊急連絡メモを示した。メモは簡単に「今朝米空軍広島市に特殊爆弾を投下、死傷者多数出た模様、詳細復電」と書いてある。三人の中尉（私以外の二人の少尉も八月一日付で中尉に進級していた、これが予備役将校を敗戦直前に一階級上げた所謂ポツダム進級である）は、特殊爆弾が核分裂を利用した今までの数十万倍の威力を持つ原子爆弾である事を知らないし、そもそも原子物理学なる学問があって軍事利用の研究が進んでいる事さえ知らないから、三人とも眉をひそめ黙って顔を見つめ合っているだけである。三日後長崎に二度目の原爆投下があった時も、「この次は何処が狙われるだろうか？」「東京に落されたらそれこそ大惨事になる」などと誰かが呟くだけで僻村の中隊では何の対策も立て様がない。

十日の朝、加藤中尉が思いつめた真剣な顔つきで私に相談があると言うので椅子を傍らに持って行き腰掛けた。

「貴公は陸士出身の将校だが私は幹部候補生出身の、いわば強制的に軍隊に徴用された者だから軍と心中する気はない、だから日本が降伏し戦争が終ったらここから出て行く決心を固めた、相談というのはその際今製材に使っているディーゼル発電機を貰い受けたいので予め了解して欲しい」と言って私の返事を待つ。私があの機械を使って何をする計画なのかと尋ねると、「今世話になっている下宿の娘と世帯を持ち製材業を始める心算だ、戦争が終れば住宅建設が真先に必要になるから製材業は必ず儲かる筈だ、製材には動力が必要なのであの機械は貴重品になる……」と敗戦後の人生計画を吐露して呉れた。私が、「戦争に敗ければ軍の財産は自動的に連合国のものになるだろうから、利用出来るならその前に持って行くのも良いだろう」と答えると、やっと安心した様に「貴公の了解を得て一段と決心が固まった、有難う、有難う」と何遍も頭を下げていた。

私は中隊の備品管理責任者でもなく勿論機械が私の持物でもないのを知りながら、私の了解を得た事にこれ程喜ぶとは？　それは生死を分かつ切羽《せっぱ》詰まった情況の中で何としても生き残り敗戦の衝撃を乗り越えて愛する女性と共に新しい人生を切り拓《ひら》いて行こうとするひとりの男の不屈の生命力を見事に教えて呉れた会話だった。また同時に戦争に敗けたら下宿の枕元に置いてある九寸五分の短刀で頸動脈でも切り裂いて死ぬしかないかと思っていた私の、軽率で無責任、困難に真正面から向き合う勇気のない弱さを完膚なきまで打ちのめす結果ともなった。

昭和二十年（一九四五年）八月十五日、連日の猛暑で誰もがひと雨欲しいと思っているのに今日もまた雲ひとつない空には灼熱の太陽が傲慢《ごうまん》な態度で白光を降り注いでいる。それは広島と長崎に原爆を投下し数十万人の無辜《むこ》の民を殺傷したアメリカが「これでも未だ降参しないのか」と最後通牒をつきつけている様である。伐採現場の森には相変わらずディーゼルエンジンの轟音と悲鳴にも似た電気鋸の音が交り合って谺《こだま》し、兵達は蟻の如く材木を担《かつ》いで働いている。そろそろ昼食休憩にしようと思っていた丁度その頃側車《サイドカー》に乗った下士官の姿が目に入って来た。彼は小屋まで数十米もある遠くから何やら大声で叫んでいるが私には聞き取れない。田安伍長は車からとび降り敬礼もせずに声をふるわせ、「日本がポツダム宣言を受け入れ無条件降伏しました、直ぐ帰隊して下さい！」と言ってオートバイの座席に跨《また》がる。私は頷いて傍らの津田兵長に「後は頼む」と言い遺して中隊に向う。中隊には留守番の二十名程の兵がひとかたまりになり不安気な眼差《まなざ》しで帰隊した私を凝視する。週番の高田軍曹に「中隊長には連絡したか？」と尋ねると、結核再発で体調を崩し三日程休んでいる中隊長には連絡済だから今頃は連隊本部に行っている筈だと言う返事を背中で聞き再び側車に乗って見附町へ急ぐ。

連隊本部の雰囲気は意外な程落着いていて集合した将校達の前で天皇の終戦詔勅《しょうちょく》を読みあげる副官の態度語調にも狼狽の色はない。並んでいる連隊本部の高級将校の顔を見渡した私は、「上層部には可成り以前から無条件降伏の方針が伝わっていた、だから動揺が皆無なのだ」と確信した。副官が示した当面の命令は、

①日本は連合国が提示していたポツダム宣言を受諾し無条件降伏の意思を連合国に伝えた。

②各中隊は次の命令があるまで平常通りの勤務を継続せよ。

③軍紀に反し帝国陸軍の名誉を損する行為に対しては断乎とした処置をとる方針であるから、

叛乱逃亡を厳重に監視せよ。

という極く当り前の内容である。中隊長の姿が見えないのは連隊長に随行して軍司令部に行っているのだろうと判断し、暫く他中隊の同僚達と情報交換などをしながら中隊長の帰りを待つ。

微熱があるため赤黒い顔をした中隊長が帰って来たのは六時を少々過ぎた頃だった。直ちに車に乗って中隊へ向う。衛門を入ると籠原准尉が走り寄って兵舎前の広場を指さし「平林曹長と津田兵長が決闘をしています、とめて下さい！」と、おろおろ声で訴えた。見ると百名を超える兵達が円陣を作りその中で何かが起きている様だ。遠巻きにしている兵の間をかき分けて中に入って見ると、成る程剣付銃を正眼に構えた兵長と定跡通り長剣を下段に備えた曹長が睨み合っている。暫く黙って見ていたが二人とも一言も発しないし剣の動きも全くなく真剣勝負に付きものの殺気も感じさせないので「本気で殺し合う気はない」と判断した私は、作り笑いをしながら二人の間に割って入り「この勝負引き分け！」と大声で叫ぶと二人が怪訝《けげん》な眼付で私を見た。私が兵長に目で合図を送るとしぶしぶ付剣を外して鞘に収めそれを見た曹長も剣を引き、兎《と》も角《かく》その場は無事に納まった。敗戦の衝撃は人々の心の中に様々な影響を与え「戦時中だから」とする我慢の切り札がなくなった人心があらぬ方向に暴走する危険性を孕《はら》んでいる。釜の中の水が長時間かけて湯となり熱湯となり水蒸気となれば蓋《ふた》を跳ね上げて跳び出す様に、軍国主義聖戦遂行の大義名分をかざして国民の要求を抑えつけて来た権力が潰れれば、積りつもった不満のエネルギーが爆発し予想を超えた大事件に発展する事態も考えなければならない。中隊内の刃傷《にんじょう》騒動が収拾不能の騒動の引鉄《ひきがね》になるのを懸念した私は津田兵長を将校室に呼んで事情を尋ねると、沈着豪胆の彼は直立不動のまま私の質問に次の様に答えた。

「平林曹長とは中隊新設以来一緒に勤務しているが、彼はもともと品性賤しく中隊の物資を横領したり業者と結託して賄賂を取るなど悪事を重ねて来た。上官なので見逃して来たが戦争が終った今日からは上官でも何でもないただの悪党だから成敗してやろうと思い決闘を申し込んだ……」

津田兵長は常々内務班の兵達に「俺は土方だ、頭は画《え》に書いた様な馬鹿だが身体は鉄で出来ている」と自慢するだけあって、背丈は低いががっしりした胸板と盛り上った肩の筋肉は惚れぼれする程魅力的だ。しかも整った目鼻立ちと澄んだ眼は馬鹿どころか深い知性を感じさせる。私は彼の人格識見統率力を信頼して森林伐採の班長に抜擢し、二人で酒を酌み交しながら高等小学校卒業後日本各地のダムやトンネル工事の現場労働者として渡り歩き、事故で死にかかった事も一度や二度ではないなどの苦労話も聞かされていた。いうなれば中隊内で何でも話せる数少ない親友のひとりである。私は彼の決闘に至る経過を聞き、「平林曹長の悪事の数々は今まで色々聞いて知っているが、もう戦争が終り軍隊もなくなるのだから見逃してやって呉れないか、彼には女房子供がいてこれからの暮しが大変だろう、俺に免じて許して貰いたい……」と頼むと、彼は暫く黙って考えていたが、「はい、分かりました、中尉殿に頼まれたのでは仕方ありません、平林の野郎の事は綺麗さっぱり忘れます」と納得して呉れた。決闘事件の波及を恐れていた私は、有難うと彼の手を強く握って別れる。若しやと懸念していた苛められた新兵達の集団反抗もなく八月十五日の夜は静かに暮れて行く。兵達の傍には小銃があり弾薬庫には実弾が山と積まれたまま置いてあるから、きっかけさえあればどんな惨事が起きるか分からないと緊張していた三人の小隊長は、軍服を着たままベッドに横たわり、予想していたとは言え遂に現実となった敗戦が、国家の行く末と国民の暮しにどんな苦難をもたらすかなどについて朝まで眠らずに話し合っていた。

翌日も晴れて暑い日だった。戦争の終結は兵隊達の表情を別人の様に明るくし本部指令に従い武器弾薬の処分や施設撤去の作業を嬉々として消化している。本土決戦となれば九分九厘命がないと思っていたのが、例え敗戦降伏であっても目の前の死の恐怖から解放されたのだからほっとしない筈はない。今までひっきりなしに大声で怒鳴り散らし時には拳骨《げんこつ》を振り廻して部下を苛めていた古参兵の表情もゆったりと人間の顔に戻っている。だが平林曹長だけはこの日以降部隊に顔を出す事はなく家族と一緒に住んでいた借家ももぬけの殻《から》になっていた。恐らく津田兵長との決闘騒ぎで自らが犯した様々の悪事が露見するのを恐れて逃亡したのだろう。広場に積み上げられた機密書類——と言っても出先の独立中隊だから武器弾薬の保管台帳、将兵の経歴書、本部からの指示命令書類位しかないが——は、あっと言う間もなく灰になり、銃と弾薬は部隊の裏手にある池に沈めた。最も手間のかかる作業は高さ三十米もあるアンテナの撤去で、これは経験のない素人では手に負えない。技術の進んだ現在なら巨大なクレーン車の梯子《はしご》に作業員を載せて事もなげに始末出来るが、そんな便利な機械がない時代だから高処作業のスペシャリストが軍靴に登攀《とうはん》器具を装着し猿《ましら》の如くするすると柱を登りかまきりの歯の様な大型ペンチでアンテナと支線を切断し鋸で柱を適当な長さに伐りながら投げ落し悠々と地上に降り立つ。二時間程の作業で四本のアンテナは山の様に積まれた廃棄物となり、米軍機を電波で捜索する第八中隊の機能はゼロになった。戦争のために凡んど何の役割りも果さなかったレーダー本隊はハンマーで叩き潰しアンテナと共に軽油をたっぷり注ぎ点火する。ゴミになったレーダーが火焔に包まれて黒煙と共に燃え上るのを見た私は、これが帝国陸軍の崩壊を弔う送り火に思えて自らの青春時代の終末と重ね合わせ複雑な気分に浸っていた。

敗戦後始末の作業は日の高いうちに完了したので、炊事係を呼んで「今晩は残っている食料を使い切っても良いから何かご馳走を作って呉れ」と言うと倉庫に案内して保管されている食料を示す。貯蔵庫の中にあるのは大豆高粱の麻袋ばかりでご馳走になりそうな食材は何ひとつ見当らない。「米は全くないのか？」と問うと「ありません」と答える。三百人の将兵にとって恐らく生涯一度しかないこの日に大豆の入った高粱飯に具のないアミノ酸の汁では余りにも情けない。何とかならないか？　悩んだ末私が考え出した案は軍から保管を委託されている米を無断使用する事と、銃や弾薬を棄てた池を權出《かいだ》して生息している筈の魚を根こそぎ採って総菜に使う事だった。期待していなかった米の飯にありつけるのを聞いた兵達が狂喜乱舞したのは言うまでもないが、それ以上に馬鹿受けしたのが奇想天外の權出漁獲である。越中褌《えっちゅうふんどし》だけの裸の兵隊が股間の一物《いちもつ》がとび出すのも構わずバケツを使って子供の様に一心不乱に泥と水を櫂出す有様を眺めながら、私は絶えて久しく忘れていた平和の中の人間の営みの素晴らしさを沁々感じ、胸の底から熱いものがこみ上げてくるのを抑えられず不覚にも涙を流してしまった。池の中からは泥鰌《どじょう》、鰻《うなぎ》、鯉、鮒《ふな》など日本の池や沼なら何処にでも生息している淡水魚が採れたが、三百名のご馳走としてはいかにも量目不足である。だが泥まみれになって働いた兵隊達はアミノ酸で味付した汁に浮いている小さな魚片に舌つづみを打ち、そして満足した。その夜は浴槽に溢れんばかりの井戸水を満たし時間制限なしの入浴で身体を清め私も兵と一緒に浴槽につかり、これが最後になるかも知れない裸の付き合いを心ゆくまで楽しんだ。

戦争が終って三日目の八月十七日、銃剣術訓練も陣地構築壕掘り作業もなくなった中隊は、早朝から荷造りや身辺整理に精を出す兵の姿が行き交い、夕刻になると背嚢《はいのう》に毛布を括り付け鉢切れそうに脹《ふく》らんだ雑嚢《ざつのう》を肩にかけたうえ、両手に持てるだけの荷物を持った二、三十名の兵が林道を北西に向って歩き始めた。その時ひとりの下士官が、「兵が脱走したぞ！　逃げて行くぞ！」と大声で叫びながら将校室にとび込んで来た。私は指を口に当て、「ここから見ているから判っている、余り騒ぐな」とこれを制止し中隊長に「どうしますか？」と決断を求める。発熱を我慢して出勤している松井大尉は「止めようがないだろう」と寂しそうに眼を伏せたので、私は下士官に「早く帰郷したい者は放って置け、連隊本部にも憲兵隊にも一切報告するな」と指示した。本部の命令では脱走兵が出た場合は厳正に対処し憲兵隊に報告する事になっているが、私の見解では憲兵隊は敗戦によって指揮命令系統が紊《みだ》れ憲兵の機能を発揮出来る状況とは思えないし、軍の中で民間における特高の様な秘密警察の役割りを担って来た憲兵は、連合国側の戦争責任追及の最大の目標となるのは確実だから、「恐らく脱走兵を摑《つか》まえるどころか自分が逃げ出し度くておろおろしている筈だから、帰郷を放任しても問題にはならないだろう」と集まってきた下士官に説明すると皆納得して呉れた。だが万一後日責任を追及された場合は、「私の独断でやりました」と証言する覚悟は決めていた。軍隊に所属する将兵が上官の許可なく勝手に軍隊を抜け出す事を脱走もしくは逃亡と言い、なかでも敵と対峙している戦場でその様な行動をすれば敵前逃亡として銃殺刑に処せられるのが掟《おきて》だが、今、目前で展開している兵の行為はそれとは全く異質のものである。兵達には脱走逃亡と呼ばれる規律違反行為をする意思は全くなく、あるのは「戦争が終り軍隊に用はなくなったから早く家に帰ろう」という素直な気持だけである。だからこそ夜陰に紛《まぎ》れてこそこそと逃げ出すのではなく白昼堂々と大荷物を持ってゆっくり出て行くのだ。これを軍紀違反として阻止したり処罰の対象とするのは実情を無視する過剰反応と言わざるを得ない。更に、周辺を森林と原野に囲まれ部隊の敷地を定める高い塀もない中隊で、出て行く兵を阻止するため監視隊や捜索隊を組織すれば、双方の間でどんな惨劇が勃発《ぼっぱつ》するか予想も出来ない。銃や弾薬は池に沈めて廃棄したとは言え、帳簿と突き合わせて数量を確認する余裕はなかったから、実弾を装塡《そうてん》した銃を所持する兵がいる事も充分考えられる情況だったのだ。戦争が終ったら同士討ち……こんな悲劇は何としても起こしてはならない。

帰郷承認の処置は直ちに中隊の隅々にまで伝わり夜にかけて百名余りの兵が部隊を去って行った。世話になった十七歳の当番兵は大きな荷物を背負ったまま私の処に挨拶に来て「落着いたら是非私の家に来て下さい」と地図まで書いて渡して呉れた。次の日もその次の日も、国家権力によって無理矢理軍隊に押し込められていた兵達が、自由を求め何の屈託《くったく》も罪の意識もなくいそいそと親兄弟が待っている故郷へ帰って行き、その結果中隊に残っている人の数は目立って減少して行く。帰郷者は兵から下士官、下士官から将校へと拡がり、第一小隊長加藤中尉は予告していた通り屈強の男三人を率《ひ》き連れ大きな荷車にディーゼル発電機と軽油の入ったドラム缶を積めるだけ積んで出て行き、第二小隊長中村中尉も中隊長と私に何の挨拶もせず部隊に顔を見せなくなった。病人用の牛乳を採るために飼っていた牛――飼料不足で骨と皮の姿になり乳は全く出なくなっていた――は大荷物を背中に載せられ飼育係の上等兵にひかれてよたよたと草原の彼方へ消えて行った。そして敗戦から一週間経った八月二十二日に部隊に残っているのは、将校は中隊長と私、籠原准尉、津田兵長そして兵三名の七名だけとなる。一個中隊がものの見事に崩壊し消えてなくなったのだ。しかし私は、中隊が本土決戦の中で連合軍の銃火を浴びて壊滅したのではなく、ひとりの戦死者も出さずに故郷に送り帰した事に満足し、上官としての誇りさえ感じていた。この頃には第八中隊の将兵が集団帰郷し数名しか残っていない実情が連隊本部に知れてしまっていたが、本部からも憲兵隊からも何も言って来ないし勿論帰郷承認に対する責任追及は皆無である。帝国陸軍は軍隊を見限って勝手に故郷に帰った兵をただ黙認するしかなかったのだ。崩壊したのは僻村の中隊ではなく帝国陸軍そのものだったのである。

残留七名の留守部隊――と言えるかどうか疑問だが――の平穏な暮しが始まる。残った兵三名に対し「もう帰っていいよ」と帰郷を奨《すす》めると「私達はここから歩いて二時間程の処に家があるから結構です、兵隊がひとりもいなくなったら炊事などの雑用に困るでしょうから最後まで残ります」と言って日常生活の雑務を全部やって呉れる、有難い事だ。そんなある夜中、歩哨に立っていた兵から「二、三十人の村人が棍棒《こんぼう》などを持ってこっちへ向っている」という報告があり、全員外へ出て見ると成る程集団夜襲の状況、目標は恐らく軍管轄の物資を保管してあるコンクリート造りの倉庫だろう。倉庫の中には米をはじめ缶詰などの食料があるから狙われる理由は充分にある。戦争が終り漸く平和になったこの時期に村人達と暴力沙汰の争いは避けたいが、さりとて窃盗犯罪を黙って見過ごす訳にも行かない。全員で相談した結果、それで一件落着となるかどうか確信は持てないが中隊長の手許に残して置いた小銃で威嚇射撃をして見ようという結論となり、実弾しかないので国有林上空に向けて三発発射する。真夜中の静寂をうち破る銃声は暗黒の辺りに谺し、暫くして村人達の集団は姿を消し騒ぎは事なきを得て納まった。軍の物資は数日後に進駐軍がやって来てトラックに積んで何処へか運び去って呉れたので事件は二度と発生する事なく、私達は村人と争う嫌な役割から逃れる幸運を得た。この小さな出来事は終戦後暫く経って日本全国各地で話題となった「隠匿物資にまつわる忌わしい事件」のはしりとして今でも良く憶えている。

九月に入って直ぐ連隊本部から「進駐軍の命令で連隊の武装解除式典を行なうので×日×時に本部営庭に集合せよ」と連絡して来た。中隊長以下誰もが「これは困った事になった、一中隊から七中隊まで数百名の兵が並び八中隊だけが七名ではどうにも恰好《かっこう》がつかない、何とかしなければ……」と悩み、各中隊から式典用の兵を一時借り受ける事になり、早速中隊長と私が連隊本部に出向き兵隊借用の交渉を行なう。各中隊長は、兵隊がいなくなっている事は聞いて知っていたがたった七名とはとびっくり仰天したが、今更進駐軍に連隊の実態を暴露する事もあるまい、と快く要請を受け入れて呉れた。この交渉の中で兵の早期帰郷を承認した理由を説明する私の言葉に対し、各中隊の将校達の反応は予想を遥かに超える冷静さで、一言ひと言「成る程」と頷き特に憲兵隊に関する見解については「その通り、憲兵隊の中はごった返しの大騒ぎだ」と、汚い言葉で表現するなら「ザマー見ろ」と感じさせる程であった。軍人社会の中では謀略やスパイ行為をする憲兵が毛嫌いされるのは常識だが、これ程嫌われていたのか？　と話している私が驚く程の反応を示した。

式典当日、他の七個中隊に比べると少々見劣りはするものの借用兵隊のお蔭で二百名程の第八中隊として参加する。ベレー帽を斜めに被った進駐軍の司令官が何やら英語で叫ぶと先ず連隊長が腰に下げた軍刀を外し両手でうやうやしく捧げ持って台上に立っている司令官に差し出すと司令官が軍刀を受け取り厳格な敬礼を返して台の下に控えている副官に手渡す。副官は傍に敷いてある絨毯の上に軍刀を置く。連隊長に続いて本部佐官級の将校が同じ動作を繰り返し、その都度台上の長身の司令官が挙手の礼で応える。戦勝占領者にしては嫌味のない謹厳端正な態度である。中隊長以下の尉官は軍刀を司令官に捧げ出す動作を省略し、司令官に敬礼するだけで既に十数本の軍刀が並んでいる敷物の上に自分の軍刀を並べるだけとなる。第八中隊の将校である私は最後のひとりとして寝る時以外はいつも左腰に下っていた軍刀を帯革ごと外して敷物に置く際、ふと去年の春見習士官に任官した時に九段の偕行社で軍刀を註文した時の事を思い出していた。前述した通り、金銭の余裕も刀剣の趣味もない私は一番廉いなまくら軍刀を註文し一年余りの間帝国陸軍将校の風采《ふうさい》を整える飾り物として使って来たが、若しこの刀が何千何万円もする銘刀だったらさぞかし勿体なくて涙が出るだろうと、場違いの感想が頭をよぎった。それは貧乏人の下賤な憶いだったのだろうが、それ程私が武装解除式典に何の感興も持てなかった証しでもあったのだ。セレモニーは二時間余りで恙《つつが》なく終了、帝国陸軍第一航空情報連隊はこの時名実ともにこの世から消え、陸軍中尉の私はただの失業者になった。私の年齢は二十一歳と六か月、台風の前触れの様ななま温い風が強めに吹く初秋の昼下りである。

第五章　未知の世界へ

1　死線を越えて

占領軍命令による武装解除式典を終え、陸軍幼年学校に入った八年前から左腰にぶら下げていた佩刀《はいとう》──軍学校時代は三十糎《センチ》程の牛蒡剣《ごぼうけん》、見習士官になった去年春からは長い軍刀──を失って丸腰の身軽な姿になった私は、敗残兵さながらに既に無人の廃墟となった僻村《へきそん》の中隊に向って歩いている。九か月前、最初にして最後となる部隊勤務に就くため東京からやって来た時と同じ軍服を身にまとってはいるが、陸軍将校を示す襟の階級章は既に無く、一寸見ただけではその頃流行の国民服を着た民間国防団員と違わぬ姿である。だが良く観察すれば、服地の色が国民服より濃い深緑であるのと、膝下の脚を覆っているのが布製の巻脚絆《ゲートル》ではなく赤茶色の革製長靴だから、戦争に敗けて落ちぶれた帝国陸軍将校のなれの果てである事に気付く筈である。私自身がそう自覚していた訳ではないが、八紘一宇《はっこういちう》の聖戦を継続推進するため、国を挙げて「兵隊さんよ有難う」などと歌わせ、国民の尊敬と期待を一身に背負っていたエリート軍人の落武者姿である。しかし今思い出しても不思議な事に、その時の私の心境は明鏡止水《めいきょうしすい》と言える程澄み切った「無」の境地で、例えて言えば難解な方程式の解が見つかった時のあの達成感に似ていた。

思えば天皇を大元帥《だいげんすい》とする帝国陸海軍のあっ気《け》ない最期だった。恐らく日本列島津々浦々で私が体験したと同じ軍隊の解体が行なわれているだろうし、中国や南方の前線部隊は、武装解除された後虜囚《りょしゅう》となって収容所に抑留されているだろう、それが古今東西戦さに敗れた軍隊が味わう共通の宿命である。しかし大日本帝国の場合はそれだけでなく、国家のあり様を強制して来た様々な規範、その根柢を支える「天皇は神聖にして犯すべからず」とする明治憲法の理念の虚構を暴露し、歴史を歪曲《わいきょく》した皇国史観も私を謹慎処分にした天皇神格論の強制も雲散霧消《うんさんむしょう》させ、そこから派生した軍人勅諭も戦陣訓も侵略戦争を美化する聖戦論も同じ運命となる。そして国民の暮しと思考を圧迫していた戦争遂行を唯一の基準とする価値観までも綺麗に洗い流してしまったのだ。だが洗い流されたのは抽象化された思想や価値観だけではない。十三歳で陸軍幼年学校に入り、病気に苦しみ落ちこぼれの恥を重ねながら漸《ようや》く陸軍中尉に辿《たど》り着いた私の青春までも悲喜交々《ひきこもごも》の思い出だけを残して霧の彼方へ運び去ってしまった。八年余りの私の人生は全く無意味な時間だったのだろうか？　いや、そんな筈はない、病弱な私に手を差し延べ、親兄弟にも優る思い遣りと愛情で支えて呉れた沢山の人々との出会い、集団生活の中で必然的に生まれる様々な出来事、それに対処するために強いられた決断と行動、生死の狭間《はざま》に置かれた人間の生きざまを目の当《ま》りにした貴重な教訓など、軍学校と軍隊で体験した事は、世の中が変わってもその値打ちを失う事はないだろう。これからの人生でその価値を生かす機会が必ずある筈だ、いや生かさねばならない、そんな事をあれこれ考えながら凸凹《でこぼこ》の軍用道路をゆっくりと歩いて行く。

中隊と連隊本部を結ぶこの一本道は何度も往復しているが徒歩で行くのは初めてである。道端に彼岸花《ひがんばな》が咲いている。葉の無い一見無気味なこの花と出会うと四年前の秋に十六歳で病死した妹を思い出す。徐行する霊柩車から見た花、その名前から死者を連想させるのかも知れない。辺りを見渡すと数人の農夫が畑仕事に余念がないが相変わらず全員女性で戦争中の風景と変わりない。年寄りと女性が必死に守って来た農村と農業の実態は戦争が終った今になっても全く変わらず、それは国内の部隊に配属された青年達の復員が余り順調に進んでいない事の証しでもあり、終戦後一ヵ月で軍隊から解放された我が身の幸運を改めて自覚させる。それにしても半病人のもやしっ子が良くも生き永らえたものだ。死線(四銭)を越える願いを込めて出征する夫や子供に持たせた千人針、綿布に穴開き五銭硬貨を縫い付けて腹巻に使わせた悲しく痛ましい習わし、そんなおまじないをしても無駄な事を知りつつ「生きて帰って来て呉れ」と万にひとつの可能性に賭けなければならない妻や母の憶《おも》いを抱いて戦死した百万人の兵士の魂は今何処を彷徨《さまよ》っているだろうか？　目印《めじるし》のアンテナがなくなった中隊のみすぼらしい建物が見えて来た。人間の住居が常にそうである様に、無人になった兵舎はよくもこんな家に三百人もの兵隊が生活していたものだと、つい一ヵ月前までの事が信じられない程荒れ果て、凡《ほと》んど廃屋に近い状態になっている。その建物は机、椅子、寝台などの残留品と共に払い下げてしまったから、今では町の財産だが、貰った町も始末に困るのではないかと心配する程である。炊事場、倉庫、浴場など営内をひと廻りして将校室だった部屋の椅子に腰かけて一服する。軍から預っていた武器、弾薬、燃料ドラム缶、食料等は、武装解除の直前に十数台のトラックが来て何れかへ運び去って行ったから、今では四角い大きな壕が残骸を曝《さら》し、空腹を抱えて作業していた兵隊達の悔し涙の様な水溜りが鈍い光を残していた。トラックを指揮していた軍司令部の佐官と監視のために同行した進駐軍の将校は、保管物資の品目数量を確認する書類などを持たず、ただある物をあるだけ運んで行った。恐らく保管台帳などは敗戦直後の混乱の中で他の書類と共に焼却してしまったのだろうが、その結果、八中隊の兵達が古里に持ち帰った物も、加藤中尉が製材業を始めるために荷車に積んで持って行った発電機とドラム缶も、残留した七名の胃袋に入った食料も、総《すべ》て闇から闇へ消えた。泥棒を見逃した中隊の緊急処置は、行為そのものの存在が無かった事で決着したのだ。私にとって唯一の戦場となった中隊を出て三川村《みつかわむら》の下宿へ向う頃には、空は黒雲に覆われ、湿気を含んだ風が少々強さを増してはいるが雨が落ちて来る気配は未だなく、三時間かけてたどり着いた金田邸の塀際にそそり立つ欅《けやき》の大木の枝が折れんばかりに揺れていた。

二週間ぶりの帰宅なので、残暑の熱気のためにさぞかし悪臭のこもった部屋になっているだろうと予想していたのに、家の中は久しぶりの主人を迎えるに相応《ふさわ》しく清々《すがすが》しいたたずまいである。恐らく喜一郎氏の奥さんが毎日雨戸を開け掃除までして呉れたお蔭だろう、有難い事だ。とりあえずいつもの通り一升瓶と茶碗を座卓に並べ、飯盒の蓋《ふた》に金山寺味噌と梅干二個を盛りつける。この素敵な肴は当番兵だった野崎一等兵が帰郷直後に一斗の米と共に送って呉れた貴重な食料である。これもまた涙が出る程有難い事だ。茶畑に覆われた辺りの静寂は、戦争が続いていた一ヵ月前と寸分違わず、私が手にする茶碗も退職金でまとめ買いした酒も全く同じだがそれを口にする私の気分は別人の様に変わっている。それは、米軍上陸となれば凡んど生きてはいないと思っていた「明日の命の保証がない人間」と、敗戦によって「生死の緊張から解放された人間」の天と地程の違いである。昨日と同じ顔、同じ身体、同じ名前の人間なのに心の持ち方はすっかり変わり、他人の目からは分からないが自分が自分でなくなった不思議な気分である。気分が変われば酒の味も変わる。今晩は時間を気にしないで来し方行く末を考えながら生きている喜びを満喫しよう。

満開の桜並木、花霞の向うにぼんやり浮かぶ建物、広島の仮校舎だ。黒板に大きな「武」の文字、武とは戈《ほこ》を止める事、真《まこと》の武夫《もののふ》は武器を執る事なく平和のためにこそ闘う可きだと諭す教頭の姿が見える。あの哲学的講話を聞いた時は軍人が武力に頼らず知性を優先させる職業であるのを教えられて眼からうろこが落ちる程の感動を覚えた。軍帽をやや斜めに被ったダンディーな大尉は天野生徒監、あの人には色々世話になった。あれは確か予科入校の年の夏休みだった、少佐に進級し甲府の騎兵聯隊長になったのを知って訪問した時に山盛りの葡萄《ぶどう》をご馳走になったうえ乗馬の指導までして貰った。突然華やかな喇叭《らっぱ》の音、シュトラウスの皇帝円舞曲だ。青白い無精髭の青年と白衣の天使が並んで私の方を見ている。亡くなった神永中尉と満洲に行った看護婦さんだ。満洲は不可侵条約を一方的に破棄して侵攻して来たソ連軍に占領されているが彼女は無事だろうか？　萌える若葉に四角い顔とギョロ眼の大尉、戸山の森と予科の長谷川区隊長だ。何回も殴られて痛かったけれど心の奥に優しさを秘めた魅力的な先輩だったが敗戦を何処で迎えたのだろうか？　蒼天を遊弋《ゆうよく》する二枚翼の飛行機、練習機の操縦では何時も教官に叱られ結局空を飛べない航空兵になってしまった、だが地上勤務だから生き延びたのだから人間万事塞翁《にんげんばんじさいおう》が馬《うま》だ。しかし天皇人間発言で重謹慎を喰《くら》った時は「これで人生の先は見えた」と覚悟を決めたがまたしても沢山の先輩達に救われた、誰に感謝すべきか分からないが取り敢《あ》えず有難うと言って置こう。艦砲射撃とグラマンの機銃掃射はついこの間の事、銃弾が当らなかったのは偶然とは言え危なかった。夢の様な八年半、長かった様な気もするし一瞬の光陰の様な気もする。

予想通り雨が落ちて来たのか換気のために開けて置いた北側の小窓から水滴が降り込み畳を濡らしている。立ち上って窓を閉めついでに電燈のスイッチを入れようとした時黒い布が電気の笠に引っ掛かっているのに気が付く。空襲警報のサイレンが鳴ると電球を遮蔽していたあの不吉な黒い布だ。それでなくても食糧難で貧しくなった庶民の食卓を益々暗くした袋、記念にしまって置こうと紐を解いて外す。これでまたひとつ戦争の残骸が始末されたが、こんな小さな事で十五年続いた戦争で人々が受けた心と身体の傷が癒《いや》される訳はあるまい。報道によれば、終戦直後に自決した阿南陸相に続いて、皇居前広場に集まった群衆の中に自殺した人が数多くいたという。陸軍大臣が戦争指揮の責任を感じ自らの命を絶った行為は理解出来るが、戦争の被害者である筈の一般庶民がそれに続くのは何故だろう。天皇は神、その神の国が鬼畜米英に敗ける筈はないとする信念に対する殉教か、それともその鬼畜に敗けて占領支配された現実に対する絶望の果ての行為か、何れにしても普通の人間を自認する私の理解を超えている。私の頭の中に画《えが》かれている「国」とは、共通の文化（言語を含む）を持つ人間が一定地域に集まり、国民の合意の上で統治者または統治の仕組みを選び出す事であり、国民、領土、政府の三つが国を形づくると思っている。言うまでもなく主役は人間である。歴史上外国との戦争に敗けた国は数え切れない程あるが、その国が地球上から消えて無くなった例が凡んどないのは、敗戦によって領土の一部を失ったり経済的困難を強いられたりしても、国民の結束と努力によって国の再建が実現して来た事を証明している。私が生れ育った大日本帝国は、偶々《たまたま》国の統治を委ねられていた「軍部」という陸海軍首脳の判断の誤りによって戦争を起こし、明治以来拡大した領土を失ったばかりか、数百万人の国民と一千万人を超える他国民の生命を犠牲にしたが、日本人が全部死んでいなくなった訳ではない。生き残った数千万人の国民が過去の過ちを正し、世界の人々が納得し得る国造りに努力すれば、平和で豊かな新しい日本を再建出来るだろう。ここで問題となるのが、「国民の合意で統治者また は統治の仕組みを作る」事である。それは選挙を主体とする民主的手続を指すのだが、そうなれば職業軍人の一員として戦争遂行の先頭に立って来た私にも参加の資格があるし当然責任と義務も生じる筈である。味噌をなめ酒を呑みながらそんな事を考えているうちに風雨の勢いは急速に強まり雨戸がガタガタと音を立て始める。矢張り台風の襲来だ。

土間に降り七輪に火をおこし飯盒で飯を炊き、五右衛門風呂《ごえもんぶろ》に水を注ぎ入れ付木に火をつけて薪《まき》を少しずつ積み重ねる。水道も瓦斯《ガス》もない田舎の暮しは手間も時間もかかるが明日の予定のない失業者にとってはむしろ楽しい労働である。鍵を掛けた事のない玄関に人の気配がしたので座敷に行って見ると喜一郎氏の妻美恵子さんが座っている。「灯りがもれていたので……」と言う彼女に留守中の管理の礼を述べると、「村では現役将校全員が戦犯容疑でつかまったと専らの噂で心配していました」と私の方が吃驚《びっくり》する様な事を言いながら一枚の紙片を差し出す。見ると陸軍省から来た喜一郎氏戦死の通知である。戦死した場所は比島、時期は七月、戦死の情況は明らかにされていないし、勿論《もちろん》遺骨などは全くなかったという。フィリピンが米軍に制圧されたのは沖縄以前だから通知の発信元は米軍だろう。既に以前から覚悟を決めていたのか彼女は表情ひとつ変えずに「舅《しゅうと》と話し合って離縁して貰う事になりました、近々東京の実家に帰ります」と言って予め用意してあった東京中野区の住所を書いたメモを座卓の上に置いた。私は今更「ご愁傷さま」などとありきたりの悔みを言っても詮ないと感じ、便箋に吉祥寺の住所を書いて渡し「私もいずれ母の許に帰るから東京でお会いしましょう」と言って別れた。実際に彼女と再会したのは一年半以上経った翌々年の春、日本橋丸善で本を買って向いの高島屋に行こうと交叉点《こうさてん》を渡った場所である。五歳になったひとり娘は母親そっくりの丸顔を綻《ほころ》ばせて子供らしく挨拶し、美恵子さんも幸せそうな笑顔で「お蔭さまでこんなに大きくなりました、実家に帰って間もなく縁あって再婚しました」と、新しい姓を一寸恥ずかしそうに告げ、私が「立ち話も何だから」と直ぐ傍《そば》の喫茶店を指すと「主人とここで待ち合わせしているので」と断られた。私は一瞬新しい結婚相手の顔を見度《みた》い誘惑にかられたが、悪趣味だと反省し「じゃあお元気で」と辺りの人が気付かない程にそっと握手して別れた。その後今日まで彼女に会う機会はない。戦争によって夫を奪われた女性は数十万人、いや爆撃の被害を加えれば百万人を超えるだろう。これら戦争未亡人と遺された子供達の悲話が戦後暫《しばら》くあらゆるメディアの話題となったが、私の身近にいたひとりの女性が、悲しみを乗り越えて新しい人生を歩み始めている事にほのぼのとした安堵感を持ったのを今でも忘れない。国民にとっては国家の利益や威信より日常の暮しの方が遥かに大切である真実を為政者は肝に銘じて忘れないで欲しい。

飯が炊き上り風呂も沸いた。まず五右衛門釜に身を沈め戦時の垢《あか》を流す。肋骨も腰骨も膝の周りもゴツゴツと浮き出た骸骨の標本の様な姿、結核を再発させずによくもここまで来たものだと幸運に感謝する。この世の湯あみは戦後お世話になったどの温泉よりも心身を温め豊かにして呉れた名湯だった。夕食の惣菜は塩漬粕漬の野菜、五分搗《づき》の炊き立て飯にぴったり似合うご馳走である。現在の食生活からすれば貧しさの見本の様な献立だが、あの晩の私にとっては最高の夕食膳だった。余談になるが、この時期の食糧難を体験した人の多くがそうである様に、私は食べ物を残したり捨てたりする事が出来ない。特に米飯類についてその意識が強く、駅弁などの蓋にこびり付いた米粒を箸でつまんで口に入れないと罪悪感にさいなまれる人種のひとりである。飽食の時代に生れ育った人から見れば貧乏くさくいじましいこの習性も、元をただせば食べ物を手に入れる事が生きる事の凡んど総てだったあの頃の悪しき遺産だと思って許して頂き度い。そして二度と再び国民を飢えさせる事がない様に、為政者の政策、特に飢餓の原因となった戦争を起こさない様に厳しい監視を怠らない様強くお願いする。

雨は益々激しさを加え風は唸り声を挙げ横なぐりに雨戸を叩き続けている。置時計の針は十一時を指しているが失業者になった私の新人生の初日に、これからどう生きて行くかを考える課題は尽きない。先ず明日からどうするかを決めよう。選択肢はふたつあり、ひとつは東京の母の許に帰る道、もうひとつは連隊本部の命令――と言っても解体された連隊に命令する資格も権限もないが――に従って暫く見附町《みつけちょう》に止まる道である。「進駐占領軍の戦争犯罪捜査に協力するため現役将校は出来るだけ本部周辺に留まる事」というのが命令の中身だが、当時私の頭の中には戦争犯罪と名付ける罪の概念が無く、従って見附町に残る意思もなかった。実直な松井中隊長（もう中隊も階級も無くなったからこれからは松井さんと呼ぶ事にする）は、当分見附の下宿に居ると言っているので、九ヵ月間生死を共にした情理を考えると私だけ東京に帰る事には悔いが残る。熟慮の結果暫く松井さんと一緒に暮す決意を固める。その後はどうするか？　いくら考えても何の方策も出て来ない、それもその筈日本人にとって外国との戦争に敗けて国土を占領された初めての経験だから先の事を予想出来る人など居る訳はない、誰もがお先真暗なのだ。況《ま》して軍隊の経験しかない二十一歳の私がどんなに頭を捻って見ても良い知恵など浮かぶ筈はない、無駄な事は止めよう、情況の変化を見ながらその都度対応を考えるしかないだろう。これが士官学校の戦術科目で教官から「敬意を表す」と採点された優秀（？）な戦術家がこの夜に出した唯一の結論である。

翌日は文字通り台風一過の抜ける様な晴天だった。今日は下宿を引き払い松井さんの住居に行かなければならない。先ず身の周りの衣類等を柳行李《やなぎごうり》に入れて松井さんの住所を記した荷札を付ける。次に布団を畳《たた》み間に小物類を挟み込み厚い布袋に入れ、麻縄で縛って東京吉祥寺の荷札を付ける。これで荷造り完了、あとは台所の食器類だが、申し訳ないがこれは適当に仕末して貰う事とし、丁寧に洗って棚に並べて置く。リヤカーに二個の荷物を載せて森駅まで運び発送を頼んで引越完了、昼食は前夜作っておいた握り飯二個をぱくついて部屋の掃除をすれば飛ぶ鳥後を濁さずだ。お世話になったお礼と引越しの挨拶をするため母屋に行く。無口で愛想の全くない村内でも奇人変人で通っている喜左衛門氏が薄暗い奥座敷から縁側に出て来て私の言葉を黙って聞いていたが、「つまらない物ですが」と差し出した軍隊の非常用食料の乾パン二缶を見るとにっこり笑って「有難う」と言い、早速缶を開けて乾パンの中に入っている金平糖《こんぺいとう》を口に入れる。九ヵ月の間大家さんに会った事は数回あるが、笑顔を見るのは初めてである。ひとり息子を戦争で失い、嫁と孫娘を離縁し、これからは孤独なひとり暮しを強いられる初老の喜左衛門氏に何となく惻隠《そくいん》の情を持った私は、「これからおひとりで大変でしょうがお身体に気を付けて下さい」と言わずもがなのお世辞を言ってしまった。

見附町には軍服姿の元将校が散見出来る程で嘗《かつ》ての様な小軍都の雰囲気は既になく、連隊正門には日章旗に代って米英中ソ四ヵ国の旗が立っていた。予め渡されていた略図を頼りに十分程歩いて松井さんの下宿に着く。下宿と言っても貸家や民家の一部ではなく寺の庫裏《くり》である。既に妻子を富士宮の実家に帰して独り暮しをしている元中隊長は、私の顔を見ると早速夕食の仕度に取りかかる。すると奥の方から若い娘さんが現われ「私がやります」と言って暗くて狭い台所に入って行った。松井さんが「くに子さんちょっと……」と呼び、私を「秋葉中尉です、宜敷く」と紹介する。くに子と呼ばれた女性が私の前に手をつき「こちらこそ……」とにっこり笑ったので、不意を衝かれた私は不細工にぴょこんと頭を下げる。色は少々黒いが彫りの深い目鼻立ちの整った賢そうな美人である。彼女が台所に入ると松井さんが「この寺のひとり娘のくに子さんだ」と「邦」の字を指先で畳に書き、「美人で働き者なので貴公の嫁にどうかと考えている」と、いきなり突拍子もない事を言ったので返答に困った私は黙って松井さんの顔を見つめていた。この松井さんの善意ではあるが彼女と私を一緒にさせようとする方針の故で、しなくてもいい苦労を強いられる事になるのだが、その経過は後で書く事とし、先ずこの時期の未婚成年男女の数を明らかにして置く必要があるだろう。昭和六年（一九三一年）の満洲事変で口火を切った日本の戦時体制は、今年の八月連合国に降伏するまで足掛け十五年も続き、二十歳以上の健康な男子の凡んどが兵役に服し、不運な人は二度以上の徴兵の憂目《うきめ》に遇っている。勿論戦死または戦病死する人の数は増える一方だし、生きていても満洲から中国大陸東南アジアへと戦線が拡大するなかで、多数の青年が海外に足留されたままである。つまり敗戦直後のこの時期に日本国内にいる未婚成年男子の数は、同世代の未婚女性の数と比較して異常に少なくアンバランスであり、従って若い独身男性は未婚女性にとって何ものにも優る宝物だったのである。私が下宿していた村でも二十歳代の青年に出会った事は一度もなく、そのため か夜になると茶畑に面した掃出口の小窓から若い女性が顔を見せ、時には身体までこじ入れようとするので玄関から部屋に招き入れた事が何度もあった。この男女逆転の夜這《よば》い行為にはつくづく閉口し小窓に鍵を付け様と思ったが、招き入れた名も知らぬ女性と対話すると、農村の大らかでのびのびした実態が分かって都会の生活しか知らない私にとって興味深く勉強にもなったので最後まで鍵は付けなかった。彼女達の名誉のために敢えて言うが、この娘達と私が深夜の性の宴を催した事は一度もない。

仏教界の決まりや伝統について何の知識もない私だが、尼寺は別として通常の寺の住職が男の僧侶でなければならない事位は知っているし、この寺を子に継がせようと思えば娘の配偶者を早く見つける必要がある事情も分かる。青年が根こそぎ戦場にかり出される中で、困惑した住職が誠実な人柄を知っている松井さんに適当な人物の紹介を頼み、それに応える形で私を候補者にしたとしても無理からぬ事ではあるだろう。住職にとって二十一歳の元陸軍中尉は願ってもない婿であり、何としても射落したい最高の獲物だった筈である。勿論私が失業中である事など全く問題にならないどころか、みっちり仏門の修行させて跡目を継がせるためには、軍隊以外の経験がなく世俗のあれこれの些事に煩わされた事のない無垢《むく》の青年の方が僧侶として将来性があると考えたかも知れない。恐らくこの婿取計画は娘にも良く聞かせ、邦子さんも承知していたと推察される。かくして松井さんと住職の共同作戦計画が実行される事となる。

　寺の暮しが始まって三日後、松井さんが家族の様子を見るため二泊の予定で富士宮に出掛ける事となった。松井さんが居なくなると予定した様に邦子さんが入れ替りにやって来て掃除、洗濯、炊事など、まるで女房にでもなった様に世話をやき、夜になると布団二組を並べて敷き、それが当然と言わんばかりに寝巻姿になって私の隣りで横になる。若い男が同衾《どうきん》ではないが傍に若い女性が寝ているのを気にならない訳はない。勃起する身体の一部を持て余す男はいらいらを募らせまんじりとも出来ない。堪りかねて男がおき上り布団の上に座って考え込むと、女もおきて潤んだ瞳で男を見つめる。そんな事を何回も繰り返しながら漸く朝を迎えてほっとする。恐らく住職と松井さんが事前に伝授しておいた男性攻略の秘伝を実行したのだろうが、攻撃目標にされた私は迷惑この上ない。二日二晩同じ手口で波状攻撃に曝され、寝不足でふらふらになりながらも頑強《がんきょう》に抵抗し天守閣を守り抜いたが、その経過と結果を知っている筈の富士宮から帰って来た松井さんも住職も知らない振りをして何の挨拶もない。失敗した作戦を白状し度くない気持は理解出来るが、総てを邦子さんひとりの責任にするのは許せないと思ったが、相手がそういう態度ならと私も何もなかった事にして黙っていた。私が彼女の要求に応えなかったのは、邦子さんが嫌いな訳でも、格別貞操観念が強かった訳でもなく理由はただひとつ、結婚を余儀なくさせるための手段として性交を迫っているのが見えみえだったからである。純粋な愛情表現でなく別の意図を隠した男女の交わりには、肉体的に応える事は出来ても、精神的には受け入れられなかったのだ。三週間の寺暮し期間中、私と彼女の間には心理、生理両面の葛藤が続いたが結局何事もなく終り、住職は婿取りに失敗し私は美人で働き者の女性と将来の住職の地位を手に入れ損なった訳だが、その代りに、女性が本気になった時のしぶとく逞《たくま》しいエネルギーの凄《すさ》まじさを体験し、その後の人生航路の舵取《かじと》りに貴重な教訓を得た。

敗戦直後何処からともなく出ていた現役職業軍人は積極的に侵略戦争加担の責任を問われて裁判の結果何等かの処断を受けるという噂は全くの杞憂《きゆう》で、第一航空情報連隊に勤務していた軍人に対する喚問取調べは皆無だった。噂を耳にした時私は、あるいはそんな事もあるかも知れないと漠然とした不安を感じていたが、冷静に考えれば国と国とが戦争状態になった場合、その戦争の目的、原因、意味に関係なく、国民が政府の方針に従って行動するのは当然であり、まして軍人が勝利を目ざして戦うのも当り前の義務である。戦争が侵略行為だからと言って、それに協力した国民や軍人を犯罪者と決めつけるのは理不尽と言うべきだろう。敗けたのだから何をされても文句は言わないとする東洋的諦観《ていかん》哲学を基準に犯罪者扱いされては堪らない。三年以上の審理で、数名の死刑者と十数名の禁固刑者を出した「戦争犯罪を裁く国際法廷」、所謂《いわゆる》東京裁判の中で、戦争犯罪とは、国際信義を踏みにじり侵略戦争を企図実行したトップ指導者と、国際法を無視して捕虜虐待や非戦闘員の殺戮《さつりく》を指揮命令実行した者に課せられる罪名であると規定され、その限りに於いては私も納得するが、広島長崎に原爆を投下して数十万人の無辜《むこ》の民を殺し、東京をはじめ多くの都市を焼野ヶ原にした「無差別非戦闘員大量殺傷」が犯罪と認められないのは、矢張り「勝てば官軍」の諺《ことわざ》が生きている証しなのだろう。かくて何は兎《と》もあれ松井さんも私も無罪放免となり、やっと戦争のくびきから完全に解放され、一市民として生きる自由を手にしたのである。

2　生きるために

人はパンのみによって生きるものに非ずと言ったのは何処の国の何という人だったのか？

人間が動物と同じでない生きものである事を誇り高く宣言した、蓋《けだ》し名言である。だがパン即ち食物がなければ人間と雖《いえど》も生きられないのもまたもうひとつの厳しい真理である。連合国の戦犯審査を終え、市民的自由を得た元軍人の次の課題は、そのパンをどうやって手に入れるかという事だ。自由がどんなに素晴らしくてもそれだけでは生きて行けないのである。狂乱物価と命名された悪性インフレーションの跳梁《ちょうりょう》は止まる事を知らず、僅《わず》かな退職金の価値は既に小遣銭にもならぬ程暴落し、日々の暮しに必要な最低限の物資にも事欠く有様は独身の私はまだしも、妻子を抱えた松井さんにとって何もしなければ座して死を俟つ事になる。そうは言っても軍隊の経験しかない人間に何が出来るか？　うす暗い寺の庫裏で膝つき合わせて相談してもいい知恵は浮かんで来ない。そんなある日、松井さんの義母（奥さんの実母）から「富士山麓に開拓農地を持っている人が病気で農作業が出来ないので無償で貸しても良いと言っている」と、願ってもない話が持ち込まれた。百姓仕事はやった事はないが、努力すれば家族の食料ぐらい何とかなるかも知れないと藁《わら》をも摑《つか》む気持で借りる事を決める。「君も一緒に来るか？」と言う松井さんの問いに対し私は暫く考え「東京の母の様子を見た上で……」と答えて結論を留保する。軍服しか持っていない私の衣料事情を知っている松井さんが「東京は進駐軍が多いから軍服姿は危険だ、別の服装をした方が良いだろう」と忠告して呉れたので古着屋を捜して黒っぽい学生服を買って来る。早速着て見たが、背ばかり高く痩せっぽちの私にはだぶだぶでどうにも恰好《かっこう》がつかない。見兼ねた邦子さんが夜鍋して胴廻りの寸法を直して呉れやっと学生風の青年が出来上った。

東海道上り列車は、それと分かる行商人（当時は担《かつ》ぎ屋と言った）が様々な臭気を発する荷物を背負い超々満員の混雑だが、東京空襲直後の頃と比べて人々の表情は明るく活気も感じる。物不足と物価高はあの頃より激しく生活の苦しさは更に増している筈だが、戦争が終った事が人々に未来の希望を与え現実の苦しみに堪える力を生み出しているのだろう。物は無くても平和こそが庶民にとって最大最高の宝物である。だがその行商人の八割が女性、残りは初老の男性という現実は、新しい国創りの推進力となる青年男子の復員帰国が進んでいない事を示し、一抹の不安を拭い切れない。人波に揉まれ泣き叫ぶ五歳位の男の子を肩車に載せ、母親から済みませんの言葉を何十回も聞きながら汗みどろになって東京駅に辿り着く。母は、満洲の兵隊勤務で大病を患い、腎臓一個の切除で命を取りとめて敗戦前に復員して来た兄と二人で元気に暮していた。敗戦は半年前から予想していた事なので何のショックも受けていないが、マレーに行っている父の消息が全く不明なうえ、その父の給料送金が途絶えてしまったのが困ると嘆いているので、私が退職金の残りを差し出すと、数十枚の札を丁寧に勘定し「これだけあれば半年は暮せるよ」と孝行息子に有難うを連発する。実際には予想を遥かに上廻る物価高騰で半年はおろか二ヵ月そこそこでなくなってしまったのだが、だからといって私の親孝行の値打が下った訳ではないだろう。終戦直後のこの時期は武蔵野のこの辺りに進駐軍の姿は全く見かけなかったが、立川基地周辺では米兵が街に溢れ、傷害事件などのトラブルが毎日の様に起きているという。それは古今東西世界中の到る処で繰り返された戦勝国兵士の敗戦国民に対する優越感と侮蔑が原因の暴力沙汰であり、日本の軍隊も中国や東南アジアで同じ様な事をやって来た筈だ。国内外で大きな問題となった南京事件——日本軍が中国南京市攻略の際行なったとされる数十万人とも言われる市民の虐殺——がその典型的な例であり、敗戦国民に対する暴力とは若干異なるが、ヒトラーがユダヤ人絶滅を目的として強行したホロコースト事件も、戦争が生んだ非戦闘員殺戮としては同質の事件である。

帰京二日目に進駐軍総司令部のある丸の内有楽町辺りに行って見た。濠端の焼け残ったビルを接収改装した司令部は、流石《さすが》に警戒厳重で近付けず遠くから眺める事しか出来なかったが、周辺の半壊半焼ビルは綺麗に取り払われ、道路は整然と舗装されて見た事もない大型高級乗用車が悠々と走っていた。宮城の直ぐ目の前のここは既にアメリカの街である。

足を延ばして上野へ行って見る。駅に連なる公園には焼け出された人や空襲で親兄弟を失った孤児が野宿生活をしているという噂は本当だった。公園だけでなく、地下道にも浮浪者になった被災者が茣蓙《ござ》や新聞紙を敷いて横たわり、埃《ほこり》にまみれた青白い顔と生気のないうつろな眼がうす暗いトンネルを地獄絵にしていた。あちこちに焼け焦げた樹木や小屋が残っている公園内を歩くと、学齢にも達していない子供達が歩行者の後を追いかけ物乞いをしている。中学生位の子が子分を率いて徘徊しているが警官の姿はない。ここはさっき見て来た総司令部の対極となる敗戦国の街、しかも敗け戦さの悲惨な結果を最も鋭く映し出した街である。私は少々品の悪い実験を思い立ち、西郷さんの銅像の台座に腰かけ持って来た握り飯の包みを開ける。すると四、五人の子供が寄って来てぺっぺ、ぺっぺと握り飯に唾を吐きかけ、私が包ごと全部子供達に手渡してやると、してやったりとばかり握り飯を鷲摑《わしづか》みにして「サンキュー」と英語で礼を言いながら駆けて行く。お握りは子供達に提供する心算《つもり》でやった事だから予想通りなのだが、この子供達が明日明後日、一年後二年後までどうやって生きて行くのか、そしてどんな大人になるのか、心と身体の正常な健康を取り戻して呉れるのか、例え戦争に敗けた国であってもこの幼い子供達を救う手段がある筈だ。何故何もせずに放置するのか、戦争を起こし必勝の信念を鼓舞《こぶ》し続けていた軍部高官そしてその頂点に立っている天皇陛下はこの現実を知っているのか、知らない筈はない、知っていて何もせず手を拱《こまね》いているとすればこの国の未来はまさしく暗黒だ、などと考えながら暫く暗澹《あんたん》とした気分で西郷さんの足下に座っていた。国電の車輛は、東京空襲直後より更に非道《ひど》く損傷し、釣革は引き千切られ窓から乗り込もうとした乗客が割ったのか、窓硝子が凡んど無くなった車輛さえあった。座席のクッションも無傷なものを捜しても見付からず、中の藺草《いぐさ》がむき出しになったままである。噂によると、ヘビースモーカーが布を剥がして草をパイプに詰めて吸っているというが本当だろうか、郊外の私鉄には無蓋電車《むがいでんしゃ》を走らせて人間を豚や砂利並みに運んでいるそうだが、さもありなんと納得してしまう。道を歩く人も電車に乗っている人も一様に栄養不良を思わせるどす黒い顔色で、埃と垢にまみれた着衣と共に、これが敗戦国民の姿だと、同じ様に痩《や》せこけて青白い顔をしているわが身を忘れて眼を背《そむ》け度くなる。

お茶の水から市ヶ谷にかけての電車から見える外濠崖地には、焼け跡から拾い集めた廃材で小屋を建てて暮している人々が、これも何処かで拾ったものだろう半分欠けた七輪で炊事をしている。戦争に敗けたのだから浮浪者や孤児がいて当り前、空襲で家を焼け出されたのだから野宿まがいの暮しを強いられても仕方がないと言えばその通りかも知れないが、その戦争を「聖戦」と称して強行し、数百万人の民を死に追いやり、その何倍もの被災者を生み出した責任を誰がどの様にして取る心算か？　近頃誰が言い出したのか「一億総懺悔《ざんげ》」なる言葉が流行《はや》り、十五年の戦争のつけを国民ひとりひとりに転嫁させる風潮を意図的に広めようとしているが、国民の大多数が政府軍部の言いなりに戦争に協力したのは事実だとしても、そうしなければ生きて行けない情況を創り出した諸悪の根源を見逃してはならない。陸軍の末端指揮官だった私でさえ、前線派遣の人選で多くの部下を死地に送った事に罪悪感を持ち、今なお折々悔恨の念に苦しんでいるのだ。況して国の進路を誤まらせ、国民の生命財産に甚大な被害をもたらした政府軍部は、連合国に対し降伏の意思を表明するだけでなく、国民に対し「取り返しのつかない大きな過ちを犯し申し訳なかった」と謝罪すべきではないか？　そういえばあの終戦詔勅《しょうちょく》の中に戦争を起こした事に対する反省の言葉は全くなく、日本とアジア諸国の安定と繁栄を目ざし良かれと思って戦争を始めたが、情況利あらず特に残虐兵器《ざんぎゃくへいき》――原子爆弾――まで使われて、戦争を継続すれば日本が滅亡するばかりか人類の文明まで破壊される恐れがあるから已むを得ず無条件降伏すると言っている。つまり戦争を始めたのは正しいが敵の武力に屈服せざるを得なくなったと「聖戦の立場」を変えていない。詔勅は、戦争はもうこりごりだとする国民の意思とかけ離れているだけでなく、戦争を始めた一部権力者の責任を全国民に押し付ける意図さえ見えて来る。良く考えるとあの詔勅が一億総懺悔そのものだったのだ。そんな事をあれこれ考えているうちに吉祥寺に着く。たった一日の東京探訪だが、東京は未だ世情不安定で食糧難も当分解消しそうもないから暫く静岡で様子を見たいと言うと、母もその方がいいだろうと賛成して呉れたので翌日見附町に帰り松井さんにその方針を報告する。

　十月初頭、当面の生活の糧を得るため、松井さんの家族四人と共に身延線富士宮駅から富士山麓の開拓農地へ向って出発する。四人の大人の背には米、味噌、醤油などの食料と寝具が括《くく》りつけられ、前屈みに一歩一歩斜面を登る。途中何回も休憩しながら五時間余りをかけて漸く目的の山小屋に辿り着く。快晴の秋、霊峯富士の雄姿は重い荷を背負って来た疲れを忘れさせる程美しく雄大であった。早速畑から薩摩芋を掘り出し青菜を摘んで食事の準備にとりかかる。この辺りは野生の猪が出没すると聞いていたので、まさかの折の用心にと終戦時から保管していた九九式小銃に実弾を込めて入口に立て掛けて置く。猪が現れて呉れれば小銃でしとめてしし鍋のご馳走にありつけると期待し、軍学校時代の数少ない特技だった射撃の腕を擦って待っていたが、一ヵ月程の滞在期間中に残念ながら猪は姿を見せず従ってし鍋は幻のご馳走で終った。だが幼い頃から菜食で育っている私には新鮮な野菜だけで充分満足し、下界とは比較にならない爽やかな大気と相俟って一ヵ月で体重が二瓩《キログラム》も増え顔色も目立って健康そうになった。水は雪解け水を引いた井戸から汲み、灯りは小屋の中央にある囲炉裏の上に吊るされた小さなランプだけだから、油を節約するために早寝早起きが必要だ。山裾を渡る風はひんやりと頬を冷やし、夜空の星は気のせいか地上より大きく輝き農民生活初日は静かに更けて行く。

翌日から開墾作業を始める。賃料は無償だが持主との約束で雪の降り出す前に一反歩程の畑を整備しなければならない。既に大きな切株や岩石は取除かれているから、しぶとく残っている雑草の根を掘り出せばいいのだが、これが頭で考える程生易しい仕事ではなく、しかも農作業の経験のない素人だから鎌を使って一時間も働くと指に力が入らず腰が痛くなり忽《たちま》ち休憩となる体《てい》たらく。とは言え持主がひとりでやっていた仕事を四人でするのだから、一人一人の効率は悪くてもそれなりの成果は上り、一週間でノルマの半分が仕上る。この分なら開墾は隔日で充分間に合うと確信し、気分転換を兼ねて付近の山を散策しながら山の幸でも採集しようという事となる。この仕事は中隊の山岳班の指揮をしていた頃山育ちの兵隊に教えられている私の独壇場である。先の尖った五十糎程の竹棒を使って崖地に自生する自然薯《じねんじょ》を掘り出す。この細長い薯は土中に潜っている先端部分が味も栄養分も最高なので、途中で折れない様に慎重に作業しなければならない。二、三時間も捜し歩けば大小細太さまざまな芋が採集出来て四人の大人が子供の様にはしゃぎ豊かな気持になる。中隊で食べた時は他の野菜類と混じっていたので余り美味《うま》いと感じなかったが、この夜食卓を飾った山芋千切は忘れられない最高の味だった。文明の恩恵の少ない不便な暮しの中で自然と向き合う生き方をしていると、頭のどこかに溜っていた汚泥《おでい》の塊りが溶け心身ともに爽快になって行く。雑草に覆われていた草原も黒い地肌を見せる畑に変貌し、働いているのか遊んでいるのか区別のつかない生活——それが理想なのかも知れない——をしているうちに、富士山麓の朝には白いものがちらつく季節になっていた。山小屋の冬籠りは農作業は出来ないし熟練した農民の様に草鞋《わらじ》を編む能力もないうえ、子供の健康も心配なので、本格的な雪の季節になる前に下山する事とし、十一月初めの暖かい日を選んで来る時と同じ荷物を背にして富士宮の松井夫人の実家に落ち着いた。

通りに面したガラス戸を開けると土間がありその先は十畳程の板の間、更にその奥に畳敷きの部屋三室と台所というこの家の間取りは、この辺りに多い小商人の造りである。恐らく父親が存命中は板の間に商品を並べて商いをしていたのだろう。だから今でも何かを仕入れて小売業を始めようと思えば出来ない訳ではないが、元陸軍将校にその才覚はない。日本中が物不足で悲鳴を挙げている時期だから生活必需物資なら何でも売れるだろうが、利益を出すためには廉《やす》く仕入れなければならないがその仕入先の見当がつかない。農作業は体力だけで何とかこなしたが商売となると未経験者の手に負える程簡単ではない。ないないづくしで小売業は諦めたが、さりとて何もしなければインフレ物価高騰で家計破綻となるのが目に見える。こんな時には人生経験豊かな古老の知恵を借りるのが最良だが、あいにくこの家の最長老者は五十歳になったばかりの奥さんの母親しかいない。しかし昭和の初めの世界大恐慌の時は大人になっていたし、何よりも女手ひとつで娘を育てた実績があるから相談に乗って貰おうと意見を求めると、「こういう時は手に職のある者が勝つ、元手をかけず技術を生かすのが最善だ、貴方達は軍隊の仕事以外に出来る事はないのか、よく考えて見なさい」と言われた。失業軍人二人はここで「成る程」と膝を叩き軍隊で習い憶《おぼ》えた電波技術を使ってラジオ修理業をやって見ようと決断する。ただし私達は工業専門学校や大学理工学部出身の所謂技術将校と異なり、部隊の指揮統轄に必要最低限の教育しか受けていないから、高度な理論設計にはついて行けない。しかし家庭用受信機位なら対応出来るだろうと、ラジオ修理業の準備を始める。

翌日、修理に必要な部品機材を購入するため上京し秋葉原駅前の電気街に行く。焼け跡に建てた物置小屋の様な店舗に、旧日本軍が使っていた様々な電気器具部品に交って米軍使用のものと思われる新型電気機械まで所狭しと陳列され、買い求める客も押すな押すなの盛況である。恐らく幾多の戦乱をくぐり抜け、世界到る処で逞しい生活力組織力を見せている華僑が、敗戦国日本の首都を舞台にその真価を発揮しているのだろう。敗戦、失業、生活不安、将来展望皆無でおたおたしている我が身を振り返り聊《いささ》か忸怩《じくじ》たる気分になりながら必要な部品機材を買って夕刻富士宮に帰る。「こわれたラジオ直します」と紙に書いて入口の硝子戸に貼り出すとその日のうちに客が来た。家庭用受信機の構造はレーダーに比べれば遙かに単純だから、寿命の尽きたチューブ（真空管）を交換するか、外れている配線の半田付をする程度で音が出る様になる。久し振りにテスター（計測器）の端子を操り楽しみながら不具合の箇所を探り当てて必要な処置をする。こんな簡単な作業で修理代を請求するのは申し訳ないなどと思いながら、さてその代金を幾らにすべきか——値段の設定基準——について悩み仲々結論が出ない。交換した真空管の価格は仕入で決っているからコストが明確だが、技術料を幾らに設定するかが問題である。ひと口に家庭用受信機と言っても大小様々あり、機能も高級なものから雑音が入って聞き取りにくいものまで色々だから修理にかかる手間も時間も一様ではない。一台毎に技術料が違わなければ合理的とは言えないのだがその違いを金銭の額に換算するとなると……などと考えている間に頭が混乱して何をどう計算したらいいのか分からなくなってしまう。結局技術料は要した手間や時間に関係なく一台幾らと設定し、それに使った部品材料費を加算して請求する事とした。何ともいい加減な商売だが、客には一応修理代を請求するが芋や野菜などの食料でもいいと言ってあるから益々いい加減になる。この辺りは半農半商または農業をしながら勤め人の家族もいるという家庭が多いから、金銭支払と作物が半々程度の結果となった。三週間で四十人程の客が来たがその後客足がぱったり途絶え商売上ったりの有様が何日も続く。考えて見れば人口三千人の小さな町で、壊れたラジオで困っている家が何百軒もある訳はない。新聞折込広告でもやれば周辺の町から来る客もあるだろうが、店舗も設備もない内職程度の仕事にそんな大げさな宣伝も気恥ずかしくて出来ないので、結局ラジオ修理業は一ヵ月足らずの短期で廃業の運命を迎えた。だが収支決算は大幅黒字、五人の世帯を食べさせたうえ金も食料も残ったのだから、狙いも結果も時局に適した商売だったと自画自賛の大満足である。

謹厳な先生も走り出すという忙しい十二月が目の前まで来ているのに、手仕事の好きな松井さんは傷んだ家のあちこちの修繕を楽しそうにやり、私は古本屋から買って来た文学書を炬燵《こたつ》で読んでいるのを見兼ねたのか、お婆ちゃんが担ぎ屋をやろうと言い出す。何を担ぐつもりかと問うと蜜柑山《みかんやま》の持主と乾物問屋に知人がいるから、取り敢えず蜜柑とさくら蝦《えび》にすると計画の内容を披露した。元陸軍エリート将校としては聊か恰好悪い仕事だがそんな贅沢の言える立場でないのは良く分かっているのでやりましょうという事になる。大風呂敷を携えて仕入先を訪れ持てるだけの荷物を背負って東海道線に乗り東京へ向う。今まで列車に乗る度に大荷物と悪臭に悩まされていたが、今度はわが方が乗客の皆さまにご迷惑をかける番だ。冬だというのに大汗をかきながら吉祥寺の家に着く。母には事前に品目数量を知らせてあるので、戦時体制強化の目的で作ってあった隣組を利用して予約注文リストが出来ている。手分けしてリストに書いてある家を個別訪問して売り歩く。玄関先で蜜柑を広げると新鮮な甘酸っぱい香りが漂《ただよ》い、さくら蝦の歯ざわりの評判も上々で忽ち完売、売り上げから三人の交通費を差し引いても百パーセントの儲け、つまり仕入に使った金が二倍になるぼろ儲けである。東京は食料不足だから食べ物なら何でも売れると言う母の意見を容れ、次は別の商品も加えようと希望に燃えて担ぎ屋稼業第一回目は終る。二回目からは金山寺味噌、乾燥芋、魚の乾物などを加え、販路も広げてその都度相応の利潤を挙げたが、何と言っても一番利幅の大きいのは統制物資の米である事を知る。しかし元現役将校としては当局の〝御用〟になるのだけは避けようと、仕入先の目当もあり喉から手が出る程魅力を感じたが主食類を扱う事だけはやらなかった。この担ぎ屋稼業は週二回のペースで順調に利益を挙げ、東京の食料事情が改善し商店街の店頭に食べ物が並ばない限り商いとして成り立つと確信し、当分はこの仕事で生活しようと思っていた十二月下旬、近所の知人から松井さんの就職話が持ち上った。就職先は富士市所在の製紙会社、仕事は総務関係の事務、真面目で几帳面な松井さんにはうってつけの仕事である。

正月まであと幾日もない暮の押しつまった日、私が初めてお目にかかるスーツネクタイ姿の松井さんは指定された場所に出掛け、面接だけで採用決定、年明け早々から出社とトントン拍子で就職が決まり従って担ぎ屋稼業はこの時点で廃業となった。私が隊付勤務になってから丁度一年、僻村の中隊で共に苦労し、米軍本土上陸となれば恐らく枕を並べて戦死するだろう事を覚悟しつつ終戦となり、ひとつ屋根の下で三ヵ月余り暮して来た元中隊長と部下は、大晦日の夜盃を交して別れた。敗戦を確信している異端の部下の意見をよく受け入れ、最後まで私を信頼して呉れた松井さんは、新しい職場でも誠実さを発揮し順調に勤務していたが、三年後結核を再発させ二十八歳の若さで鬼籍に入る。まさに人間の運命とは「神のみぞ知る」で明日の事は分からないものである。

3　新生日本の職場風景

昭和二十一年（一九四六年）一月、廃墟の東京へ帰った私は陸軍幼年学校入校以来九年振りに家族同居の生活を始める。だが文部省軍属としてマレーシアに派遣されている父からの送金は敗戦とともに途絶え、手術退院後の兄に収入の途《みち》はなく、私の退職金も止まる処を知らぬ貨幣価値の暴落で既に底をつき、家計は文字通り火の車で生活不安は日を追って増幅する。当然私が働いて稼がなければならない立場なのだが、その本人が敗戦とその後の混乱に疲れ果て今ひとつやる気が出て来ない。「なる様になれ」と居直って焼け跡を彷徨い、廃材で小屋を建てている被災者の仕事を眺めたり、駅前に突如生まれたハモニカ横丁の路地に入って「爆弾」と名付けられたいかがわしい酒を試飲したりして荏苒《じんぜん》と日を過ごす。十五年の永い戦時体制下で暮して来た日本人のひとりにとって、戦争の二文字が消えた社会にどう向き合って行けば良いのか、五里霧中の迷路に踏み込んだ気分だが、それでも日が経つにつれて平和な世の中の雰囲気に馴染《なじ》んで行く。国内にいた軍隊から解放された若者に続いて、海外から帰国する兵隊姿のままの青年の姿もそこら中に見られる様になり、廃墟の東京も徐々に活気を取り戻す。一億国民を無理矢理縛りつけていた聖戦遂行の大目標が消え、天皇自身が「私は神ではなく人間である」と全国民に宣言するなど、軍国主義を支えて来た価値観や世界観はもはや人心を捉えられない。飢餓とインフレ、失業と犯罪で明日をも知れぬ状況だが、新生日本は確実に前へ向って歩き始めている。

そんなある日、冬晴れの早朝に井の頭公園を散策しながら当面の方針について憶いをめぐらせ、池の傍のベンチでひと休みしようと辺りを見廻すと、少し離れた木蔭の椅子に浮浪者の様な初老の男が地面に落ちている枯葉を拾ってパイプに詰め煙を吐き出している。パイプと言っても竹を使った手製のマドロスで、半開きの眼は凡んど生気を感じさせない。私が傍へ行って「何を喫《す》っているの？」と尋ねると吃驚して振り向き「ゴミだよ」と答える。「ゴミなんか喫って美味いですか？」と重ねて聞くと、少々怒った顔で「美味い訳ないだろう、金がなくて煙草が買えないから仕方なくゴミで間に合わせているのさ」と答える。私が兵隊煙草をつまんで「こんなもので良かったらどうぞ」と差し出すと、「貰っていいのかい」とパイプを仕舞い煙草をくわえて美味そうに鼻から煙を出し始める。私が煙草を覚えたのは航空士官学校在学中の十八歳の時、配給された恩賜《おんし》の煙草――皇室から軍隊に配給される煙草、菊の紋章がついている――を咽《む》せびながら喫った時からだから未だ二年余りしか経っていないが、この人は何十年も喫って来たから煙草のない生活が出来ないのでゴミでも何でも煙の出る物が欲しくなるのだろう、気の毒な事である。などと同情しているうちに、ふと電車の座席のい草を煙草に代用している噂を思い出し、若《も》しかしたら本当なのかも知れないと暗い気分になる。私が提供した余り高級とは言えない煙草を喫い終った男は「矢っ張り本物の煙草は美味いなあ」と満足そうに笑っている。その皺だらけの顔が幼児の様に純真に感じた私は、残っている煙草を箱ごと渡して別れた。この頃流行《はやり》の職業に「モク拾い」という地面に捨てられた吸《す》い殻《がら》を集める仕事があった。細長い棒の先に針を付け道端に落ちている吸い殻を針の先でつまみ背負っている籠の中にひょいひょいと入れて集めるのだが、これは道路清掃が目的ではなく拾い集めた吸い殻をほぐし、新しい紙を使って両切煙草に仕上げるのが仕事の目的である。紙をセットし煙草を入れて一廻転させると出来上る便利な「手巻器」まであったのだから驚きだ。モク拾い業者はこの製品（闇煙草）を街頭販売して結構な収入を得ていたという。どんな世の中でも商売の種はあるものだとつくづく感心させられる。

一月も半ばを過ぎた頃、母の知人から私の就職先の紹介があった。丸の内に本社のある日本石炭株式会社で消費組合の臨時職員を募集しているから入社試験を受けて見ないかというのが話の内容である。紹介者の説明によると、この会社は戦時下の政府が石炭を軍需産業に重点配分する目的で設立した国策会社で、戦争が終った今でも産業復興の重要な役割りを担っている大会社だそうだ。職員を求めている消費組合とは、従業員とその家族の生活を守るため、生産地から食料等の物資を一括購入し市価より廉い値段で販売する最近新設された組織で、現在の生活協同組合の企業版の様なものだが、そこでどんな仕事をするのかは明確でない。しかし何時までも遊んでいる訳には行かないので、指定された日時に入社試験を受けるため丸の内に出掛ける。東京駅前のビル街は瓦礫の仕末も進み道行く人の顔も服装も可成り落着きを取り戻してはいるが、完全に破壊された建物の地下室部分に雨水が溜ってプールになっていたり、半壊の建物のあちこちに空襲の傷跡が生々しく残っているなど、嘗ての整然とした日本一のビジネス街の面影はまるでない。日本石炭の本社ビルも空襲被害の傷跡を応急補修した建物で、階段の至る処が欠損し注意して登らないと危険な状態だった。貼紙の案内を見て二階の試験場に行くと、二人の募集に対して既に二十人以上の男性が長椅子に並んで腰掛けている。大部分が二十歳代の青年だが皆一様に痩せこけ青白い顔に生活の苦しさをにじませている。試験と言っても人事課長と名乗る四十歳位の課長と若い課員との面接対話だけの簡単なもので、何を質問されたか後で思い出せない程形式的内容だった。試験終了後直ちに採否を通知すると言うので待っていると、試験場にいた若い課員が「局長が面接するのでこちらへ」と、階段を四、五階も上った試験場より広く綺麗な局長室に招き入れられる。色白で柔和な顔の総務局長が大きなデスクから起ち上り、応接セットに腰掛けながら「どうぞ掛けて下さい」と奨《すす》められたので、遠慮せずに大きなソファに腰をおろし私の悪い癖のひとつが出て相手の顔をじっと見つめる。局長は暫く履歴書を見ていたが「四中、幼年学校、陸士の中尉さんか、エリートだなあ……」と独り言を呟《つぶや》き、「航空隊なのに良く無事でしたね」と慈父の眼で語りかけた。「地上のレーダー部隊勤務だったので……」と僻村の独立中隊の話を手短に説明すると、いちいち頷《うなず》いていたが突然「貴方の経歴で消費組合の仕事では勿体ない、私の処で働いて下さい、明日からでも出社出来ますね」と言ったので、私も思わず「結構です」と答えてしまう。かくして敗戦で失業した私は苦闘五か月で大会社の社員に返り咲いた。所属は総務局給与課、給料は働く場所さえあればと思っていたので今では思い出せない。ただ、これで一家の暮しも何とかなると愁眉を開き、吉祥寺駅前のハモニカ横丁でいつもの立飲みではなく椅子席に陣取り製造元のはっきりしたブランデーを飲みながら独りで祝盃を挙げたのは良く憶えている。その製造会社の名前は確か神谷酒造だったと思うがその記憶の真偽は余り自信は持てない。何れにしても収入の途を獲得する幸運の神に拾われた一日であった。

翌日から決められた時間までに決められた場所に行き、出勤簿に捺印して決められた机の前に坐るサラリーマン生活が始まった。部隊勤務も一種のサラリーマンだが出退勤は自由だし出勤簿もなかったから、時間に縛られる勤務は初めてである。だが軍学校時代に時間に追いまくられる生活を嫌という程して来ているからそんな事は全然苦にならないうえ仕事が決まった通りの給与計算が主だから楽な事この上ない。こんな仕事で給料が貰えるなんてバチが当るのではないかと聊か心配していた処、局長から「新給与体系移行に伴う事務処理方法について」の特命を受けた。貨幣価値の引続く崩落と社会環境の激変は、敗戦まで機能していた賃金体系を金額、制度とも不合理な旧弊に変えてしまい、各事業所は新しい時代に適合する賃金をどの様にすべきか悩み模索していた。その事情は日本石炭でも全く同様で、組合の新賃金体系確立の要求に対して会社も現行制度の矛盾を認め、新しい考え方を導入した新体系を創る事を組合に約束している。局長が私に下命した仕事はその約束を果すための基礎資料作成で、新入社員にとっては異例破格の重要任務である。会社経営の基本のひとつとも言える賃金決定に右も左も分からない新人を関与させた背景には、給与課の課員八名のうち男性は私ひとりしかいないという事情があった。敗戦直後のこの時期は、まだ男は職場、女は家庭の日本的慣習が色濃く残っていて、現場で働いている女性は、男が戦場に駆り出され已むを得ず会社が雇った緊急避難的職場進出だから、会社側に女性社員を男性並みに教育訓練を施《ほどこ》して育てる意図は全くなく、女性本人もそれを期待していないから、結局企画立案等の業務は男性社員の守備範囲となる。つまり局長がこの仕事を下命出来る対象になるのは私以外にはいなかったという訳だ。私は二週間以内に答申せよと言う局長命令に対して、一生懸命考えて一週間後に年齢、勤続年数、学歴、職階の四つの要素をそれぞれ係数化して方程式を作り、その係数に基く表を作成、各人毎に現在の基本給に最終の係数を掛けると新給与が算出される便利な「新給与算出表」を呈出した。表の使い方を説明する私の話を聞き終った局長は「見事なものだ、これなら誰でも簡単に計算出来るし組合も文句の言い様がないだろう」と感心し、発案者の私は大いに面目を施した。現在ならコンピューターにデータをインプットしボタンを押せば答が出る程の簡単な作業で済むが、算盤《そろばん》とタイガー計算機しかなかった頃だから、この計算表は給与課の作業を合理化し課内の同僚達にも感謝されると共に、新米社員の社内での立場を不動とまでは行かないが一定の存在感を持たせる結果となった。

戦時中は国家権力の統制で配給物資の遅配欠配の問題はあっても、国民の大多数が平等に苦しみを分かち合う事で我慢出来たが、敗戦によって統制のたがが緩み闇商人が跳梁するにつれて、生活必需物資の欠乏と値上りを助長し、金持ちは金を使って何でも手に入れられるが貧乏人は必要最低限の食料さえも買えずに餓死するしかない不平等を助長して行く。世はまさに百鬼夜行の乱世である。この現実は聖戦遂行のためにはと従順だった国民の目を為政者に向けさせ、労働運動や学生運動の昂揚《こうよう》を促す契機となった。こうした事情を反映し入社して間もなく労働組合本社支部書記長と名乗る足の不自由な中年紳士が訪れ労働組合に入って貰い度いと勧誘に来た。私が、経歴を見れば分かる様に労働組合については全く無知蒙昧《むちもうまい》なので暫く勉強してから決めたいと答えると、彼は頷いて二、三冊のパンフレットを持参し「参考にして下さい、納得したらこの書類を出して下さい」と言って加入申込書を添えて置いて行った。本の内容は世界の労働運動の歴史と基礎理論の概要、石炭産業の現状と関連組合の組織と方針を簡単にまとめたものである。その晩家に帰って全部読んで見たが勿論完全に理解出来る筈はない。しかし社会的にも経済的にも弱い立場にある者が政府や経営など強い者と対等に交渉するためには、どうしても組織を作り結束しなければならない、その組織が労働組合なのだという事だけは納得した。軍関係の学校教育の中には当然の事ではあるがマルクスもレーニンもなかったから、この小冊子は私が左翼理論に接した最初の体験である。翌日書記長の処に加入申込書を組合費と共に持って行くと「有難う、お互いに頑張りましょう」と丁寧に頭を下げ温い手を出して握手を求められた。新米の私より恐らく二廻りも年嵩《としかさ》の大先輩――後で聞いたら課長さんだった――が、組合に加入した二十歳《はたち》そこそこの人間に対して、対等どころかむしろ辞を低くして接する態度は、階級の上下で言葉遣いから態度まで極端に違って来る軍隊で育った私には別の世界に来た様に新鮮な感動を覚えた。労働組合の原則では年齢も肩書き身分も無関係に平等対等なのが当然なのだろうが、実は数年後銀行の職場で組合役員をしていた頃に、会社の職制では課長、組合では執行委員の肩書きをどうやって矛盾を感じないで使いこなすか悩んだ経験を持っている。組合の中では完全対等の関係だと分かっているのに、会議や集会の際に時折職制癖が頭を擡《もた》げ、若い組合員を部下と勘違いする振舞いを無意識にしてしまう事が屡々《しばしば》あった。そんな時は直ぐ自省自戒して謝罪するが、何時まで経っても原則通りの人間関係を身に付けられない自分を随分と嫌悪したものである。

この矛盾は企業内組合という日本的特殊事情が根底にあるにせよ、職制を軸とする縦の関係が組合に持ち込まれ、最も民主的である筈の組織に暗い影を落していると思えて仕方がない。今にして思えば、私が初めて接した日本石炭の組合にはその様な唾棄《だき》すべき現象は凡んどなく、民主主義がそのまま息づいていた。勿論敗戦直後の特殊な社会情勢、占領軍の労働組合早期育成の方針など、現在と異なる条件があった事は無視し得ないが、労働組合の健全な発展のためには根本的に改善すべき課題のひとつではないかと思っている。

本社の従業員は約三百名、全国支店を加えれば二千名に達する社員は、役員、局部長、経営中枢の課長を除いて凡んどの人が組合に加入し、戦時中の軍部の監視干渉から解放された職場は活気に満ち社員は意気軒昂《いきけんこう》である。だが天井知らずの物価高騰と生活必需物資の不足は、昂《たか》ぶる意気だけでは如何《いかん》ともし難く、組合は毎月の様に危機突破資金という臨時給与を要求し毎回それなりの成果を挙げていた。給料日以外の日に何枚かの十円札の入った袋を貰う度に、組合役員の苦労など露《つゆ》知らぬ私は「手品か魔法」の様に感じ、「組合は大したものだ」と呑気に喜んでいたのを思い出す。当時の組合は就業時間の五時以降だけでなく、時間中でも役員がメガホンを持って各職場に集合を呼びかけると、忽ち支部組合員が大講堂に集まり決起集会となる。所謂時限ストライキなのだろうが、委員長の情勢報告、書記長の経過説明を聞きながら私の頭の中では新時代の息吹きが唸りを挙げて吹き荒れていた。壇上の弁士の口から飛び出す言葉、民主主義、主権在民、平和と自由、生活擁護、資本家階級、保守反動、革新陣営、統一と団結、要求貫徹等々、どれひとつを取っても耳新しく、いまひとつ理解出来ない言葉もあったが歴史の大転換を象徴する響きとして興奮を誘う。軍国主義最盛期に生まれ育ち、そのメッカとも言うべき軍学校の教育を受けて来た私は、その体制に反発して文学書を積極的に猟読《りょうどく》しつつ生きて来たが、所詮《しょせん》は蟷螂《とうろう》の斧《おの》、批判を裏付ける知識も理論もない低次元の感性に過ぎないから、口角泡を飛ばさんばかりに叫ぶ弁士の鍛えられた理論と抜き難い信念に圧倒されてしまう。決起集会に参加する度に未知の世界に踏み込んだ現実を全身で受け止めた私は、まだ古い殻から脱皮し切れない自らの不明を深く恥じていた。

何回か集会に参加しているうちに、役員の発言に微妙な相違があるのに気付いた。それは会社の回答に不満で闘争を続けるか妥結するかの戦術上の問題もあるが、もっと根本的な考え方の対立らしいと注意深く聞いていたが、私の知識水準では日本を事実上支配しているアメリカの占領政策の評価をめぐる意見の相違らしい処までは分かったが、それが危機突破資金を要求する運動とどの様な関係があるのかないのかまでは理解出来なかった。職場の先輩に質問しても「社会党と共産党の主導権争いさ」と答える位で、対立の中身については何も説明して呉れない。士官学校出身の新入社員に話しても分かる筈はないと私を馬鹿にしての対応なのか、その先輩自身も良く分からないのか、それすらはっきりしないまま私の疑問は解消されずに残された。政治や政党の主張等について初歩的な知識も持っていない当時の私は、規約に組合の目的は組合員の生活と権利を守り向上させる事と書いてあるし、組合員の思想信条、政党支持は自由だと明文されているのに、何故対立が生まれるのか不思議に思えて仕方がなかった。あれから半世紀以上経った今でも、○○党系、××党系等と労働組合が支持政党別に組織されているのを見ると、ひとつにまとまれば力が強くなり要求実現への道も開けて来るだろうに勿体ない事だと思っている。しかし敗戦直後のあの頃は、社会党支持者も共産党支持者も支持政党を持たない人も、ひとつの組合の中で競い合っていたのだから現在よりは遙かにましだったのかも知れない。いずれにしても元陸軍将校の労働組合初体験は、組織を作り団結して運動すれば要求が実現する事と、そうは言っても団結を守る事は言葉で言う程簡単ではないという真理を学んだだけでも貴重な体験となった。

軍隊から解放された青年が増えるに従い職場に社内恋愛——当時は未だオフィスラブという洒落た言葉は生まれていない——が新しい風俗として流行する。男女七歳にして席を同じくせずとする明治以来の戒律は、昭和のこの頃になるとそれ程厳格ではないが、小学校は男女別学級、中学以上は男女別々の学校とされ、男女の交流を阻《はば》む社会風潮は変わっていない。男だけの社会である軍隊、しかも命の保証すらない緊張した世界から漸く抜け出て来た復員青年にとっては、化粧もしていないモンペ姿の女の子が夢枕に立った天女にも見えるのか、昼休時間に皇居前広場の芝生で熱い接吻を交すのはまだしも、社内の物蔭で人目を忍ぶ抱擁までする段階になると、中年職制は眉をひそめ文句のひとつも言い度くなる。だが軍国主義の真暗闇の世の中から自由と民主主義の広野に足を踏み入れた若者たちにとっては、職制の監視も他人の噂も何のその忽ち数組のカップルがゴールインし、眉をひそめていた上司が結婚式の主賓席に座らされる事となる。男だけの世界から出て来たと言えば私もそのひとりだが、幸か不幸か二年前から営外居住――軍隊の外の一般社会で暮す事――の身だったので、男女交流の免疫を多少は身に付けているから、新生日本の一面を象徴する社内風俗を温かい目で見守る位の余裕があった。しかし旱天《ひでり》――戦時――に慈雨（自由）を得た様なあの頃の恋愛結婚ブームは、同世代の私が目を見張る程強大なエネルギーとなって職場を支配していた事を微笑《ほほえ》ましく思い出す。

青年が集まると必ず現われるもうひとつの現象はスポーツの流行である。バレー、バスケット、卓球、テニス、野球など誰かが呼びかけると、ろくな物も食べていない筈の男女が十人、二十人と集まって汗を流す。体力に自信がなく従ってスポーツも余り興味を持てない私は、偶々義理に絡まれて見学程度の参加を余儀なくされていたが、各局対抗野球大会の時は、女性社員が圧倒的に多い総務に出場男子が足りなくてメンバーに組み込まれてしまった。大学野球部の経験ありと自称する監督兼ピッチャーが「野球をした事あるか？」と質問したので

「小学校の時にやった事がある様な気がするが、軍学校では野球は敵性競技としてやらせなかった」と答えると、「よし、守備はファースト、打順は八番だ」と決められる。九人のうち一番背が高いから一塁手という訳だろうが、ゴロを打たれる度にベースまで駆けて球を受ける作業に随分体力と神経をすり減らした。バッターボックスに立つとストライクとボールの見別けも出来ないど素人だから、忽ち見逃し三振アウトで文字通り立っているだけの木偶《でく》の坊である。ところが二点敗けている八回、二死ランナー二、三塁のチャンスに四回目の打順が廻って来た。ここはひとつ頑張って汚名を返上しようと今までとは違う心意気でボックスに立った私に対し、三回ともバットを振った事のない私をなめていた相手ピッチャーが第一球に高めの好球を投げた。丁度打ち頃の球を見て思い切り強くバットを振り抜くと、運よく芯に当った球はライナーとなってセンター前へ飛んで行く、二点タイムリーで同点だ。全く期待していなかった味方ベンチはやんやの喝采《かっさい》、ところがその時奇跡が起きた。ピッチャーと同様八番バッターをなめ切ってぼんやりしていたセンターが打球を後ろへ逸《そ》らし、白球は転々と転がり、グランドとは名ばかりの空地の奥に井桁に積んだ廃材の下で止る。物干竿でも持って来なければ球を取り出せない好運に恵まれて私は悠々とホームへ、勝ち越しホームランである。試合はそのまま一点差で総務が勝ち、私はホームラン賞と殊勲賞のダブル受賞で仲間から大いに祝福されたが、これこそまぐれ当りの見本の様なものだと穴があったらもぐり込み度い程照れくさかった。

総勢の中に十数名の女性だけが働いているセクションがあった。文書係というタイピストの部署で、たったひとりの男性は山内係長、そろそろ四十の坂にさしかかる独身で知性溢れる芸術家タイプの温厚な紳士で、住んでいる杉並区を拠点に素人合唱団を作って活動しているという。私は彼の目立たないけれど毅然とした人間性と音楽に対する高い見識に関心を持ち、昼休みを利用して対話を楽しんでいた。ある日、四部合唱の楽譜を見せて「これは今合唱団で練習している曲だがいい歌だよ」と言ってメロディーをハミングしたので私もアルトパートを歌って合わせると、彼は吃驚した顔をして「初見で声を出せるとは素晴らしい、是非うちの合唱団に入って呉れ」と勧められた。元陸軍将校が楽譜を読めた事に驚いたという訳だが、結核で一年休学している時に独学で勉強しているから簡単な譜面なら読めるので試しに入会して見ようと次回の練習から参加する事を承知する。娯楽が凡んどないこの時期、金がかからず特別の設備も要らないアカペラコーラスは、人さえ集めれば直ぐ始められる文化として職場地域に芽生え育っていたが、新星会と称するこの合唱団もそのひとつで、合唱連盟にも登録された中級の団体として一定の評価を受け、定期的に発表会も開催している三十人程の団体である。私の声域と声の質から最低音のバスパートの一員として週一回の練習を始める。経験者なら誰でも知っている事だが、混声四部合唱の低音部《バス》パートは、主音（ド）、属音（ソ）、下属音（ファ）を主体とする和音の土台を支えるのが主な役割りだから、メロディーパート（ソプラノまたはテノール）程微妙な情感表現を必要としない。決められた音を決められた音量とリズムで確実に出していればそれで十分である。しかしオーケストラのコントラバスやバスーン、大太鼓などと同じで、バスパートがあるとないとでは音楽の迫力や表現の厚みに大きな影響を及ぼす重要なパートでもある。軍歌と号令調整に生理的嫌悪を感じ大声を張り上げる事のなかった私も、合唱団の中では自由に声を出し四つの音のハーモニーを楽しみながらささやかな文化を楽しんでいた。

連合軍総司令部の方針に沿って生まれた労働組合が産業別に結集し、ナショナルセンターが活発な運動を始めたこの頃、労働組合の集会などで皆んなが楽しく歌える新曲を一般募集した事があった。歌詞部門の選考で選ばれた三つの詩に対する作曲部門で、予選を通過した十曲程の歌を合唱団が演奏し、最終当選曲を決定する審査会が開かれ、新星会も他の団体と共に演奏を依頼された。当日会場には労働団体の幹部、革新政党代表、詩人音楽家など文化人五十名以上の審査員が、予選通過の曲を聞いて点数を付け合計点数上位三曲を当選と決める仕組みである。一曲について斉唱、二部合唱、混声四部合唱と三回演奏されるので、全曲終了まで数時間も要する。新星会は当然四部合唱を担当し予選通過の十曲余りを全部歌った。審査の結果、その後メーデー等で組合関係者なら誰でも聞き知っている「町から村から工場から」と「世界をつなげ花の輪に」が当選採用されたのだが、実はもうひとつ歌詞部門で選ばれ作曲部門でも当選した「あゝ太陽だ」という曲がある。ところがどう言う訳かこの歌はその後演奏または集会で歌われたのを聞いた記憶がない。私にとってはずっと気に掛かっているミステリーである。とは言えその後数十回参加したメーデー会場やデモ行進でスピーカーから流れる「町から……」と「世界をつなげ……」を聞くと、この歌の起源に偶然立ち会った昔を憶い起こし、単なる思い出を超えた懐《なつ》かしさを覚えると共に、労働組合と政党そして文化人が結集して新生日本に相応しい明るい労働歌を公募選定した、あの熱気に満ちた審査会場の雰囲気を膚《はだ》で感じる。

団員の中に杉並区にある旧《ふる》い大正風洋館に住んでいる人がいて屡々二十畳以上もある広い応接間を練習会場として使わせて貰った。この邸の主がどんな人で何をやっているのかは聞かなかったが、見た事もない大型の電蓄と千枚を超えると思われるレコードの入ったケースを備え、傍にはバイオリン、チェロ、コントラバスまで立てかけてあったから名のある音楽家の家だったのだろう。練習が終ると決ってレコード鑑賞が催され聞いた事のない音楽をかけて呉れた。幼年学校の音楽授業で聞いたのは三国同盟の相手国であるドイツ、イタリアの音楽と当時不可侵条約を結んでいたソ連（ロシア）の音楽だけで、敵対関係にあったアメリカやフランスの音楽は聞かせて貰えなかった私にとっては音楽的カルチャーショックだった。

この時初めて耳にしたガーシュインやドビュッシー、ラベルの音楽は私の音楽文化に対する感性の幅を広げ、その後の人生を豊かに飾る大きな契機となった。合唱団新星会は戦後初めて民間企業に勤務した私に、合唱を通してクラシック音楽の醍醐味を教えて呉れただけでなく、年齢も職業も異なる人々の連帯の温かさを教え、労働争議の応援活動を通して労働組合の闘争現場まで実感させて呉れるなど貴重な体験をさせて貰った。山内さんは共産党員という理由で朝鮮戦争直前のレッドパージの嵐の中で職場を追われ、病を得て田舎に引きこもった後消息を絶つ。だが私にとっては彼が何党員であろうとなかろうと、音楽を愛し仲間を愛し、そして何よりも新星会を愛した素敵な先輩として今でも心の中に生き続けている。

4 社会人から再び学生へ

戦争が終って半年経ったこの頃、東京で暮している庶民の食生活は飽食の時代に生まれ育った現代人にいくら説明しても理解出来ない程貧しくみじめだった。人々は空襲の恐怖から解放された安堵感を噛みしめながらじっと飢餓に堪えている。だが行き倒れや餓死者はあとを絶たず、配給される食料だけで暮していた判事が栄養失調で死亡する記事が新聞に載るなど、庶民の不安はいやがうえにも募るばかりである。富士山麓で農業の真似事《まねごと》をしていた頃六十瓩近くまで回復していた私の体重も忽ち終戦時の五十瓩まで落ち込み、兵隊靴に軍用ずだ袋（雑嚢《ざつのう》と言う）を肩から下げている姿はとても大会社の社員には見えない。もっとも会社の先輩達も一様に痩せこけてみすぼらしいから、丸の内の一流会社員に見えないのは決して私の専売特許という訳ではないのだが……。女子社員も似たりよったりの有様で、化粧気なしのモンペ姿は戦時中と凡んど変わらず、むしろ食糧難が激しくなった分だけ顔色は冴《さ》えない。会社に持って来る弁当——会社の周辺ではいくら金を使っても食べ物を手に入れるのは不可能——も炒った大豆をつまんでぼりぼり齧ったり、乾燥芋をストーブで炙《あぶ》ってくしゃくしゃ食べたりするのが昼休みの定番景色、勿論弁当を持って来ない欠食社員もいて、そういう人は弁当持参の人に迷惑を掛けまいと外出するのが習わしになっていた。そんな暮しの中のある日曜日、所用のため地方から上京する幼年学校時代の友人を出迎えようと東京駅に行き、予め約束して置いた改札口前の焼け焦げの円柱の台座に腰掛けていた。暫くすると五十歳位の立派な体格をした女性——誰が見ても農村から来た人と分かる——が傍に来て「失礼ですが召し上がれ」と大きな握り飯を私に差し出した。不意を喰って吃驚した私が彼女の顔を見つめると「私は毎日米を食べているから……」と海苔に包まれたお握りを一層私の眼の前に近付ける。善良そのものの彼女の親切に応えるため一瞬有難く頂戴する衝動にかられたが、結局「有難う、でも結構です」と善意を辞退してしまう。その晩布団の中で、見知らぬ人が食べ物を恵み度くなる程落ちぶれて不健康に見える自分を不甲斐ないと思うと共に、あの時素直に握り飯にぱくついた方が小母さんの気持は満ち足り、好意を率直に受け入れた私の心も豊かになれたのかも知れないと、無用の自尊心を優先させた狭量な自らを深く反省した。

はた目には施し物でも与え度くなる程みじめに見える私だが、心の中は新しい時代の息吹に煽《あお》られた炎が燃え盛り、一分一秒もじっとしていられない程充実していた。見るもの聞くもの総てが新鮮で興味深く、精一杯脳細胞を回転させても受け止め切れない刺戟に、毎日興奮の坩堝《るつぼ》の中にいる気分である。入社直後の健康診断で撮影した胸部レントゲン写真には、素人が見てもそれと分かる黒い影が映し出され、医師から米国輸入の新薬投与を奨められたが、大金を必要とする特効薬による治療を辞退した。薬を買う金がなかったのが直接の理由だが、実は身体なんかどうなっても構わないと思う程時代の大転換を演じている社会的ドラマに酔い痴《し》れていたのだ。酔っていたと言えば、何処に隠されていたのか、古書店に怒濤《どとう》の如く溢れ出した嘗ての発禁書物を手当り次第買い求め、意味も分からないのに夜中まで読み耽っていたのもこの頃である。恥ずかしい事だが、十三歳で親元を離れ軍学校の完全寮生活をして来た私は、体制を維持する立場が右翼で反体制の考え方が左翼と呼ばれるという一般常識さえ持ち合わせていない無知の人間だから、言論を封殺されていた学者文化人から迸り《ほとばし》出る言葉が、初めて聴く交響曲の如く胸を撃つ。新鮮な興奮を誘う材料は書物だけではない。地球の北半分を覆い尽くしたあの大戦争の中で、よくも創ったものだと感心させられる外国映画――この時期は何故かフランスものが多かった――のひとつひとつのシーンが表現する人間ドラマは、私がフランス語を少しは理解出来た事にも依るが、権力や戦争では決して奪われる事のない人間の愛と勇気を歌いあげ、「ああ人間は素晴らしい」としみじみ涙してしまう。この頃見た映画（勿論総て白黒）は、何処かに眠っていた私の感性を呼び醒《さ》まし、もともと情緒に弱い本性を強く自覚させられた。

海外からの兵士の帰国が本格的になって行くなかで、父のマレーシア派遣元である文部省に抑留されている場所と帰国予定等を何度問い合わせても「分かりません」の一言で片付けられ、「若しかしたら……」と最悪の事態も考えて置かなければならないと家族で話し合っていた三月中旬頃のある夜、そろそろ寝ようとした十一時過ぎに玄関のベルが激しく鳴った。こんな夜更けに誰だろうと母がドアを開けると埃まみれの顔をした父が薄汚いリュックサックを背負って立っている。母が大声で「お父さんが帰って来た！」と叫び兄と私が玄関へ跳んで行く。父は私の顔を見るなり「おい、煙草ないか？」と嗄《しわが》れ声で言って上《あが》り框《がまち》にへたり込んでしまう。私が敗戦の時に買い溜めし乾パン用の缶に入れて置いた兵隊煙草を持って行くと、リュックを降ろしただけの父はもどかし気《げ》に煙草を銜《くわ》え、火を付けようとする私の手からマッチ箱を奪って自分で火を付け美味そうに煙を吐く。両切りの兵隊煙草は四、五回も喫うと忽ち持っている指まで燃え尽きてしまう安物だと知っている私は父が愛用していた象牙のパイプを持って行くと、頬のこけた父は口の廻りの皺を歪《ゆが》めて二本目からパイプを使って喫煙を続ける。本人は愛用パイプを手にして笑って見せた心算なのだろうが、私には泣いているとしか見えなかった。十分程かけて五、六本も煙を吐き続けていただろうか、漸く人心地がついたのか、泥だらけの靴を脱ぎもっさりと座敷に上がり「寒いぞ炬燵を出せ」と言う。暖かくなったので燃料を節約しようと押入れに片付けてしまった炬燵を出し炭をおこし布団を掛けると、柱を背に足を投げ出し煙草の入った缶を抱えて再び引っ切り無しに煙を吐き出し始める。埃にまみれた国民服を着たまま暫く煙草を喫っていたが、疲労とニコチンの相乗作用が効いたのかばったり倒れ、母が頭の下に枕を差し入れるとそのまま鼾《いびき》をかいて寝てしまう。翌日父は昼になっても目覚めなかった。そして敗戦の衝撃と六ヵ月の虜囚暮しの辛苦から立ち直り、元通りの父として家族の前に現れたのは三日目の日曜日、入浴し髭を剃《そ》り着物を着た時である。だがもともと痩せぎすで四十瓩程の体重しかなかった父は更に小さくなり、顔中の皺一本一本に戦争の辛苦の跡を見る様だった。それにしても海外から帰国する国民に対する政府の態度の冷酷さには怒りを超えた無力ささえ感じる。実質的に占領軍に支配されているとは言え、一国の政府が自国民の帰国、それも敗戦によって外国の軍隊に抑留され捕虜同然の苦痛を強いられている非戦闘員の帰国について、分かりませんの一言で何の処置も出来ないとは……そう言えば敗戦から半年経ったその頃まで陸軍省から私に対して一通の葉書も来ていない。常識的には「何月何日付で解雇する」という辞令または通知位はすべきだと思うのだが何も言って来ない。退職金についても、給料の他にまとまった金が支給されたから多分退職金だろうと貰った本人が思っているだけで、どういう基準で計算されたかを示す書類も、退職金である事を表わす表示もなく総て有耶無耶《うやむや》である。敗戦後政府が私に寄越《よこ》した最初の手紙は、数年後警察予備隊新設の際「優先的に採用するから希望があれば申込せよ」とする勧誘と、同じ頃「従七位に叙す」と書いた免状の様な紙片を送って来た時だけである。権力が崩壊すると、その権力の下で働いている役人達がやる気をなくし無責任になるのは仕方のない事なのかも知れないが、父の帰国と解雇された私に対する政府の態度は、一国民としてどうしても承服出来ない。

三日間凡んど何も喋らず寝たり起きたりしていた父が、最初に会話になる言葉を発したのはまたしても煙草の事である。「お前の煙草は不味《まず》いぞ、もっといいものを買って来い」と言って、リュックの中から油紙に包んだ札束を出し皺だらけの一円札を差し出したので私が「一円じゃ買えないよ」と答えると、何十年も愛用していた煙草の銘柄を言い「幾らになっているか？」と質問する。軍隊で買い溜めしたもので間に合っているから街で煙草を買った経験がない私が「さあ……」と首を傾《かし》げると、油紙の中身を全部取り出し勘定し始める。千円札が三十枚位あったろうか。「一円で煙草が買えない様では苦労して貯めたこの金も屑《くず》同然だなあ……」と肩を落す。敗戦をはさんで丸二年間外国暮しをしていた父は物の値段についていけなくなって浦島太郎になっていたのだ。傍で縫い仕事をしていた母が「お蔭で借金も屑になったよ」と呟き、この家を建てる時に政府系金融機関から借りた借金を私の退職金の一部で返済した事を報告すると、千年前の日本の古典文学を生業《なりわい》として来た父は分かった様な分からない様な中途半端な顔をしている。私が最近本を読んでひと通り理解したばかりのインフレーションの理論を得意になって解説し、「第一次世界大戦後のドイツがそうであった様に、戦争に敗け国土が荒れ果て生産が急に落ち込むと必ず物価高騰と物不足になるのだ」と、教師が生徒に教える様に言うと、経済に無知な父も漸く納得して成る程と頷き、「国内はえらい事になっているのだな、所でうちの暮しはどうなんだ?」と漸く家長の責任と自負をとり戻し真顔になって訊《き》く。私が敗戦後、母と病気で復員し入院手術した兄の生活を守るため農業、ラジオ修理業、担ぎ屋をやり今は会社勤めをしている実情を話すと、「お前には随分苦労をかけるなあ」とひと言呟いて黙りこくってしまった。

突然の帰国から十日余り経ったある晩、すっかり元通りになった父が夕食の後に「俺の身体はもう大丈夫だ、これからはお前達に苦労はさせないぞ」と宣言し、マレーの事を語り始めた。椰子《やし》の木が真直ぐ天を指す広大な敷地に建った官舎で、現地女性二人をメイドとして傭い王侯貴族並の暮しをしていた事、米は日本のものより粘り気がなく最初は口に合わなかったが、現地のやり方で調理すると結構美味いと感じる様になった事、自然の恵みだけで実る果物が何種類もあるがドリアンの味が格別忘れられない事、現地人の日本人に対する態度は意外な程好意的で、侵略占領者として疎《うと》まれていると感じた事は一度もなくむしろ尊敬する風潮さえあった事、しかし日本語学校の学生は余り勉強する意欲がなく、ものになりそうな人は十人にひとり位しかいなかった事、一年中暑い亜熱帯地域だから仕方がないのかも知れないが、勤労意欲が日本人の半分以下で、一日に四、五時間も働けばいい方だという事、敗戦の時も血腥《ちなまぐさ》い事件は全くなく整斉《せいせい》と収容所へ入った事、収容所を管理するイギリス軍将兵の態度は紳士的で野蛮な扱いをされた事はないが、時計や貴金属類を見ると欲しがったので身に付けていた物は全部煙草と交換してしまった事、食料が不足していたので皆協力してタピオカを栽培して飢えを凌《しの》いだ事、帰国の時乗せられた米軍の船が超満員で荷物同様に扱われた事、等々話は夜中まで尽きる事なく続いた。私は静かに語る父を見て、もう大丈夫、父は生き返ったと漸く確信した。

四月になって間もなく、帰国後初めて背広ネクタイ姿になった父は、帰国報告と今後の方針を相談するため大学本部に出勤する。そこで連合軍総司令部の命令によって大学の主要な幹部が追放され学内の人事体制が一新されているのを知る。長い間経営を支配し教育方針を極端に保守的にしていた警察官僚出身の総長が失脚し、他の大学から新総長を迎えていた事は、学生時代から教授になるまで三十年以上籍を置いている父に青天霹靂《せいてんへきれき》のショックを与えると共に、軍国主義日本を民主化する占領政策の嵐が一私立大学の人事にまで及んでいる現実に驚嘆《きょうたん》した。文部省の嘱託としてマレーシア日本語学校長をしていた父は、学内での地位が肩書きのない平教授であったので追放の難を逃れ、以前と同じ教授の地位に留まる事となる。余り出世しなかった事が幸運をもたらし職を奪われる厄災《やくさい》に遇わずに済んだという訳だが、これこそ「禍福《かふく》はあざなえる縄の如し」の格言を地で行く現象だった。翌日から二年前と同じ様に出勤する父を送り出す暮しが始まり、貧しいながら平穏な日々が戻る。これを一番喜んだのは勿論母で、夜空を脅《おびや》かす空襲に怯《おび》え、周辺居住の友人が相次いで田舎に疎開する孤立感に堪えながら、最後まで踏み留まり家を守った甲斐があったと、益々元気に家庭菜園の鍬《くわ》をふるっている。

大学に復帰して数日経ったある日の夕食の後、晩酌で頬を紅潮させた父が私に対し「お前はもう会社勤めをやめて大学に行け！」と命令口調で言った。私が「勉強は嫌いではないが今年の大学入試は終っているから来年までゆっくり考えるよ」と答えると、「東京の大学は何処も定員不足で追加募集をしている、うちの学校なら俺が入学申込してやる」と自信あり気に言って私の決断を迫る。事情を詳しく聞いて見ると、食糧難と住宅不足のため地方から上京して学生生活をするのが難しく、折角《せっかく》合格しても入学を辞退する人が続出し、東京の大学は軒並定員不足で悩んでいるとの事、さらに予定の学生数を確保しないと収入が目標に達しないから学校経営にも大きな影響が出て来るので放って置けない事情などを話して呉れた。考えて見れば焼け跡に掘立小屋《ほったてごや》を建てて暮している家族が数万世帯もある東京で、学生向けの廉い下宿など滅多に見付からないだろうし、運よく住む家を確保しても食料など生活必要品を手に入れるのは並大抵の努力では間に合うまい、東京または周辺に生活拠点を持たないで大学に通うのは綱渡り以上に困難だろうと納得し、父の奨めに従い思い切って学生に逆戻りする気持に傾《かたむ》いて行った。翌日会社に出勤した私は課長の許へ行き昨夜の話を手短に報告して「特別のご配慮で社員に採用して頂いたが、大学に行く事になれば退職せざるを得ないので予めご了承をお願いし度い」と挨拶すると、午後になって局長室に呼ばれた。満面に笑《えみ》を浮かべた局長は私をソファーに招き「大学行きの計画が進んでいるそうだね、君なら必ず合格するよ、頑張って呉れ給え」と私を激励し、就学のため休職の扱いにするから退職は見合わせて貰い度いとつけ加える。まだ三ヵ月程しか勤務していないが、仕事の面でも先輩達との人間関係でも順調以上の状態を捨てて会社を去る事に未練を持っている私は「そんな事が出来るのですか？」と喜びを顔に表わして質問すると、局長は「戦時中出征した数百名の社員は皆休職扱いで一時会社を休んでいた、出征と就学の違いはあるが考え方は同じだから若し大学に行く事が決ったら休職願を提出して呉れ、その代りと言っては何だが、卒業したら必ずこの会社に復職するのが条件だよ」と言ってにっこり笑った。採用の時から私に温情ある関心を示し、入社後も深い信頼と過分の評価をして呉れている局長の配慮に感激した私は、この時点で大学行きを決心し、卒業後の就職まで保証される学生など滅多にいないだろうと、自らの幸運を信じてもいない神に感謝した。

さて、学部を何処にするか慎重に選ばなければならない。小中学校から軍学校に至る学習体験から考えると、理科系より文科系の方が得意科目が多かったから、文系しかも父の跡を継ぐ国文学が一番性《しょう》に合っていると思うが、この乱世で万葉記紀を学んでも余り暮しの役に立ちそうにない、とすれば法律か経済という事になるが、この方面は経験のない未知の魅力はあるが自信は持てない、医学関係は家計の実情からとても無理、あれこれ悩んだ末結局軍学校である程度身に付いている電気関係に決め父にその結論を報告する。父は「よし、工学部電気科だな、明日手続きをしてやる」と、息子の役に立った喜びを顔一杯に表わし既に入学が決った様にいそいそしていた。

四月半ばの麗《うら》らかな日、十人余りの追加募集受験生とともに入学試験場になっているお茶の水の校舎へ行く。焼夷弾の跡が生々しい校舎は戦争を思い出させ、それを裏付けるかの様に陸軍や海軍の服装で来ている受験生、髭も剃らずにふてぶてしい表情、一張羅の黒い詰襟服を着ている私が一番まともに見える。久し振りの試験に少々戸惑いを感じながら鉛筆を走らせていたが英語の答案用紙の前ではたと困った。英語は中学一年生の時四中で勉強しただけだから答の書きようがない。困り果てた挙句《あげく》「私は軍学校でフランス語を学んで来たので残念ながら英語は分かりません」とフランス語で書いて提出する。自己採点では英語以外の課目で合格ラインを超えている筈だと自信を持つ。三時間の試験を終えお茶の水、神田辺りを目的もなく散歩する。パリのカルチェラタンと並び称せられる学生街も、戦争が終って一年も経たないこの時期は、それと分かる学生服を着た青年の姿は凡んど見かけず、日本一の古書店街にも人影はまばらである。その中の一軒、店とは名ばかりの俄《にわ》か造りの小屋に本を並べている古本屋に入って古色蒼然《こしょくそうぜん》とした革表紙の本の背文字を眺めていると、仙台の東一番丁にあった丸善を思い出し、レジに座っていたあの可愛らしい女の子はどうしているだろうと、遠い昔の恋とは言えぬ少年の淡い憶いが浮かんで来た。鉄道線路を空襲から守るために強制疎開された御茶ノ水駅の崖地は何もない空地になって、名も知らぬ野草が今を盛りに米粒程の可憐《かれん》な花を付けているし、太い幹に焦げ跡を残しているニコライ堂の大木がしぶとく新芽をふき出していた。十万人の被災者を生み出した東京大空襲も、しっかり大地に根を張っている木の命までは奪えなかったのだ。後で知った事だが、この年工学部電気科に入学した学生は五十一名、その半分近くが陸士、海兵、海軍機関学校を卒業または中途退学した陸海軍出身者で、最年長者は陸士で私より三期先輩の元陸軍大尉であった。

合格通知は直ぐ郵送されて来た。大学教職員に対する授業料免除の特典で僅かな金銭を払っただけで学生証の交付を受け、二十二歳の私は晴れて大学生になる。翌日出勤して課長に学生証を提示し局長に言われた通り休職届を出し短期間ながら新しい日本の職場体験をさせて貰った会社を休んで勉学に専念する態勢を整えた。だが人の世はうつろい易く、翌年早々行なわれた総選挙で社会党中心の内閣が成立し、基幹産業国営政策の一環として日本石炭は政府系特殊法人の配炭公団に改組され、自動的に社員の身分が公務員となった結果、元陸軍現役将校の私は総司令部が発布している公職追放令（積極的戦争協力者は公職に就けないとするマッカーサー司令部の命令）に抵触し解雇される事となり、従って私が提出していた休職届は無意味な紙片となる。解雇辞令を受取るため会社に行くと、憮然《ぶぜん》とした表情の局長は「復職の約束を反故《ほご》にしてしまい申し訳ない、これはお詫びのしるしです」と一通の封筒を差し出す。私が局長が違約した訳ではないから頂く事は出来ませんと辞退すると、「まあそう言わずに参考書でも買って呉れ給え」と封筒を私のポケットに押し込んでしまう。封筒の中には参考書が十冊位買える金が入っていた。だが歴史の転変は皮肉なもので株式会社から改組された公団も、エネルギー資源の主役が石炭から石油に変わる経済変革の影響をまともに受けて存在意義を失い、数年後に解散してしまったので、公職追放令で解雇されなくても私がこの会社に復職するのは事実上不可能であった。

さて、二年前航空士官学校卒業以来久し振りに学生となった私は、全寮制の軍学校とは全く異なる自由な環境の下で勉学する幸せを噛みしめながら真面目に通学していたが、食糧難と物価高騰で都会に住む人々の多くが一日一日を生きるのが精一杯だったこの頃は、象牙の塔である筈の大学も現代の学生が想像出来ない程混沌とした有様で、教授も学生も時間通り教室に顔を揃えるのが困難であった。勤め人が食料を手に入れる目的で農村に行く日を「買い出し休暇」と名付けて、会社でも役所でも「生きるため最低限必要な休日」として優先的に承認する方針をとっていたが、大学でも事情は同じで教授が休んでいるため終日全課目が休講になる事さえあった。一回の授業もせずに試験をやろうとした教授に対しクラス全員が抗議の声をあげた時は、うつむいて何の弁解も出来ない初老の教授の顔を見て怒りというよりはむしろ深い悲しみを感じていたのを良く憶えている。陸士海兵など軍学校を卒業し将校勤務の経験をしている学生は、権威を笠に学生を見下す教授や職員に反発し、東大在籍の高名な博士が「君達は東大生に比べて知能程度が低い」と暴言を吐いた時には、教室中に谺《こだま》するブーイングで辟易陳謝《へきえきちんしゃ》させる一幕もあった。

大学に復職した父は静岡県三島市の旧陸軍砲兵連隊の払い下げを受けて新設された学部の

責任者として校内の社宅で生活していたので、両親との同居生活は一ヵ月程で終り、吉祥寺の自宅に寝泊りしている私の暮しは独立世帯と同じで色々なアルバイトをしながら食うや食わずの貧乏生活に耐えていた。弾丸飛び交う戦争は終っても生活を守る闘いは相変わらず続いていたのだ。闘いと言えば終戦直後のこの時期は占領政策のひとつである日本民主化の流れに沿う形で学生運動がどこの大学でも盛んだったので、学内の雰囲気は学生達の生活の苦しさと相俟って常に騒然とし静かに勉強する状態とは程遠い環境だった。ただし運動に参加しているのは凡んど文系の学生なので電気科所属の私達は全く関係ない。ところがある日の昼休時間に自治会の役員と名乗る学生三名が私の処に来て話があるからついて来いと自治会事務局に連れて行かれる。狭い部屋に六、七人の学生が原稿用紙に鉛筆を走らせたり鉄筆でガリ切りをしたり印刷機のロールをインクで汚れた手で滑らせたりしている。それは新星会で応援に行った時に見た労働組合書記局と瓜ふたつ、私にとっては何となく懐かしさを感じる風景だった。

学生のひとりが「君の父親の三島教養学部長が学生運動を不当に弾圧している、怪しからんから何とかしろ……」と権柄《けんぺい》づくの調子で口火を切ると他の学生も呼応して口々に抗議ともつるし上げともとれる語調で後に続く。三島で紛争が起こり父の社宅に石を投げて硝子を割ったり夜中に大勢の学生がシュプレヒコールでわめいたりしているのは聞いていたが、紛争の中身については何の知識も持っていない私は、暫く考えた末次の様に答えた。「申し訳ないが僕は学生が何を要求しどんな運動をしているのか全く知らないから三島校舎の中で起きている紛争についても何の意見も持っていない、従って君達の要求を支持する事も父のしている事を止めさせる事も出来ない、親子であってもそれぞれ独立した人格なのだから親の行為に対し子供に責任を負わせる遣り方は道理に合わないのではないか？」と、暗に搦《からめ》手から圧力をかけて有利な条件を引き出そうとする卑劣な手段を批判した。すると今までひと言も発言しなかった学生が起ち上り、委員長ですと自己紹介した後丁寧に頭を下げ、「貴方の意見は極めて正当である、大変申し訳ない事をして深くお詫びする、今日の事は忘れて頂き度い、そして今後出来れば工学部の学生諸君にも自治会の運動に参加して頂き度いので是非ご協力をお願いする」と発言してこの場を納めた。私はこの委員長の率直で誠実な態度に共感し「分かって呉れて有難う、君達も健康に注意し頑張って呉れ給え」と言って部屋を出る。だが結局三年間の在学中電気科の学生が運動に参加する機会はなく私にとって学生運動は全く未経験のまま卒業する事となった。

この時期私の頭の中に鮮明に焼きついている思い出のひとつに戦争犯罪を裁く国際法廷、所謂「東京裁判」がある。父が誰からか譲り受けた傍聴券を呉れたので嘗て士官学校生徒として一年間暮した市ヶ谷の法廷に行ったのは裁判が始まって間もない頃で、ピストル自殺を図って失敗した東條元首相の姿はなかったが、戦争指導の中核にいた軍国時代の権力者が被告席に顔を連ねているのを遠くから見て敗戦の厳しい現実を思い出させられたのを今でも良く憶えている。そして二年余り経った昭和二十三年末、卒業論文作成のため山梨県産出の紙の様に薄い鉱物片（水晶）を材料に電気的特性のデーターを実験室で採取整理している最中に、音質の悪いラジオから流れる裁判の判決の宣告「デスバイハンギング」（絞首刑）を聞いた日の事も決して忘れない。それは軍国主義に支配された日本の終焉《しゅうえん》を意味するだけでなく、戦争と共に歩んで来た私の青春時代の終りを告げる弔鐘《ちょうしょう》でもあったのだ。

大正十年（一九二一年）から昭和二年（一九二七年）生まれまで七歳もある年齢差を超えて五十一名の仲間はよく学びよく遊び、よく結束して昭和二十四年（一九四九年）春に一名の脱落者もなく全員卒業した。卒業時に「螢光会《けいこうかい》」と名付けた同窓会は半世紀以上経った現在でも年一回の会合を持ち、卒業後の人生航路が順調だった人も荒波の中で様々な苦労を強いられた人も学生時代と変わらぬ友情を温め合っている。卒業した時の私の年齢は丁度二十五歳、軍学校から任官敗戦そして戦後の混沌を必死に駆けて来た青春時代はここで終点を迎え、新しい時代の新しい流れの中へ人生の船を漕ぎ出す事となる。

読んで下さった方々へ

青春時代とは人生のどの時期を指す言葉なのでしょうか。人によっては六十歳を過ぎて「今こそ青春真っ盛り」と張り切っている方も多勢《おおぜい》いらっしゃいますが、それは人生に対する心の持ち方、つまり幾つになっても若さを失わない精神状況を表現したもので、通常青春時代とは恋心を感じ始める十五歳位から結婚して家庭を持つ二十五歳位までの期間を指すと思います。そうだとすれば私の青春時代の前半は、軍国主義が社会の隅々《すみずみ》まで覆い尽くし侵略戦争を聖戦と称して唯一最高の国是となる中で、私自身もその渦にまきこまれて軍学校と軍隊の中で毎日を過ごし、後半は敗戦を契機にその体制が崩壊し未曾《みぞう》有の混迷をもたらし人々が新たな価値観をもがき苦しみながら探し求める時期と一致します。言うなれば私の青春時代は戦争を抜きにしては何も語れない特別な世代と言えるでしょう。この本の標題『戦争青春記』とは、そうした憶《おも》いを込めてつけた心算《つもり》ですが、別の表現をすれば戦争を背景にした青春記録という事になります。

眼を閉じて子供から大人になる青春前期を思い出すと、先ず真っ先に眼蓋《まぶた》に浮かぶのはカーキ色の兵隊服と教練に使った小銃そして大きな声で威圧する軍人さんの怖い顔です。その集団の中に気弱で体力のない少年が情けない顔でぽつんと立っている姿が見えます。それはどう贔屓目《ひいきめ》に見ても希望に燃える青春時代の少年とは思えない孤独な私の姿です。しかし気を取り直して過去のページを一枚ずつめくって行くと、軍服に身を包み長い剣を持った怖そうな人や天皇を神様だと信じている仲間達の心の裡《うち》にも優しい人間愛が溢れていたのを様々な場面を通して思い出します。軍学校時代の記述が軍国主義を批判告発しながらもどちらかと言えば肯定的に画《えが》かれているのは、人は誰でも遠い昔の思い出を出来るだけ美しく画き度《た》いと思う感傷の発露とも言えますが、それだけでなく、教育目的に本質的な相違はありますが、当時の幼年学校や士官学校の中に現代の教育現場では見つけにくい教育の原点、教師と生徒の心の交流が存在していた様な気がして何もかも否定し切れない執着を感じるからでもあります。事実この時代に知り合った教官と生徒、生徒どうしの連帯感は戦後半世紀以上経った今でも変わる事なく生き続けています。このいい意味の「戦友気質《かたぎ》」は、自分の身を守るのが精一杯で他人の事を考える余裕のない現代の一般的風潮と比べ大変貴重な人間関係だと思います。

第四章の帝国陸軍の崩壊が青春時代の前半の総決算に当ります。幼い頃から疑問を抱いていた軍国主義体制、天皇現人神の強制や史実を歪《ゆが》めた皇国史観などが目の前で音を立てて崩壊して行ったあの時の法悦にも似た感覚はとても言葉では表現出来ません。大日本帝国の崩壊を人間の英知の当然の帰結と受け止め、冷静ではあっても雀躍《こおどり》する程喜んだ日本人は可成り存在したと思いますが、職業軍人である私にとって敗戦は単なる歴史の必然を超えた生死を分かつ程の厳しさを持つ大事件だったので、あの充足感は個人の利害得失を超えた感覚だったのかも知れません。とは言え私の人生の中であの時程心昂《たか》ぶる場面は今までもこれからも絶対起こり得ないだろうと信じています。

敗戦ドラマの中でもうひとつ体験したのは極限状況に遭遇した人間の本性をむき出しにした醜い姿を見せつけられた事です。それは霊長類という呼び名が空《むな》しく聞こえる程動物的自己防衛本能に基く行為でした。私の頭の隅々に二度と見度くないこれら沢山のいじましい現象が沁みつき離れませんが、それを書き遺すのは誰もが持っている恥部を曝《あば》き出す事となり百害あって一利もないと考えて総《すべ》てカットし、大逆転劇の中でも人間の誇りを保っていた身の周りの少数の人の事だけを書き、その事によって嫌な思い出を打ち消そうと考えました。しかし人生経験の浅い二十一歳の私にとって耐え難い程大きく重たいショックから完全に逃れる事は出来ず、その後の人生に決定的とも言える影響を与え、本当は情緒に弱く所謂《いわゆる》感激屋なのにそれを抑え、何が起こっても動じない振りをする歪んだ性格、傍目《はため》には冷酷で非人情な人間を作り上げてしまいました。それは敗戦前後に見せつけられた義理も人情も恥じらいさえもかなぐり捨てたドラマが、自分自身を含めて「人間なんて所詮《しょせん》そんなものさ」とする諦観《あきらめ》にも似た人間観を定着させ、物欲に目をくらませ権勢欲にうつつを抜かす世の中を横目で冷笑しつつ自分だけの世界に閉じ籠《こも》る変わり者を生み出しました。戦後数十年もサラリーマン社会に身を置きながら出世や金銭に凡《ほと》んど関心を持てず、労働組合運動の中でささやかな愛と真実を求め続けたのは、まだ完全に大人になり切っていなかった時のあの厳しい体験の後遺症と言えるでしょう。

第五章の戦後青春記録は、戦争と隣り合わせに育った私が戦争がなくなった新しい世の中で戸惑いながらも一生懸命生きた経過を記録したものです。実を言うと私の人生八十年の中でこの数年間が最も充実していた期間です。富士山麓の百姓仕事やラジオ修理業、担《かつ》ぎ屋などをやりながら、戦争から解放された自由の素晴らしさを体中で受けとめ、焼野が原の東京に帰った後は沢山の善意の人々に支えられて初めての会社勤務に励み、父の生還に救われて学生生活を楽しみ、働き学びながら平和に生まれ変わる社会の建設を日々膚《はだ》で感じていました。インフレ食糧難の苦しみもみんなが公平に分かち合っていると思えば余り苦痛を感じなかったし、むしろ物が溢れ歴然とした貧富の格差に不満を募らせている現在より遥《はる》かに人間らしい気持を持っていたと思います。乏しきを憂《うれ》えず等しからざるを憂うと言いますが、経済が発展し生活が豊かになるのが社会の進歩に不可欠な条件なのは当然としても、富の不平等が拡大する現在の状況は決して良い世の中だとは言えないでしょう。地球資源を浪費し回復不可能になるまで環境破壊をしながら生産活動に狂奔する経済運営を革《あらた》め、人類が自然と共に共存し得る体制を一日も早く実現させたいとつくづく願わざるを得ません。

最後になりましたが、文筆の才能の乏しい私の拙い記録を読んで下さった方々に心から感謝申し上げて筆を擱《お》きます。

２００２年６月

秋葉　洋

遺志を著《あらわ》す

この原稿は二〇一四年一月、八十九歳十か月の生涯を閉じた夫の遺稿である。

亡くなった後、アタッシュケースに入っていた原稿用紙五百枚の手書き原稿を読んで、今まで気が付かなかった若き日の彼の悲しみや喜びが蘇《よみがえ》り、しみじみとした気分になった。

銀行の労働運動で知り合った私が彼の労働運動に魅せられ、結婚後、彼にその体験を書いてほしいと頼み二〇〇六年に出版したのが、『天皇陛下と大福餅――ある銀行員の昭和私史』である。彼がこの本の「あとがき」に「立身出世や蓄財より人間を大切にする価値観が培われたのは、平和になった戦後ではなく、毎日死と向き合って生きていた戦時および戦後の混乱期なので……」と書いているが、今回のこの手記は彼が一番伝えたかったことだったのだと思う。

それにしても徹底した皇民化教育を受けながら、心まで奪われることなく嬉々として戦後を迎えることが出来たのは何故なのか、彼の成長過程の環境を考えずにはいられない。

教育とは本来どうあるべきなのか、子どもを育てている方たちや学校の先生方にぜひこの本を読んで一緒に考えて頂けたらと思う。

安倍政権の下、戦争の出来る国づくりに向けた動きが活発である。憲法違反の自衛隊の海外派遣が強行され、武器輸出三原則の撤廃や最新鋭の各種兵器の購入に多額の税金を投入するなど、憲法九条はことごとくないがしろにされている。今国会に上程されている「共謀罪」は、国民から思想信条の自由を奪い、言論の自由を委縮させ、監視・密告社会につながりかねない危険な法案であると思う。

小学校では来年度から、中学校では再来年度から道徳教育が正式な教科としてスタートする。メディアや教育でいかようにもなる国民の意識や世論。気を付けなければいけないと思う。

今、国有地の不当な取得で話題になっている森友学園が経営する塚本幼稚園で子どもたちに教育勅語を暗唱させていたと知って吃驚《びっくり》した。もっと恐ろしいと思うのは、現職の総理大臣夫人がその教育を絶賛し、首相も閣僚も「教育勅語も良いところもある」とか、「学校の教材として使用することを可とする」とか言っていることである。戦前、天皇のために命を捧げることを最高の美徳とする教育が、どれほど多くの若者の尊い命を奪ったことか、計り知れない。過去の歴史から学ぼうともせず、時には法律さえ無視する閣僚たちに日本の政治を託していることに大きな危機感を覚える。

最後になりますが、本の出版に当たっては、友人の紹介で一葉社の和田悌二さんと大道万里子さんに編集のすべてをお願いしました。難しい漢字や熟語、当て字も沢山あり、ご苦労されたことと思うが、何よりも洋の気持ちをよく理解され、シンプルで素敵な本にまとめて下さったこと、心から感謝申し上げたい。

名もない一人の人間の人生記録など、どれほどの方に読んで頂けるか分からないが、もし可能ならば、この本をつまみに、今の日本の政治や社会の在り方、とりわけ子どもたちの未来について語り合っていただけたらありがたいと思う。

この本を都立小平霊園に眠る夫の霊前に捧げたい。

2017年4月

秋葉泰子

秋葉　洋（あきば・ひろし）
1924年3月東京生まれ。東京府立四中、陸軍幼年学校、予科士官学校、陸軍航空士官学校等を経て、1945年陸軍少尉任官、敗戦直前に中尉となる。敗戦で失業。1947年日本大学工学部入学、経済学部でも学ぶ。1951年卒業、日本信託銀行に入社。入社まもなく労使紛争に巻き込まれ、定年まで労働運動に参加。60歳定年延長闘争に取り組むも要求が叶わず、1979年55歳で定年退職。第二の職場を経て、1985年61歳にて年金暮らしに入る。2014年1月死去。享年89。
著書は、『天皇陛下と大福餅――ある銀行員の昭和私史』（西田書店、2006年。2010年、第13回日本自費出版文化賞受賞）。

戦《せん》争《そう》青《せい》春《しゅん》記《き》

2017年5月26日　初版第1刷発行
定価　1800円＋税

著　　者　秋葉　洋

発 行 者　和田悌二
発 行 所　株式会社　一葉社
〒114-0024　東京都北区西ケ原1-46-19-101
電話 03-3949-3492 ／ FAX 03-3949-3497
E-mail : ichiyosha@ybb.ne.jp
振替 00140-4-81176
装 丁 者　松谷　剛
印刷・製本所　モリモト印刷株式会社

ISBN978-4-87196-063-2